從神話到當代暢銷書，文學如何影響我們、帶領我們理解這個世界

文學的40堂公開課

A LITTLE HISTORY OF LITERATURE

約翰·薩德蘭——著 JOHN SUTHERLAND 章晉唯——譯

目次

01 何謂文學？ 007
02 精采絕倫的開端 神話 014
03 為國家下筆 史詩 023
04 身而為人 悲劇 033
05 英國民間故事 喬叟 041
06 街頭劇場 神祕劇 050
07 吟遊詩人 莎士比亞 059
08 書中之書 《欽定版聖經》 069
09 解放思想 玄學派 077
10 國家崛起 彌爾頓和史賓賽 087

11 誰「擁有」文學？
印刷、出版和版權 097

12 虛構故事的殿堂
小說的原型 106

13 旅人的荒誕故事
笛福、史威夫特和小說的崛起 115

14 如何閱讀文學
約翰生博士 123

15 浪漫革命
璀璨之星 131

16 敏銳的心靈
珍・奧斯汀 141

17 寫給你的書
閱讀大眾的改變 150

18 小說的巨人
狄更斯 157

19 文學中的生活
勃朗特姊妹 166

20 被褥之下
文學和孩子 175

21 盛開的頹廢之花
王爾德、波特萊爾、普魯斯特、惠特曼 183

22 桂冠詩人
丁尼生 193

23 新大陸 美國和美國之聲 202
24 偉大的悲觀大師 哈代 211
25 危險書籍 文學和審查制度 220
26 帝國 吉卜林、康拉德、福斯特 230
27 劫數難逃的詩歌 戰爭詩人 239
28 改變一切的一年 一九二二年和現代主義作家 249
29 她自成一格的文學 吳爾芙 258
30 美麗新世界 烏托邦和反烏托邦 267
31 魔術箱 以複雜敘事挑戰讀者 276
32 書頁之外 電影、電視和舞台上的文學 285
33 荒謬的存在 卡夫卡、卡繆、貝克特、品特 293
34 崩潰之詩 羅威爾、普拉斯、拉金、泰德・休斯 303

35 多彩多姿的文化 文學和種族 312
36 魔幻寫實主義 波赫士、葛拉斯、魯西迪、馬奎斯 322
37 文字共和國 無疆界的文學 332
38 罪惡的快感 暢銷書和芭樂書 341
39 得獎的是…… 文學獎、文學展和讀書會 350
40 陪你一生的文學……和未來 358

· 1 ·

何謂文學？

想像一下，若你和《魯賓遜漂流記》（*Robinson Crusoe*）的魯賓遜．克魯索一樣，這輩子都將困在一座荒島上，你最想帶的書是哪一本？這問題出自英國廣播公司最久、最受歡迎的節目「荒島唱片」（Desert Island Discs）。這節目曾經在電台的國際頻道播送，觸及全世界的聽眾。

節目會先介紹來賓想帶到荒島上的八首歌，接下來主持人會問來賓兩個問題。首先是，若你能帶一個奢侈品，你會帶什麼？答案通常別出心裁，例如有的來賓選擇氰化物毒藥，有人則選擇把紐約大都會博物館搬上島。然後主持人便會問他們，除了《聖經》、任何宗教經典和原本就在島上的莎士比亞作品（可能是哪個服藥自殺的人留下的），他們會帶什麼書？

這節目於一九四二年開播。五十年來，我經常聽見來賓選擇文學名作來陪伴他們度過寂寞的餘生。有趣的是，珍．奧斯汀的作品近期最多人選擇，其次是《魯賓遜漂流記》。而在上萬次播出的節目中，來賓選出的書多半是他們已讀過的書。

．選擇在於自己

這點出了文學的重要特性。首先，大家覺得文學是人生中最重要的事物。其次，我們雖然說「啃書」，但書不像餐盤上的食物，啃完之後不會消失，而且即

1 薩克萊（William Makepeace Thackeray, 1811-63），英國作家，以諷刺小說《浮華世界》聞名，在維多利亞時代地位僅次於狄更斯。

使重覆咀嚼，滋味往往有如初次品嘗，絲毫未減。幾年前我上節目時，選擇了薩克萊[1]的小說《浮華世界》（*Vanity Fair: A Novel without a Hero*）。這些年來，我為這本書編輯和撰文多次，肯定已看過不下百次。但就像我最喜歡的音樂一樣，每次重讀依舊讓我回味不已。文學的一大享受就是重讀。偉大的文學作品之所以偉大，便是因為永遠讀不膩。不論你讀過多少次，永遠都有新的感動。

如英文原書名所示，這是一本「文學小歷史」，但文學一點都不得小覷。它無遠弗屆，任何人窮其一生都看不完。我們頂多是能湊出一個饒富智慧的樣本，當中最重要的選擇就在於要怎麼編選。本書提供的只是建議，並非一本使用手冊（使用前請詳閱！），書中的每一句都在說：「很多人覺得這作品值得一看，但究竟如何還是得由你自己決定。」

對心思細膩的人而言，文學對他們的人生舉足輕重。我們從家裡、學校、朋友身上學到不少事，也從比我們睿智的人口中學到各種教訓。但事實上，有無數珍貴的知識是來自我們讀過的文學。如果我們讀得巧，自己彷彿能和古往今來最具創造力的人對話。閱讀文學，每一分、每一秒都很值得。這點不容置疑。

究竟何謂文學？這問題不好回答。要得到滿意的答案，必須從文學本身著手。最簡單的辦法就是拿「兒童文學」為例，畢竟那是我們呱呱墜地後，最早接觸到的文學作品。當然，兒童文學不是孩子寫的，而是寫給孩子讀的。大多數人最初都是在自己的房間裡，懵懵懂懂地漸漸踏入閱讀的世界（寫作則多半是到教室才學會）。最親愛的家人會為我們唸床前故事，或和我們一同讀書，從此展開穿梭書海一輩子的旅程。

隨著年歲漸長，我們會養成以閱讀為樂的習慣，一般而言是閱讀文學作品。許多人上床前都會拿本小說，或是聽英國廣播電台另一個長青節目「床前之書」（Book at Bedtime）。小時候，有多少人明明該睡了，卻仍穿著睡衣躲在棉被下，淘氣地拿手電筒看書？此時，我們面對外頭的世界——真實世界——所穿的服裝（相當於我們的戰袍），多半是塞在臥室另一頭的衣櫥裡。

・納尼亞王國：既是想像也是現實

多虧了無數電視節目、電影和戲劇，大人小孩都熟知《納尼亞傳奇》（*The Chronicles of Narnia*）當中佩文西家族四個孩子的故事。為了躲避戰爭，他們逃到一間鄉下房子裡。當時是一九四〇年代，戰火延燒到英國。在好心的寇克（Kirke）教授幫忙之下，他們才躲過倫敦大轟炸（「寇克」〔Kirk〕在蘇格蘭語中代表「教堂」，文學總是能加入一點象徵元素）。對孩子來說，真實的世界變得好危險。神祕的飛機穿梭天空，莫名四處殺人。戰爭蘊含各種政治、歷史和意義，要向孩子解釋並不容易。幸好文學能跨越年齡與人溝通，在此得以派上用場。

故事中，有一天下大雨，孩子們在寇克的大宅裡探險，發現樓上的房間有個巨大的衣櫥，年紀最小的露西獨自跑進了衣櫥中。不論各位接觸過的是《納尼亞傳奇》哪一個版本，我想大家都知道她在裡頭發現了什麼。那地方可稱為「另一個宇宙」，也就是想像中的世界，但基本上和倫敦一樣真實。無獨有偶，納尼亞也和燃起熊熊大火的倫敦一樣陷入危機。納尼亞不是個安全的地方，人類與獅子、女巫為伍，一般來說並不安全。

隨著故事發展，我們發現納尼亞不是露西作的夢，也不是「空想」（fantasy）。那世界真的存在，一切不只是在她腦中，而是像那個木質衣櫥一樣貨真價實，或是像八十五年前路易斯．卡洛爾的作品《愛麗絲夢遊仙境》裡那一面通往仙境的鏡子。但要了解納尼亞為何同時既是真實也是想像，我們必須了解怎麼消化吸收文學的複雜機制（兒童年幼時能憑直覺迅速接受這種知識，就如同理解語言）。

《納尼亞傳奇》是一則「寓言」（allegory）。換句話說，它用一物來描繪另一物，用完全不真實來描繪極度真實。即使現代天文學家告訴我們宇宙在不斷擴張，我們也永遠不會在當中找到納尼亞王國。那個世界純屬虛構，裡面的居民都只是虛構人物（甚至露西也是），全部出自作者C．S．路易斯的想像。但無論如何，我們感覺在納尼亞龐大的虛構世界下，其核心藏著不變的真理，而作者肯定也希望讀者能心有所感。

說到底，《納尼亞傳奇》真正的主題是關於神學和宗教（其實C．S．路易斯不僅是小說家，也是神學家）。作者的故事背後蘊含宏觀的真理，藉此來理解人類生命的意義。不論多小的作品，每個文學作品多少都在問：「這一切的意義為何？我們為何在此？」哲學家、神職人員和科學家會以各自的方式回答。在文學中，作家利用的是「想像力」。

童年的床前故事《納尼亞傳奇》引領我們穿過衣櫥（和書頁），讓我們理解自己的身份和定位，並幫助我們理解人類要面對的各種無止盡困惑。不只如此，閱讀文學還以各種方式令我們得到快樂，並渴望讀得更多。小時候，我們藉納尼亞的故事看世界，長大之後，文學也能和生活相互輝映。比起在學階段，中年重讀《愛瑪》（*Emma*）或狄更斯的小說，會讓人既驚又喜，得到更多感觸。不論在人生什麼階段，或作品來源為何處，偉大的文學作品都能啟發我們。接下來的章節，我們會一再發現活在這個黃金時代有多麼幸運——多虧了翻譯，我們現在能讀到的不只是「文學」，而是「世界文學」。本書中的眾多大作家要是知道今天大家所擁有的龐大資源，肯定羨慕不已。本書選錄的作品來自世界各地，如萬花筒一樣千變萬化，但它們有一個共通點：每個作品都像你手中這本書一樣擁有譯本。我由衷希望有朝一日你能找來一讀。

‧文學：美麗又危險的謊言

自古希臘哲學家柏拉圖以降，不少人相信文學和其他衍生形式都相當危險（在柏拉圖的年代，包括戲劇、史詩和抒情詩），尤其是對孩子來說。文學讓我們脫離真實生活，並建構在謊言上——文學確實是美麗的謊言，也因此更加危險。如果你同意柏拉圖的說法，偉大文學激發的情感會蒙蔽澄澈的思考。若你讀狄更斯的《老古玩店》（*The Old Curiosity Shop*），看到天使般的小奈兒（Little Nell）去世的段落，肯定會雙眼含淚，不能自己，怎麼能好好討論孩子的教育問題呢？柏拉圖相信，思緒不清楚，社會便會出現危機。睡前與其給孩子看《伊索寓言》那篇關於安德魯克里斯和獅子（Androcles and the Lion）的故事，不如看歐幾里德的《幾何原本》（*Geometry*）——因為不論動物或人類都不像《伊索寓言》寫的那樣。但事實上，伊索的寓言早於柏拉圖兩百年，內容不但好看，更傳授當時的人不少重要的人生道理，兩千五百年後的我們也依舊深受其惠。

所以，怎麼樣描述文學最好呢？基本上來說，文學即是白紙上一個個黑色的小記號的特殊排列組合。換句話說，那些記號就是「文字」。「文學」的意思就是以文字拼湊而成的事物。那串文字比魔術師的魔法來得更神奇。但更好的答案是，文學是人類表達和解釋周遭世界的心血結晶。我們不必全然同意書中的概念，因為最好的文學不只不會簡化人生，反而會拓展我們的心智與感受性，幫助我們理解複雜的事物。為什麼要讀文學？因為它能讓人生變得更豐富，沒有事物能與之比擬。文學讓我們更具人性。我們讀得愈深入，它愈能幫助我們。

· 2 ·

精采絕倫的開端

神話

原則上，「貌似鴨，行似鴨，聲似鴨，即是鴨」。很久以前，在我們尚未定義「文學是書寫、印刷作品」的時代，有些作品仍能歸類於文學的範疇。那些作品在研究古往今來的人類學家口中稱作「神話」（myth）。在當時的社會中，神話並未寫成文字，而是以「口述」相傳，因此出現「口述文學」這彆扭又矛盾的名詞，換句話說，就是口耳相傳的作品。雖然文學的定義是「文字記述的著作」，但我們實在想不到更好的說法了。

・解答人生

首先必須解釋的是，神話一點也不「原始」，而且內容其實非常複雜。其次，眼光放長遠來看，書寫和印刷文學的歷史非常短暫，神話卻是打從一開始就和人類息息相關。我們不如這麼說：不知怎地，人類的腦袋瓜天生內建了神話的思維。無獨有偶，語言學家近年也開始討論，人類在成長階段發展出語言是否源自基因（不然，為何小寶寶可以聽一聽就學會語言這麼複雜的東西？）總而言之，人類天生便能創造神話，這是我們身為人的一部分特質。

實際上它意味著，我們會本能地將周遭發生的一切轉化為心理的形態和模式。套一位哲學家的話來說，嬰兒一出生便面對一片「繁盛紛擾的混亂」[2]，而

2 語出威廉・詹姆士（William James, 1842-1910），美國著名哲學家和心理學家。此段落是在說，嬰兒一出生便同時接受眼睛、耳朵、鼻子、皮膚和五臟六腑的刺激。

設法面對雜亂無章的世界，正是人類最厲害的本事。神話能幫助人類了解世界。等我們開始書寫之後，文學也具有同樣的價值。

文學評論家弗蘭克．科莫德[3]設計了一個巧妙的思考遊戲，可以說明人類這個「天生」的思維特質。如果你把一只懷錶貼近耳邊，你會聽到滴答、滴答、滴答，而「答」會比「滴」來得重。我們的大腦接收到耳邊傳來的滴滴聲時，自動把聲音「變成」滴答，也就是一聲小開頭，一聲小結尾。這基本上就是神話在做的事。神話能無中生有，找出規律，因為它能幫助我們理解（也能幫助我們記憶）。最有趣的是，小小的「滴答」旋律不是別人教導我們的，而是自然而然的感受。

因此，神話的其中一項功能便是在混亂中找出道理，映照出我們人類的處境。我們為何在此？我們在這裡的意義為何？一般而言，神話會透過故事（文學的骨幹）和象徵（詩的本質）來解答。好，我們現在來玩一個思考遊戲。假設你是一萬年前第一個要在土地上耕種的人，你知道有一段時間，萬物凋零，大自然一片死寂，接著過一陣子，大地復甦，綠意盎然。為什麼？你能如何解釋？你身旁沒有科學家，但你無論如何都必須設法「理解」這一切。

四季更迭對農業社會來說至關重要。如《聖經》所說：「栽種有時，拔出所栽種的也有時。」（〈傳道書〉第三章第二節）。不知「時節」的農夫會挨餓。大地每年神祕的生死循環衍生出「繁衍神話」。這類神話經常運用在國王和統治者身上，說明他們的死亡目的只是為了重生。如此一來能提供社會安全感，因為

3 弗蘭克．科莫德（Frank Kermode, 1919-2010），英國文學評論家，最著名的作品為《結局的意念：小說理論研究》（*The Sense of an Ending: Studies in the Theory of Fiction*）

雖然世事有所變化，但以更宏觀的角度而言，一切仍維持不變。

・用故事說明真理

《甲溫與綠騎俠傳奇》[4]（*Sir Gawyn and Green Knight*）是英國文學中最美的一首古老詩歌，開頭生動地描寫了亞瑟王宮殿中的聖誕歡宴。那是一年之中最死寂的時節，忽然有個身穿盔甲、從頭到腳全是綠色的陌生人闖入。他向在場所有人提出挑戰，並讓他們明白：如果不做出正確的選擇，壞事情就會發生。當然，他是綠人（Green Man）的化身，也就是多神信仰中的農神。手中握著一根冬青枝枒的他，象徵（在神的旨意之下）春天會萌生的綠芽——如果人類時時警惕自己，謹言慎行。

現在，我們選一個更文學的作品，細心檢視所謂滴答式的「開頭和結尾」。《海克力士》（Hercules）是家喻戶曉、流傳已久的神話，故事最早的版本是記錄在西元前六世紀左右的希臘花瓶飾紋上。現代的版本則可以從電影《鋼鐵人》中找到他的影子。故事是這樣的，神話中這位強壯的傳奇男子遇到了巨人安泰俄斯（Antaeus），他比海克力士更強壯，而海克力士勢必與他一戰，分出高下。兩人力搏對抗。海克力士將巨人摔在大地上，但每一次安泰俄斯碰觸到大地，便變得

4《甲溫與綠騎俠傳奇》為十四世紀晚期的中世紀騎士文學。這首敘事詩也是亞瑟王傳奇中最為人稱道的片段。

更強壯。最後，海克力士緊緊扣住他的對手，將他抬到半空中。安泰俄斯離地之後，漸漸枯萎死去。

值得注意的是，故事從開始到結尾都非常圓滿（如同所有海克力士的「事蹟」）。這段故事擁有情節，包括開場事件（英雄海克力士遇到巨人安泰俄斯）、轉折（海克力士對抗安泰俄斯，並處於劣勢）、解決之道（海克力士察覺對方的弱點，最終得勝）。像這樣英雄智取比他更強壯的對手的情節，所有詹姆士·龐德電影迷也十分熟悉。神話和所有的龐德電影一樣，都有個「圓滿快樂的結局」。我們在所有敘事文學中都能找到類似的「情節」，有時簡單，有時複雜。

神話還有另一個元素。它總是蘊含眾所皆知的真理，那種我們在可以看清它、解釋它之前其實已經明白的真理。為了證實這一點，我們來看看現今最古老的（許多人會說是最崇高的）文學作品：史詩《伊里亞德》（*Iliad*）和《奧德賽》（*Odyssey*）。據說這兩部作品是出自一位名為「荷馬」[5]（Homer）的詩人之手，大約寫於三千年前。

這些史詩寫的是希臘前身和特洛伊兩大強權之間長久的大戰。在這之後，希臘才於焉而生。考古學家已經證實歷史上確實有這場戰爭；但荷馬在創作時，仍然依循「神話」的架構。詩中主角奧德賽（他後來也有一個拉丁名字「尤利西斯」〔Ulysses〕）經歷各種冒險，花了十年才回到家鄉。其中的一段故事裡，他和船員被獨眼巨人波呂斐摩斯（Polyphemus）抓到，關在一個山洞中。那怪物的眼睛

5 荷馬（c. 750-650 BC），據傳為希臘文學核心《伊里亞德》和《奧德賽》兩部史詩的作者。但荷馬是否存在並無直接證據，許多學者認為兩部史詩為多人合作之作，荷馬只是虛構的人物。

長在額頭上，肚子一餓（通常是早餐時刻）便會吃洞裡的希臘人。智足多謀的奧德賽用計讓波呂斐摩斯喝醉，趁機戳瞎巨人的單眼，和船員一同逃出。

這則神話故事中藏有什麼「真理」呢？真理就藏在巨人的那隻眼睛。大家在人生中一定遇過不能或不肯思考「事情的兩面」的人。他們總是固執己見，執著於單一觀點。和他們爭論毫無意義，你永遠無法改變他們的想法。你唯一能做的就是想辦法逃走——當然，最好別像荷馬神話中的英雄那麼暴力。

你可能還是覺得這一切聽起來很「原始」。有些人甚至瞧不起神話，覺得它不過是「野蠻人的想法」。但神話中隱含的真理不僅對我們具有意義，對於它被寫下的那個時代亦然，當中的思想更是一路傳承下來，甚至更為茁壯、廣為流傳。即使今天我們認為現代社會和科學已將故事背後的解釋完全拋到腦後，但事實上，儘管不明顯，若你仔細觀察的話，神話思想確實緊密地交織在文學的紋理中。

・文學的基石

近期，有個神話深入文化的例子。一九九七年，導演詹姆斯・卡麥隆以電影《鐵達尼號》榮獲奧斯卡金像獎，而二〇一二年四月十二日是鐵達尼號郵輪出航的一百年紀念。這段期間，美國和英國人對於和這場船難相關的一切充滿了興趣。

表面上看來，他們的興趣其實有點耐人尋味。沉船帶走了一千五百條人命，是一場可怕的事件。但和爆發於幾年後、死傷成千上百萬人的第一次世界大戰相比，它簡直是小巫見大巫。為什麼大家念念不忘這場船難呢？答案就在於那艘船的名字：鐵達尼號（Titanic）。

遠古神話裡，泰坦（Titan）是一支巨神部落。天地生養他們，他們更是第一支具有人形的種族。泰坦長年稱霸大地，成為土地上最強大的種族，後來和一支新興種族陷入一場長達十年的戰爭，對手甚至比他們進化到更高的境界。雖然泰坦族個個擁有巨人狂暴的力量，但那也是他們唯一擁有的武器。這支新種族名叫奧林帕斯（Olympians），比泰坦族擁有更多，包括智慧、美麗和技藝。基本上，他們再也不像大自然的力量，反而更像人類，也可以說是更像我們。

根據神話記載，泰坦族雖然力大無窮，卻於戰爭中一直處於劣勢。一八一八年，約翰．濟慈[6]寫下一首偉大的英文敘事詩《海柏利昂》（*Hyperion*），主題便是述說泰坦族的殞落。在這首詩中，大洋河流之神歐遜阿諾斯（Oceanus）凝視著取代他成為海神的尼普頓（Neptune），心中有所感慨：

這是永恆的律法
最美的應當是力量最強的

6 約翰．濟慈（John Keats,1795-1821），英國浪漫派詩人其中一位代表人物，才華洋溢，卻因身體孱弱，英年早逝。

對於不美麗的泰坦族而言，他們的時代已經結束，但是歐遜阿諾斯也預言：

是的，據此道理，另一支種族會興起
征服我們的，將如我們一般哀痛

一九一二年四月沉沒於大西洋的白星航運（White Star Line）客輪，即是以「鐵達尼號」為名，因為它是有史以來橫跨大西洋最大、最快、最具力量的船。當年眾人以船首擊碎香檳瓶，進行的就是一場神祕的「祭酒」儀式。大家都認為這艘船不可能沉沒，但命名的人心裡肯定懷有一絲不安。如果他們記得泰坦族的命運，把船命名為「鐵達尼號」豈不是冥冥中的注定？

大家對這場災難深感著迷其實另有原因。我們心中其實不甚理性地猜想，鐵達尼號沉船事件可能對人類另有啟示（多年來，我們已花費好幾百萬美元探索這艘躺在海底的船，並一直興致勃勃想讓它「重見天日」）。這場船難時時警惕著我們，告訴我們一個必須牢記在心的道理。鐵達尼號的故事已成為當代的神話，傳達的訊息是「別太過自信」。希臘人用一個字來形容太過自信：傲慢（hubris）。它反映在「驕兵必敗」這句諺語中，也是文學作品常見的主題。

鐵達尼號船難之後，調查法庭十分理性，認定肇事原因是監管疏失、誤判冰山情況、船體結構脆弱，以及救生艇空間嚴重不足。每一點都確有其事。不過，我們最偉大、最悲觀的作家湯瑪士・哈代[7]寫了一首〈二者的交聚：記鐵達尼號之沉沒〉（*The Convergence of the Twain: Lines on the Loss of the 'Titanic'*）。在這首詩中，他看得更深、更廣，探討當中隱含的神話力量（詩中的「巨物」是指船）。

嗚呼，這揚翅破浪之巨物
是那鼓動、驅策一切的內在意志（The Immanent Will）
使之鑄造成形
並為她準備一名凶惡的
伴侶——璀燦而巨大的
一塊晶冰，當下仍兩相遙隔

海事法庭根據海洋科學下了一種判決，詩人則根據世界神話觀下了另一種判決。下一章，讓我們來看看貴為文學基石的神話如何演變成史詩。

---

7 湯瑪士・哈代（Thomas Hardy, 1840-1928），英國著名詩人和小說家，繼承英國批判現實主義，反映資本主義侵入農村所引起的社會變化，作品往往隱含宿命思想。

· 3 ·

為國家下筆

史詩

如今大家經常廣泛使用「史詩」一詞，定義非常寬鬆。例如，我手邊的這份報紙，形容一場足球賽「經歷了史詩般的搏鬥」（終於啊，英國隊少見地在重大錦標賽中贏得勝利）。但是在文學領域，史詩的定義嚴格來說相當明確，指的是古老、特定的文本，內容調性必須關於「英雄」價值（話說「英雄」又是一個我們定義不明確的詞）。換句話說，史詩要能彰顯人類最有男子氣慨的一面。很遺憾的，性別偏見在此處確實存在。「史詩中的女英雄」（epic heroine）一向被視為自相矛盾的說法。

我們探討史詩時，總會碰上一個耐人尋味的問題：如果史詩如此偉大，為何不再多寫一點？為何好幾世紀以來都沒這麼做？或至少，為何都沒人能成功？其實，雖然史詩一詞仍在我們的語言中，但這個文學類型已經無法再現。

・打造文明、馴服野蠻本性

我們現存最珍貴的史詩是《基爾加美緒》（*Gilgamesh*），時代可以上溯到西元前二千年。故事源自現在伊拉克的所在地。這個地區在史詩問世的年代之後被稱為美索不達米亞（Mesopotamia），是西方文明的搖籃，由於土地肥沃，因而擁有「肥沃月彎」的美名。這裡也是最早種植小麥的地方，農耕生活為人類現代文明奠定了基礎，讓人類脫離狩獵採集，城市得以興起，換句話說，也造就了我們。

如同《貝奧武夫》（*Beowulf*）等其他史詩，我們今日所見的《基爾加美緒》並不完整，因為當初作品是記載在陶板上，部分內容已消失在千年的時間之流中。故事發生在烏魯克（Uruk），也就是古代的伊拉克地區。詩中的主角基爾加美緒，首度登場時的身份是烏魯克國王。

半神半人的他，為了替自己歌功頌德，打造了一座雄偉的城市，但他是個慘無人道的暴君，殘忍對待其人民。眾神為了導正他，創造了「野人」恩基度（Enkidu），他和基爾加美緒一樣強壯，但品德高尚。兩人經過一番搏鬥，最後由基爾加美緒勝出，不打不相識的兩人卻也成了最親密的戰友，一同經歷一連串的挑戰、冒險和考驗。

無奈眾神喜怒無常，讓恩基度染上絕症。失去摯友的基爾加美緒悲痛欲絕，開始害怕死亡，於是開始雲遊四方，追尋長生不死的祕密。

最後，能夠賜他長生不死的神祇給他一個考驗：既然他妄想得到永生，那麼他當然要能一星期不闔眼。基爾加美緒失敗了，接受自己終究是個凡人，並回到烏魯克，成為更好、更睿智的統治者，而且在時間的流逝下，有朝一日他也將長眠。

這則古老故事的主軸描述英雄打造文明，並馴服人性野蠻的一面。這是所謂「史詩」作品中常見的主題。

・標誌「國家的誕生」

按照歷史來看，史詩是從神話進化而來。我們通常可以清楚看出這兩種敘事形式之間的連結。例如在偉大的英國史詩《貝奧武夫》中，一名「當代的」（當時是八世紀）戰士殺死了「怪物」：格蘭德爾（Grendel）和他的母親。他們活在幽深的水池中，晚上會現身殺死他們所見的任何人類。最後，貝奧武夫被飛龍所殺。格蘭德爾和飛龍屬於神話，戰士──像貝奧武夫和其同伴這樣的人物──則屬於歷史。就如同史詩上的記載，這一類英雄和國王的盔甲、武器都埋在船葬之墓。最有名的一處被發掘於英國薩福克郡的薩頓胡（Sutton Hoo），相關文物目前展示在大英博物館。但是在劍、頭盔、鎖子甲和盾牌之間，不會有任何飛龍骨頭。

這首盎格魯撒克遜史詩是英國文學的基石，全詩共計三千一百八十二行。原詩可能寫於八世紀，題材取自更古老的寓言。故事是由攻打英國的歐洲人流傳而來，口耳相傳好幾世紀，衍生出無數版本，到了十世紀才由某位不知名的僧侶記錄下來，並巧妙加入基督信仰元素。當時的修道院提倡學習和識字，整理並保存了英國最早的文學。流傳到我們手中的《貝奧武夫》版本出現在時代的交界點，夾在異教徒和基督徒、野蠻和文明、口述文學和書面文學之間。這部史詩讀起來不容易，但重點是此作品在歷史上的意義。

史詩在最早的口語形式階段，通常出現於這種歷史過渡時期，也就是該「社會」從原始轉變為其最初「現代」樣貌之時，解釋人民現有生活的始末。它在述說英雄故事時會提倡某些核心的理想。更精確來說，史詩標誌著「國家的誕生」。

讓我們回到《貝奧武夫》，看看這首詩的開頭。它最初是以盎格魯撒克遜古文記載，後來翻譯成英文：

Hwæt. We Gardena in gear-dagum,
þeodcyninga, þrym gefrunon,
hu ða æþelingas ellen fremedon.

瞧！我們已知曉
古老丹麥眾國王的榮光
以及眾親王的英勇事蹟

詩文雖是以「古英文」所寫，已在英國傳誦數百年，故事發生的地點卻是丹麥，意思其實是指「遙遠的國度」。但顯而已見的是，這首詩開宗明義便提到丹麥王國，豎立起國家的旗幟。在詩中，來自濟茲（Geats，今天的瑞典）的王子貝奧武夫前來拯救新興文明，消滅格蘭德爾母子。若他失敗了，無法發揮非凡、犧牲小我的英雄精神，則現代盎格魯撒克遜世界和眾多歐洲國家便永遠不會存在。文明會在萌生階段就被古老的惡獸殺死。史詩告訴我們，追求文明必須致死方休。

·《伊里亞德》和《奧德賽》

這裡還有另一點值得留意。有些文學史詩傳誦至今已有數百年、甚至上千年，當中記載的不是「無名」小國的歷史，而是有朝一日會併吞其他小國、成為帝國的國家。等帝國成熟後，人民會珍惜「他們」的史詩，一同見證國家的偉大。史詩儼然成為國家偉大的證據。語言學家喜歡問一道謎題：方言和語言有什麼差別？答案是：語言是有軍隊在背後支撐的方言。那麼，一首記載原始人奮鬥的長詩和史詩有什麼差別？史詩是有偉大國家在背後支撐的長詩。或者，更精確來說，史詩是有個偉大國家在前方等待著的長詩。

荷馬的《伊里亞德》和《奧德賽》源自希臘，是世界上最著名的史詩。我們對荷馬生平一無所知，也或許永遠不得而知。傳說他雙眼全盲，也有人說他是個女人。但自古以來，他的名字便和這些偉大的詩作並列。這兩部史詩在述說什麼？《伊里亞德》中，美麗的希臘女子海倫（Helen）愛上異國年輕俊美的王子帕里斯（Paris），但因為她已婚，這段關係變得非常複雜。兩人私奔到他的故鄉特洛伊（Troy），地點即現在的土耳其。你會說這是一部羅曼史，一個愛情故事。但平心而論，故事其實是在敘述新興城邦希臘和特洛伊之間的衝突。這兩個海上貿易民族，可謂一山不容二虎。特洛伊之戰開打，其中一國勢必遭到毀滅。正如伊莉莎白時代的劇作家克里斯多夫．馬羅[8]所說，被毀滅的是「伊利昂聳立的高塔」

8 克里斯多夫．馬羅（Christopher Marlowe, 1564-93），英國劇作家和詩人，伊莉莎白時代首屈一指的悲劇作家，其無韻詩體大大影響了莎士比亞。此句出自《浮士德博士》。

（topless towers of Ilium），這裡的伊利昂指的便是特洛伊。特洛伊城淪陷，慘遭烈火焚城，希臘人則踏過灰燼，邁向偉大之路。若是勝敗顛倒，世界歷史將和現在截然不同。我們不會讀希臘悲劇。更有人說這世上便不會有民主，畢竟民主（democracy）源自於希臘文。我們所有的「生命哲學」將完全不同。

比起先前的史詩《伊里亞德》，荷馬的續作《奧德賽》更充滿神話色彩。如我們在第二章所見，希臘英雄奧德賽在特洛伊之戰後經過十年冒險，終於踏上回家之路，航向他的小國依色迦（Ithaca）。從獨眼巨人波呂斐摩斯手中逃出後，美麗的女巫喀耳刻（Circe）對他與他的手下施咒，將他們困在島上，後來又遇上海妖斯庫拉（Scylla）和卡律布狄斯（Charybdis）。最後，他歷經千辛萬苦回到依色迦，挽救他和忠貞妻子潘妮洛普的婚姻。歷經一番浴血奮戰，生活再次恢復和平穩定。文明成長，帝國興起。這便是荷馬兩部史詩的基本主題。

《伊里亞德》和《奧德賽》至今仍是最好閱讀也最好影像化的故事。但這兩部史詩中心仍是在述說古希臘如何建國，成為我們這個世界——現代民主政體——的搖籃。詩人彌爾頓[9]稱之為「高貴強盛的國家」，而史詩就是其產物。許多人視彌爾頓所寫的《失樂園》（*Paradise Lost*）為英國文學最後一首偉大的史詩。它寫於十七世紀中葉，當時英國在歷史上正邁向強盛，成為世界強權（詳見第十章）。

姑且不論作者能力如何，盧森堡或摩納哥公國能成為史詩主題嗎？不強調單

9 約翰·彌爾頓（John Milton, 1608-74），英國詩人和思想家，曾任英格蘭聯邦公僕，以無韻詩《失樂園》為名。

一國家的歐盟能有史詩嗎？這樣的國家和聯盟的確擁有文學，甚至足以名垂千古，但他們無法創造史詩文學。諾貝爾文學獎獲獎小說家索爾．貝婁[10]問過一個侮辱人的問題：「祖魯人的托爾斯泰[11]在哪裡？巴布亞人的普魯斯特[12]在哪裡？」基本上，他是在指出只有偉大的文明才能有偉大的文學，而且只有最偉大的國家才能有史詩。國家在世界擁有強大的影響力，是史詩的核心。

下列的清單包含了世界上最著名的史詩，以及它們強盛的來源國。

《基爾加美緒》（*Gilgamesh*，美索不達米亞）
《奧德賽》（*Odyssey*，古希臘）
《摩訶婆羅達》（*Mahābhārata*，印度）
《埃涅阿斯紀》（*The Aeneid*，古羅馬）
《貝奧武夫》（*Beowulf*，英國）
《羅蘭之歌》（*La Chanson de Roland*，法國）
《熙德之歌》（*El Cantar de Mio Cid*，西班牙）
《尼布龍根之歌》（*Nibelungenlied*，德國）
《神曲》（*La Divina Commedia*，義大利）
《露西塔尼亞人之歌》（*Os Lusiadas*，葡萄牙）

10 索爾．貝婁（Saul Bellow, 1915-2005），美國小說家，創作上繼承歐洲現實主義傳統，揭露中產階級知識分子精神的苦悶，著名作品為《洪堡德的禮物》（*Humboldt's Gift*）。

11 托爾斯泰（Leo Tolstoy, 1828-1910）俄羅斯現實主義作家，往往藉小說進行社會批判，著有《戰爭與和平》、《安娜卡列妮娜》等，被視為世界最偉大作家之一。

12 普魯斯特（Marcel Proust, 1871-1922）法國意識流小說家。

‧遠逝的偉大時代

索爾‧貝婁自己的國家美國不在其列。那美國該納入嗎？美國是有史以來最強盛的國家，但是以人類歷史而言，它是個年輕的國家，和希臘或英國相比稚嫩不少，英國更曾一度統治著大半的美國。美國現代文明不斷掙扎，並向西開拓，過程確實出現一些類似史詩的作品，例如大衛‧格里菲斯（D.W. Griffith）的電影《一個國家的誕生》（*The Birth of a Nation*, 1915），以及各式西部片（約翰‧韋恩和克林‧伊斯威特，無庸置疑是「英雄般」的牛仔）。

又如赫爾曼‧梅爾維爾[13]的《白鯨記》（*Moby Dick*，1851）述說船長亞哈獵捕大白鯨注定悲慘的故事（白鯨屬於神話嗎？），有人主張它不光是「偉大的美國小說」，而是「美國史詩」。現代大多數人也認為喬治‧盧卡斯的《星際大戰》系列電影是當代的偉大史詩。但這些作品都稱不上貨真價實的史詩。可惜美國太晚躍上世界舞台而尚未能擁有史詩。我是指真正的史詩。不過，它仍在努力。

傳統上來說，文學史詩具有四個元素：作品要夠長，主題必須關於英雄，內容具有國族精神，以及形式要以「詩」這個最純粹的文學形式為主體。頌詩（panegyric）和哀歌（lament）是其中的主要元素，前者是長篇的讚美詩，後者是表達悲傷的詩歌。

《貝奧武夫》的前半段，歌頌年輕的英雄英勇擊敗格蘭德爾和其母親，後半

13 赫爾曼‧梅爾維爾（Herman Melville, 1819-91），美國小說家，作品往往神祕悲觀，著有美國經典作品《白鯨記》。

段哀悼貝奧武夫之死。年老的他擊敗侵擾王國的飛龍後，身上也中了致命之傷。他犧牲生命，保護了國家的未來。英雄之死通常是史詩敘事的高潮。

典型而言，我們可以說史詩記載一段消逝的偉大時代，讓後代追憶過往，哀嘆文中的偉大事蹟——英雄和榮光——都已成為過去式；但若這些事蹟不曾發生，我們也不會是現在的我們。文學經常令人五味雜陳。

偉大的史詩至今仍令人著迷，但我們大多數人只能透過翻譯去閱讀，無力拜讀古文。其實，史詩好比是文學中的恐龍：光憑尺寸，它們一度稱霸文壇，但現在只屬於文學博物館。一如各國祖先的其他偉大作品，我們仍能感受史詩之美，遺憾的是，我們似乎再也無法創作新的史詩了。

· 4 ·

身而為人

悲劇

具備完善形式的悲劇，代表著文學長年演化後的新高峰（有人更主張是文學的最高點）：內容取材自神話、傳說和史詩，在其上加入「形式」。它們書寫於二千年前，作品語言今天鮮少人能懂，當中的社會和我們根本來自不同世界，那麼我們為何還要閱讀、觀賞這些悲劇呢？答案很簡單。埃斯庫羅斯（Aeschylus）、索福克勒斯（Sophocles）、歐里庇得斯（Euripides）[14]與其他古希臘劇作家之後，無人的悲劇能出其右。

不過話說回來，「悲劇」究竟是什麼意思？一台大型噴射客機墜機了。雖然不常發生，唉，但天有不測風雲。意外之中好幾百人喪生，國內報紙馬上以頭條報導。《紐約時報》頭版寫著：「天降悲劇：三百八十五人喪生」。《紐約每日新聞》標題更聳動：「三萬九千呎的驚恐事件：上百人遇難！」對於兩報讀者來說，這樣的頭條習以為常。

但我要請大家捫心自問：驚恐的事件和一場悲劇是否能相提並論？

・經典悲劇《伊底帕斯王》

約二千五百年前，這個問題在一部戲劇中被鉅細靡遺討論過。它的作者是索福克勒斯，劇作是為雅典觀眾所寫。演出時間是在白天，位於一座戶外的石製圓

14 希臘三大悲劇作家。埃斯庫羅斯史稱「悲劇之父」，確立了悲劇形式和內容，代表作為《阿伽門農》。歐里庇得斯代表作品為《美狄亞》，述說愛情的悲劇，反映出男女地位不平等的現實。

形劇場，座位成排環繞著舞台。演員們戴著可能有擴音器效果的面具（personae），足蹬高高的長統厚底鞋（buskins），以便後排觀眾也能看清楚他們。演出的舞台音響效果，甚至比紐約百老匯或倫敦西區的劇院更好。如果你去一趟保存最好的埃皮達魯斯古劇場（Epidaurus），導遊會讓你坐在劇場最後一排，然後走到舞台中央劃火柴，而坐在遠處的你仍能清楚聽到劃火柴的聲音。

索福克勒斯的傑作《伊底帕斯王》（*Oedipus Rex*），故事是以一則古希臘神話為本。發生在過去的事，如今必須「作個了斷」。德爾菲（Delphi）的一名女祭司是著名的預言家，但她的預言也是出了名難以解讀。她預言，底比斯（Thebes）國王萊厄斯和王后約卡絲塔（Laius and Jocasta）會生下一個兒子，而這孩子將來注定弒父娶母，成為天理難容的怪物，底比斯少了他最好——即便這孩子是國王夫婦唯一的孩子，王位繼承在他死後將成為棘手問題。最後，小嬰兒伊底帕斯被帶到山中丟棄等死，但是他沒有死：先是被牧羊人拯救，之後又經歷一連串事件，科林斯（Corinth）的國王和王后收養了身世不明的他。眾神看似特別眷顧他。

伊底帕斯長大成人後，因為傳言他不是父親的親生子，再次請祭司解讀他的命運。祭司警告他，他注定弒父娶母，犯下亂倫之罪。伊底帕斯誤以為祭司指的是養父母，因此逃離科林斯，前往底比斯。在一條岔路上，他遇到另一頭駛來的一輛雙輪戰車。駕車人把伊底帕斯擠到路邊，令他惡言相向，駕車人出手重擊他的頭。就這樣雙方大打出手，伊底帕斯在盛怒下殺死對方，殊不知他正是自己的親生父親萊厄斯。這單純是一場道路糾紛，「一時衝動」而已。

伊底帕斯繼續走上通往底比斯的道路，渾然不知自己的命運。他先遇上人面獅身的斯芬克斯（Sphinx）。牠長年盤踞在山中，威脅著城裡的居民。斯芬克斯會向所有過路人出一道謎題，如果他們答錯便會死。這個謎題是：「什麼動物早晨四隻腳走路，下午兩隻腳走路，晚上三隻腳走路？」伊底帕斯是第一個答對的人。答案是「人類」：嬰兒四肢著地爬行，大人靠雙腿走路，老人則要多拄一根枴杖。斯芬克斯聽他答對便自殺了。底比斯城民對他無比感激，推舉伊底帕斯成為國王。他繼位後為了鞏固王位，娶了守寡的王后約卡絲塔。前任國王萊厄斯為何喪命仍是一場不解之謎，而這兩人便在不知情之下，犯下亂倫之罪。

伊底帕斯和約卡絲塔生下了孩子。他是個好國王、好丈夫、也是個好父親。但幾年之後，底比斯爆發一場神祕的恐怖大瘟疫，好幾千人喪生。非但如此，作物也屢屢欠收，女人無法懷孕。索福克勒斯的戲劇就是從這裡拉開序幕。底比斯城顯然陷入另一場詛咒。但究竟為什麼呢？這時，雙眼全盲的預言家特伊西亞斯（Tiresias）揭露了背後的可怕真相：眾神懲罰這座城，全是因為伊底帕斯犯下弒親（殺死父親）亂倫（娶了母親）之罪。不論真相有多麼駭人聽聞，終究還是攤在陽光下。最後，王后約卡絲塔上吊自殺，伊底帕斯用妻子的胸針刺瞎自己雙眼，餘生行乞，成為底比斯最低賤的人，女兒安蒂岡妮（Antigone）則不離不棄陪他度過悲慘的餘生。

現在，回到我們一開始的問題：《伊底帕斯王》為何不只是令人毛骨悚然的故事，而是一個悲劇？而且，若要論悲劇，底比斯百姓的民不聊生、餓殍遍野，為何比不上一個精神崩潰的盲人乞丐？

・亞里斯多德如是說

提出這些問題的，是古希臘最偉大的文學評論家：亞里斯多德。他潛心研究悲劇，尤其是《伊底帕斯王》，並寫下《詩學》（*Poetics*）一書。雖然《伊底帕斯王》和它的許多譯本都是以韻文寫成，但亞里斯多德將書名取作《詩學》不代表他獨尊詩作，而只是以「詩學」一詞來稱呼文學的技巧，以分析文學的原理。在這本書中，亞里斯多德以《伊底帕斯王》為主要的例子來回答上述問題。

他提出一個很有啟發性的矛盾問題當作起手式。比方說，想像你在劇院外遇到一個朋友，她才剛看完莎士比亞的《李爾王》（*King Lear*）。這齣戲和《伊底帕斯王》極為相似。

「妳喜歡嗎？」你問。「很喜歡。」她說。「這是我這輩子看過最好看的戲。」「妳這冷血的傢伙！」你罵她。「妳居然享受看到一個老人被邪惡的女兒折磨至死，還有另一個老人被弄瞎。妳說妳喜歡？妳下次乾脆去看血淋淋的鬥牛算了。」

當然，這根本是胡說八道。亞里斯多德指出，我們欣賞悲劇之美，觸動我們的不是其中的事件（故事），而是悲劇如何鋪陳（情節）。我們喜歡《李爾王》，不是享受殘酷的事實，而是其中的技法，也就是它的展現／演出（representation）——亞里斯多德稱之為「模仿」（mimesis）。因此，說自己「享受」並無不妥。

接著，亞里斯多德解釋了《伊底帕斯王》為何是悲劇。拿「意外」來說，隨劇情推演，我們漸漸會明白：悲劇中沒有意外。一切都預言過了——所以祭司和預言家才會是悲劇的中心角色。一切自有定數，事情將一步步走向既定的結局。我們當下也許茫然不察，但後來就會明白。正如亞里斯多德所說，當我們看到悲劇慢慢開展時，會感覺所有事件都是「必然且可能成真的」。在悲劇中，發生的事都是無可避免。但是確實明白命定事件背後的所有真相，對血肉之軀的人類來說總是難以承受的。於是，當伊底帕斯終於了解事情的來龍去脈，同時明白天命難違，他主動實現了預言家的另一項斷言：他是盲目的人。即使那只是個比喻，他還是將自己弄瞎了。人類無法承受沉重的現實。

藉著亞里斯多德的分析，我們像技師拆解汽車引擎一樣，拆解索福克勒斯筆下結構完美的悲劇。他分析，悲劇一定要是關於歷史上真實存在的上層貴族。皇室人物是最理想的題材（事實上，更古老的時代真的有某位國王叫做伊底帕斯）。亞里斯多德說，以奴隸或女人為悲劇的主角是一件荒謬的事。另外，他堅持悲劇一定要著重「過程」，而且不得失焦。暴力也不能搬上舞台。理想上，就如同《伊底帕斯王》，悲劇必須描述這個悲劇性過程的最後階段。悲劇關心的是棋局中的「殘局」（endgame），也就是結果。

‧悲劇英雄

現代法國劇作家尚‧阿諾伊[15]根據索福克勒斯的另一劇作改編了一部作品，內容關於伊底帕斯的女兒安蒂岡妮。說到他的改編版，他將悲劇情節形容為一具「機械」，每個零件彼此牽動連結，以達到最終的效果，就好比瑞士鐘錶內精密的機械「運作」原理。究竟是什麼機制讓悲劇得以運作呢？亞里斯多德說，每齣悲劇都必須有個觸發點，而悲劇英雄必須自己扣下扳機。他稱之為「悲劇性過失」（hamartia），通常勉強翻譯為「判斷錯誤」。伊底帕斯於盛怒下，在岔路口殺死令人惱火的陌生人，觸發了毀其一生的悲劇。他的脾氣暴躁，父親萊厄斯也是（畢竟有其父必有其子）。這就是伊底帕斯的「過失」或「判斷錯誤」，此舉有如發動汽車的鑰匙，啟動了一連串事件。這台車上路之後，最終將車毀人亡。它之所以令人膽顫心驚，是因為在日常生活中，我們都會犯下這樣的錯誤。

亞里斯多德特別敏銳地指出，觀眾在完整觀賞一齣發揮應有功效的悲劇之後會產生怎樣的回應。他認為悲劇能撼動人心——據他說，曾有懷孕的女人觀賞悲

15 尚‧阿諾伊（Jean Anouilh, 1910-87），法國劇作家，創作生涯超過五十年，作品風格多變，通常探討如何在道德缺陷的世界中維持尊嚴。

劇而導致早產，悲劇的力量由此可見一斑。他指出，悲劇尤其能讓人感受到「可憐和恐懼」。覺得可憐，是因為同情悲劇英雄的遭遇。感到恐懼，則是因為如果這一切能發生在悲劇英雄身上，那也可能發生在任何人身上，包括我們自己。

亞里斯多德的論證裡，最具爭議性的是他所謂的「淨化」（catharsis）理論。這個字無法翻譯，我們通常直接使用亞里斯多德的用語，最好的詮釋是「調和情感」。讓我們回到那位走出戲院的觀眾身上，她剛欣賞完像一齣像《李爾王》或《伊底帕斯王》這樣精采的悲劇。她會感到恍然大悟、思如泉湧。觀賞完舞台上發生的事，觀眾會感到全身筋疲力盡，同時又莫名振奮，好像經歷一場宗教洗禮。

與其將亞里斯多德所說的話奉為圭臬，不如將它視為一套工具。然而，即使相隔了千百年，為何《伊底帕斯王》今天依然能夠打動我們？舉例來說，我們就不苟同亞里斯多德對於奴隸和女人的社會觀；政治上，我們也不認為在國族歷史中，只有國王、王后和貴族值得一提。

有兩個可能的答案。其一是它就如同帕德嫩神廟、泰姬瑪哈陵[16]或是達文西的畫作，手法精湛，深具美感。其二是即使人類知識大量擴展，生命與人的處境對於思考之人來說仍然充滿神祕。悲劇直接面對這個謎團，檢視人生的大哉問：生命的意義為何？我們何以為人？就目的來說，文學體裁（genre）當中最具野心的便是悲劇。如亞里斯多德所言，悲劇無疑是最「崇高」的文學。

16 帕德嫩神廟位於雅典衛城，為古希臘雅典娜女神的神廟；泰姬瑪哈陵位於印度，結合了印度和波斯風格，是印度最知名的古蹟。

· 5 ·

英國民間故事

喬叟

我們現在所知的英國文學，始於七百年前的傑弗里．喬叟（Geoffrey Chaucer, 1343-1400）。但讓我換個說法。從喬叟開始的不是「英國文學」，而是「以英文寫成的文學」。英格蘭經過很長一段時間，才發展出統一用於書寫和口說的語言。當時約為十四世紀，而喬叟正是此一演變的代表人物。

讓我們比較以下這兩段引文。它們皆寫於十四世紀末，來自今天我們所謂的英格蘭，而且都是偉大詩作的開頭：

> Forþi an aunter in erde I attle to schawe,
> Þat a selly in siȝt summe men hit holden …
> 因此我在此述說的冒險，
> 有些人聽了可能會很驚訝……

> When that Aprilis, with his showers swoot,
> The drought of March hath pierced to the root …
> 四月來臨天降甘霖，
> 三月旱地喜獲滋潤……

第一段出自《甲溫與綠騎俠傳奇》，作者不可考，只能稱為「甲溫詩人」

（Gawain Poet），內容為半神話故事，背景設在亞瑟王統治時期（詳見第二章）。第二段對句來自喬叟的《坎特伯里故事集》（*Canterbury Tales*）。

大部分讀者不熟悉盎格魯撒克遜的語言風格、修辭和單字，也不熟悉它強調雙詞的韻律（Two-stress rhythm）和半行（half line）結構。他們一讀到《甲溫與綠騎俠傳奇》便一個頭兩個大，恍若看到克林貢語[17]，當中只有少數幾個字看得出似乎是英文。反之，第二段的引文，只要解釋了「swoot」的意思是「甘甜」，現代讀者閱讀起來多半不會有障礙，詩中的用韻和節奏也不陌生。這些古人抄寫下的各種形式詩作，只需要翻譯當中的幾個生詞，我們大多數人便能理解，閱讀原作時也感覺文本彷彿在向我們說話，讀來別具異趣。

雖然《甲溫與綠騎俠傳奇》是首好詩，但詩中保有的語言和古英文文體根本是文學上的一條死胡同。它們的目標讀者早已不在世上。那樣的寫法沒有未來，不論其文句在那些不怕麻煩去學習這種古語的現代人眼中有多麼美麗。喬叟是「新」英文的濫觴。從他之後數百年來，世上出現了無數偉大的英語文學作品。偉大的伊莉莎白時代詩人愛德蒙·史賓賽（Edmund Spenser）對他推崇備至，並尊稱他為「Dan」。它是「Dominus」的縮寫，意謂「大師」，也就是眾人之首。史賓賽說喬叟是「純淨英文的源頭」。他賦予文學一個語言，並且率先下筆，為後世開創先河。

---

17 克林貢語（Klingon），《星艦迷航記》（*Star Trek*）自創的外星語言。

・為王室服務

我們不僅知道喬叟實際是何許人，閱讀時也會將他放在心上——這一點非同小可。文學在喬叟之後終於出現了「作者」。我們不知道誰寫了《貝奧武夫》，那是許多無名氏的雙手與心靈造就的作品。我們也不知道甲溫詩人是誰，它也許出自眾多無名作者之手。誰知道呢？

從《貝奧武夫》到《坎特伯里故事集》之間五百年的期間，英國地方諸國和封地改變不少。不只「英文」出現了，「英國」本身也出現了。一〇六六年，諾曼地公爵威廉征服不列顛群島。眾人稱威廉為「征服者」，他建立了現代國家的結構。諾曼人後來繼續統合他們侵略的廣大領土，立倫敦為首都，也訂立官方語言、法律、貨幣、階級系統和議會，創立許多延續至今的制度。喬叟是這個新英格蘭的作者先驅，而他的英文是倫敦的方言。雖然不明顯，但詩文中仍隱約蘊含盎格魯撒克遜文學古老的韻律和單詞，像是從地底傳來的鼓聲。

所以這人到底是誰？他名叫傑弗里．喬叟，姓氏來自法文「chausseur」，意思是「鞋匠」。經過幾百年，他的家族逐漸擺脫法國諾曼出身的影響，並且從鞋匠階級爬了上來。到了他這一代，喬叟家族已與皇室建立良好關係，而且備受禮遇。幸運的是，在愛德華三世統治下，英格蘭社會算得上祥和，只是會不時出兵突襲法國（英、法這時已視彼此為仇敵，在接下來的五百年間衝突不斷）。喬叟的父親是進出口酒商，頻繁往來英格蘭和歐洲大陸。而相較於英格蘭，歐陸文學遠遠更為悠久深厚，日後成為喬叟大量且廣泛擷取的源泉。

喬叟的學識淵博。也許他曾在知名大學就讀或旁聽，或是家裡請了家教。細節我們不清楚，唯一確定的是，他成年後飽覽詩書，熟悉多種語言。他年輕時渴望冒險，於是投入軍旅生活。他的另一首偉大詩作《特洛伊羅斯和克麗西達》（*Troilus and Criseyde*）便是以希臘和特洛伊之戰為背景。那是文學中最偉大的一場戰役。後來他在法國被俘，並順利被國家贖回。待年紀更長，他最喜愛的思想家是在獄中創作出其巨著《哲學的慰藉》（*De consolatione philosophiae*）的羅馬詩人波伊提烏斯[18]。喬叟從拉丁文將《哲學的慰藉》譯成英文（部分參考法文版本），同時吸收書中的思想，尤其是「命運」無常、人生有起有落的概念。

他在從戰場回家後，娶了妻子安定下來。他妻子費莉帕出身高貴，不但帶來一筆豐厚的嫁妝，也提升了他的社會階級。喬叟私生活究竟如何，是學者長年爭議的話題。但從他經常語帶猥褻的文筆來看，傑弗里．喬叟天性不甚拘謹。「喬叟式」（Chaucerian）這個字眼後來即用來形容人縱情享受生命。

他早期的寫作生涯是由在宮廷的朋友資助，這在當時是唯一途徑。一三六七年，國王為他在宮廷的服侍工作而賜予一筆二十馬克[19]的津貼，並稱他為「我們親愛的朝臣」。如果是在今日，我們會說喬叟是個公僕。一三七〇年代早期，他受國王之命遊走外邦。當時義大利是世界文學重鎮，他在那裡也許曾見到大作家

18 波伊提烏斯（Boethius, 450-524）羅馬議員和哲學家，著作《哲學的慰藉》成為中世紀最廣為流傳的哲學著作。

19 馬克（mark）為金、銀的重量單位，在西歐非常通行，通常相當於八盎司（兩百二十七公克）。

佩脫拉克和薄伽丘[20]。兩人對他寫作有深遠的影響。

一三七〇年中期，喬叟被指派為倫敦港的海關總管。這是他職業生涯的高點。若他繼續平步青雲，我們可能就見不到《坎特伯里故事集》了。到了一三八〇年代，他的好運用盡，朋友和資助者無法再幫助他。此時他的妻子已過世，他在宮廷也不再受寵，於是決心退休，在肯特郡（Kent）完成他偉大的肯特方言詩歌《坎特伯里故事集》。人生至此顯然已無所事事，他只能在鄉下盡情享受退休生活。

・傑作《坎特伯里故事集》

《坎特伯里故事集》和《特洛伊羅斯和克麗西達》是兩首頂尖的偉大詩作。它們充滿新意，影響深遠，雙雙改變了文學的樣貌。《特洛伊羅斯和克麗西達》取材自荷馬的《伊里亞德》史詩，並將戰爭故事改編成一篇成熟的愛情故事。特洛伊城城牆之外，戰爭如火如荼，但特洛伊王子特洛伊羅斯瘋狂愛上一個叫克麗西達的寡婦。他們的關係一如典型的高貴典雅之愛（courtly love）必須保密，以維持其純淨，但克麗西達背叛了特洛伊羅斯，令他為之崩潰。詩作中的愛情甚至令偉大的戰爭相形失色。在這之後，有多少戲劇、詩作和小說套用了相同的劇情？

現代讀者若想了解喬叟，《坎特伯里故事集》仍是最好上手的作品。它在形

20 佩脫拉克（Francesco Petrarca, 1304-74），文藝復興義大利學者、詩人，被尊為「人文主義之父」。薄伽丘（Giovanni Boccaccio，1313-75），文藝復興義大利作家，以《十日談》著稱。

式上比《特洛伊羅斯和克麗西達》更為現代，很可能參考了薄伽丘的《十日談》（*Decameron*）。《十日談》述說佛羅倫斯發生了一場瘟疫，有十個人躲到鄉間以遠離疫區。為了打發時間，他們決定輪流說故事，總計整整一百個故事。《十日談》是以散文體例寫成，雖然《坎特伯里故事集》是以簡單的韻文寫成，但它和薄伽丘的故事一樣，都可以視為早期的小說，或是短篇小說集（詳見第十二章，一窺其他類似小說的早期文學作品）。

喬叟彙集了一個個有趣的小故事，並形塑出一個小巧的「微觀世界」（microcosmos）。十八世紀第一位英國桂冠詩人約翰·德萊頓[21]說這本書體現了「人世百態」（God's Plenty）。它反映了各種人的生活，從〈騎士故事〉中崇高典雅的愛情悲歌，到社會底層朝聖者猥褻胡鬧的小故事都有，也有神父日常的宗教勸誡。可惜我們手中的詩作並不完整。印刷術在喬叟寫完此詩的一百年後才問世。現今流傳的版本殘缺不全，是由眾多手抄本拼湊而成，但沒有一本出自喬叟本人。

故事從一三八九年四月說起。二十九名朝聖者來到倫敦泰晤士河南岸的「衣袍旅舍」（Tabard Inn），打算花四天時間進行一段「朝聖之旅」，騎馬橫越一百多英里，前往位於坎特伯里教堂的殉道者托馬斯·貝克特（Thomas Becket）之墓。旅舍老闆哈利·貝里（Harry Bailey）自命為一路上的導遊，為了凝聚大家感情，規定每位朝聖者在往、返肯特郡的途中各講兩個故事，總計可望聽到一百一十六個故事。但這目標終究沒有達成，也許本來就是說說罷了；或者更有可能的狀況是，喬叟

21 約翰·德萊頓（John Dryden, 1631-1700），英國桂冠詩人，也是王政復辟時期主要詩人，該時期文學界甚至被稱為「德萊頓的時代」。

尚未克竟全功就過世了。流傳下來的只有二十九個故事，有些也只剩片段。故事沒說完，總搔得人心癢難耐。但若只想一窺該作品偉大之處，片段也足夠了。

・體現眾生百態

喬叟的朝聖者反應了當時社會的樣貌。令人驚訝的是，它有許多面向其實和現代社會並無二致。雖然背景設在朝聖旅途之中，但這不是一首宣教的詩作。喬叟的重點是，世俗的社會結構中，基督教教義並不死板，可以含納各式各樣的人。人可以同時「世俗」又「虔誠」，畢竟不是每天都是「禮拜天」。在喬叟書寫這部作品的時代，這是個極端新穎的概念。

朝聖者之中有幾名神職人員，有男有女，包括化緣修士、修道士、女修道院長和傳喚士[22]，還有喬叟不齒的贖罪券販賣者，以及他所尊敬的神父。總體而言，這群教會中的男女看不慣彼此。讀者不會喜歡他們所有人，而這正是喬叟的本意。

屬於社會下層的是廚師、土地管理人、磨坊工和水手。比他們地位再高一點的是商人和鄉紳，也就是新興的中產階級。這兩人都很有錢，可能比他們富有的人是「巴斯太太」（Wife of Bath），有錢到去過耶路撒冷三次。她是個白手起家的女人，靠著丹寧織布（toile de Nîmes）致富。她嫁過五次，是個身經百戰的寡婦，

22 中世紀教會法庭雇用傳喚士將罪人傳喚到法庭。

丈夫當中有人毆打她，有人教育她。故事中，她可謂女性勇氣的化身。個性十分好強的她，總是和其他朝聖者爭執關於婚姻的事，尤其喜歡和獨身的學士鬥嘴。這方面，她比大多數人懂得多——經驗值是學士的五倍。

在以買賣經商維生的「中產階級」之上，還有一群專業人士，例如醫生、律師、學士（academic）。後者相當於書記（Clerk），以讀寫為謀生之道。在「總序」和每篇故事之前的開場詩中，喬叟將所有朝聖者刻畫得栩栩如生，令他們在讀者的想像中活靈活現。故事的大架構下，出現幾個爭論點，一是婚姻（妻子該事事服從，還是要有主見？），二是命運（這種異教觀念怎能和基督教結合？），以及愛情（套用修女的座右銘：愛真能「克服一切」嗎？）。

朝聖者當中，「等級」（社會階層）最高的是騎士，因此是第一個講述故事的人。他的故事背景設於古希臘，充斥著高貴典雅之愛的內涵，以及倡議隱忍世間不幸的波伊提烏斯思想，完全符合「騎士精神」。但他說完後，磨坊工馬上說了個猥褻的寓言詩（fabliau），內容是老木匠、年輕妻子和幾個不檢點年輕人之間的情愛糾葛，和典雅的愛情完全八竿子打不著。直到進入二十世紀，《坎特伯里故事集》給青少年讀的版本依舊逃不了被刪節改寫的命運（我還記得我在學校念書時也是如此，不免令人含怨）。二十多個故事中，有許多最後是由品德高尚、通情達理的神父來布道和總結。閱畢，讀者心靈祥和、充分得到娛樂，安心地闔上書。約翰·德萊頓說得對，這當中反映了眾生百態，包括我們自己的人生。

· 6 ·

街頭劇場

神祕劇

十五世紀末到十六世紀初，文學世界同時出現了印刷術和現代劇場。在接下來四個世紀中，在書頁和舞台這兩個偉大的文學機制上，將出現偉大的作品。這一章中，我們便來一窺英國早期戲劇掀起的波瀾。它並非發生在舞台上，而是在英國最熱鬧的城鎮街頭。

劇場究竟從哪裡源起？如果你問亞里斯多德，他會說看看你的孩子。戲劇起源於人類本身的內在性格，或者說天性。它是我們身為人的特質之一。他在其評論分析大作《詩學》（詳見第四章）的第三章中寫道：

> 自童年時期起，人類天生就會模仿他人，這也是我們相較於低等動物的最大優勢。人類是世界上最會模仿的生物，學習之初皆由模仿開始。樂在模仿之作中，也再自然不過。

他所說的「模仿」意思是「扮演」。演員上台演理查三世時，是在假扮那個角色，而非二〇一三年從萊斯特（Leicester）某個停車場挖出的那具屍體。假扮或「模仿」是戲劇的核心。不論對演員或觀眾而言，戲劇體驗都極為奇特。

比方說，伊恩．麥克連和艾爾．帕西諾都是扮演理查三世（Richard III）的名演員。他們在舞台上「身為」理查三世時（這時候「身為」是什麼意思就變得很曖昧了），其實是在「扮演」。我們自然知道他們真實的身份，演員自己也一樣，但身為觀眾，我們看戲時會投入到忘卻這一切嗎？套一句詩人、評論家暨哲學家塞繆爾·泰勒·柯立芝[23]的話，我們會「暫時擱置懷疑」（suspend disbelief），選擇被「欺騙」嗎？我們會裝作「不知道」那些已經知道的事實嗎？還是我們隨時意識到自己是和其他觀眾坐在劇場裡，看著一個臉上化著妝的傢伙在背誦劇作家的文字？這當然跟演的是哪齣戲有關，但重點是，觀賞戲劇確實需要學習，才會懂得身為觀眾該如何回饋、欣賞和評價表演。你愈常去劇場，便會愈熟悉。

・現代劇場誕生之前

劇場的存在已久，但要等到莎士比亞時代，倫敦南岸才出現一座座堅固的木造大型劇場，每一間都取了響亮的名字，像是「環球劇場」或「玫瑰劇場」。泰晤士河岸這些新建的劇場能容納一千五百人，觀眾席多半是站位。然而，比這更早之前的劇場，演出地點是在熙來攘往的大街上，有人駐足，有人路過，開放給城鎮中幾千幾萬人觀看。

中世紀時，許多歐洲國家都會在街頭演出聖經故事。在英國，它被稱為「神祕劇」（mystery）。這個字在法文寫成「mystère」，但在英國「mystery」也可以指技藝或專業，因為它源自法文「métier」（行業）這個字。這類戲劇是從通俗的

---

23 塞繆爾·泰勒·柯立芝（Samuel Taylor Coleridge, 1772-1834），英國浪漫派詩人，和朋友華茲華斯推動了浪漫主義運動。

宗教儀式衍生而來，尤其是復活節。當時，宗教集會在傳統上可以自由「演出」儀式內容。莎士比亞和其他劇作家嶄露頭角之前的時代，是神祕劇的高峰期。

行業公會（早期的工會）是神祕劇的主要資助者。公會在繁榮的英格蘭城鎮和城市裡一個個成立——當時所有新興歐洲國家的鄉鎮正在日益城市化——但不是在發展完備的首都，而是相對於「大都會」的「鄉下地方」。倫敦和倫敦以外地區出現的文學作品互別苗頭，競爭關係延續至今。有些倫敦人常自栩代表英國文學和戲劇界，稱倫敦以外的地方為「樹桿子」（the sticks）。神祕劇是完完全全屬於「倫敦以外」的創作，也以此自豪。

英國大型城鎮裡，行業公會彼此積極發展各自的技術（和花招）。入會資格非常嚴格，不僅要有技術，更要會識字。當時社會大眾多半是文盲，或識字有限，因此只有少數人得以加入公會，相關的技術也不外傳，傳承全仰賴一套直到今天仍存在的師徒制度。不只如此，公會當時也壟斷了交易。因此若你身在利茲（Leeds）這樣的大城，想成為木匠或建築工（所謂的泥瓦匠），就必須加入公會，並且繳交會費。這段時期，公會勢力日漸強大，坐擁龐大財富。但也因為如此，他們心懷強烈的社會責任，並且想回饋社會。

中世紀時期，最重要的「書」就是《聖經》。對當時的人來說，沒有《聖經》，生命便失去意義，但大多數人連自己的語言都沒辦法讀，遑論以拉丁文寫成的標準版《聖經》。即使到了十五世紀下半葉，印刷術發明之後，書本也仍是價昂的奢侈品，於是公會一肩擔起傳教的責任，靠街頭表演來傳播福音——戲劇正是最完美的媒介。

每年基督曆法特定節日（通常是聖體聖血節[24]），「連環劇」（cycle play）正式上演，呈現完整的《聖經》故事，從創世紀開始，直到末日審判。每個公會資助一輛馬車，稱之為「彩車」（float），戲台就置於馬車上。一般來說，公會選擇和自己職業相關的一段《聖經》故事搬演。例如，釘匠公會可能會選耶穌被釘上十字架的故事，駁船船員則可能選諾亞方舟和大洪水的故事。教會對此通常睜一隻眼閉一隻眼。事實上，既然有些教士肯定是地方上最有學問的人，八成都有參與其中，幫忙編寫劇本。公會將誇張的戲服、道具和劇本收進倉庫，以便來年重覆利用。這些以城鎮為中心的連環劇劇本有一些流傳了下來，其中較為著名的是約克、切斯特和韋克菲爾德（York, Chester and Wakefield）的連環劇。

・神祕劇代表作

神祕劇當時蔚為一股風潮，而且在歷史上延續了整整兩世紀之久。可想而知，莎士比亞童年在史特拉福（Stratford）一定看過神祕劇。年幼的他不但喜歡，這輩子也深受其影響。他偶爾會在他的劇作中提到神祕劇，引起觀眾共鳴。

---

24 基督聖體聖血節（the feast of Corpus Christi），傳統是在天主教聖三節後的星期四，以榮耀聖體和寶血。

韋克菲爾德連環劇中的《第二齣牧羊人劇》（*Second Shepherds' Play*）是最好的例子。劇名雖然不起眼，卻仍不失為一齣精采好戲。它的年代久遠，大約寫於一四七五年，之後在每年五或六月的基督聖體聖血節便會搬上舞台，一演就是數十年，期間劇本也幾經修飾和改編。中世紀時，位於約克夏的韋克菲爾德鎮藉羊毛和皮革貿易興起。四周的山坡上常能見到綿羊和牛群靜靜在吃草。這裡地點好、交通方便，可以輕易將貨物送達其他大城的市場。而且眾所周知，韋克菲爾德舉辦各種市集和活動時總是熱鬧非凡，因此素有「快樂韋克菲爾德」之稱。這裡的居民愛好作樂，《第二齣牧羊人劇》便是最好的娛樂節目。

韋克菲爾德的連環劇共有三十齣，從創世紀演起，結束在《新約聖經》福音中的猶大上吊自殺。當中包括兩齣牧羊人劇，藉此頌揚自家城鎮的主要經濟來源（羊毛）。第二齣的開場是在伯利恆的山坡上，有三個牧羊人徹夜守著綿羊（當然，場景絕對是約克夏山坡，而非巴勒斯坦）。

十二月天寒地凍，在外看守綿羊真讓人受不了。第一個牧羊人忍不住痛罵起這鬼天氣，罵著罵著講到了種種壓迫，包括苛稅。這些事最後遭殃的總是他們這種可憐人，而有錢人總能吃飽飽、睡好好，窩在溫暖的床上（當時稅金其實是繳給公會和城鎮政府，所以這算自嘲的小笑話）。

我們生活刻苦，受制於人，

負擔苛稅，抬不起頭，
我們只能百依百順，
任由鄉紳擺布。
他們不讓我們休息，祝他們倒大楣！
這些人，只會找麻煩，
口口聲聲說這樣最好，最後全不是這回事，
百姓難過，無路可走，
生活中，
我們被百般壓榨，
想過好日子永遠無望。

這番宣洩非比尋常，而且振振有詞，毫不委婉，聲音彷彿穿越好幾世紀，迴蕩至今。若是在現代，跟站在韋克菲爾德求職中心外的人聊天，他們很可能就像中世紀的牧羊人一樣怨聲載道，而且同樣帶著一口濃重的約克夏口音。

不過，這齣戲的氣氛可不是一直這樣怒氣沖天。沒多久，劇情馬上出現滑稽好笑的橋段。三個牧羊人縮手縮腳守了一晚上，結果還是讓另一個牧羊人麥克摸走一隻小羊。麥克把小羊抓回家，藏在搖籃中，假裝那是個新生兒。

三個牧羊人來到麥克的農舍——就像聖經故事中的三王（the three kings）——

送給小嬰兒對他們來說相當貴重的銀元寶。一段笑鬧後，他們才恍然大悟，原來搖籃中的「新生兒」是隻小羊。在當時，盜羊是重罪，必須處死（所以才有一句諺語說：「不管大羊小羊，都要賠條命。」意思是「一不作二不休」），但那時正值耶誕節，應該寬恕他人的罪過。這齣劇指出，耶穌便是為了彰顯這份仁慈而赴死。最後，牧羊人們只是用塊毛氈布把麥克一次次拋到空中，好好折騰他一番。

劇情接著回到大家熟悉的宗教教誨。天使現身，指示三個牧羊人去找真正的新生兒。他就在伯利恆的一個馬槽裡，藏在兩隻動物之間。

・屬於群體的文學

連環劇開創了街頭戲劇的先河，《第二齣牧羊人劇》是當中的傑作。但事實上，所有連環劇都具有同樣的能量和活力，以及「為民喉舌」的精神。然而，雖然神祕劇和城鎮生活關係密切，卻在十六世紀末漸漸消失，理由至今不明。原因之一有可能是因為改革家們不喜歡神祕劇。是否它慢慢演進為一種規模更浩大的戲劇——十七世紀由莎士比亞引領風騷的倫敦劇場？還是說，因為都市化的壓力、人口大量外移、公會系統跟不上時代，而且城鎮興建了固定的劇院（能遮風蔽雨），再加上印刷本《聖經》也比過去容易取得，於是導致神祕劇凋零？時代更迭，

《聖經》找到其他方法深入生活，大家再也不需要神祕劇。

不論答案為何，從這種曾經盛行兩世紀的街頭劇場中，我們得到一個重要的結論：和紙本文學相比，我們對於舞台上呈現的文學——不論是在滾輪車上，或是現代劇場的木頭地板上——反應非常不同。

書可以隨時拿起或放下。劇場可不同。布幕會在確切的時間點拉起，在固定時間降下。看戲時，觀眾不會在座位上走來走去。就算到二十一世紀，大家仍會為了進劇院而盛裝打扮。不同於看電視，看表演時觀眾通常不會吃東西或交談。如果你啪啦啪啦打開糖果包裝紙，或甚至手機響了，馬上會有人氣呼呼地瞪著你。劇場觀眾在觀賞節目時，通常會一同大笑，最後一同鼓掌。

不是我要說，但這一切都讓人感覺有如置身教堂之中。宗教集會的會眾和來看戲的觀眾有什麼差別？閱讀是最私密的行為，我們會「抱著書窩在角落」，但是在劇場中，我們會公開欣賞文學，融入群體，一同體驗，並且不約而同對舞台上的表演作出反應。這是觀賞戲劇的一大喜悅，我們會發現自己並不孤單。

就像《第二齣牧羊人劇》，許多流傳至今的神祕劇劇本往往別出心裁，媲美英國戲劇史中的其他作品。但對於現代觀眾而言，大多數的神祕劇與其說有趣，不如說只剩下歷史價值。無論如何，它的重要性仍不容抹煞。神祕劇提醒我們劇場從何而起，以及戲劇從古到今的吸引力為何。即使到了現代，我們已不再站在街頭看戲，戲劇仍是一種「群體」文學，屬於每一個你和我。

· 7 ·

詩人

莎士比亞

英語文學之中，若要選出一位最偉大的作家，所有投票結果都會一樣，因為無人能出其右。但莎士比亞究竟如何達到如此成就？問題看似簡單，答案可不簡單。

莎士比亞是商人之子，早年便離開學校，從小在亞溫河畔史特拉福（Stratford-upon-Avon）這個鄉下地方長大。他人生最主要的興趣似乎是賺到足夠的錢退休，最後卻成了英文世界有史以來最偉大的作家（更有許多人說是空前絕後）——他到底怎麼辦到的？歷史上最厲害的文學評論家和好幾代的觀眾都曾努力解釋，卻沒人能給出令人信服的答案。

我們永遠不可能「解釋」關於莎士比亞的一切，嘗試也只是枉然。不過，我們依舊能欣賞他的傑作，並從作品的零碎細節中，拼湊關於他生平的蛛絲馬跡，了解他何以是英文世界最偉大的作家。

・早年生涯

威廉・莎士比亞（William Shakespeare, 1564-1616）出生於伊莉莎白一世登基後六年。在他的成長時期，由於外號「血腥瑪麗」的前任統治者瑪麗一世的關係，英國社會仍動蕩不安。在瑪麗一世統治下，新教徒的處境十分危險，但伊莉莎白一世上任後，反而換成天主教徒處境坎苛。雖然有人堅稱莎士比亞私底下是天主教徒，但他就像家族的其他人一樣，小心地遊走在這兩種信仰之間，劇作中矢口不提宗教。當時宗教問題確實十分敏感，講錯話就會被燒死。

此議題的核心藏著另一個疑問：誰會繼承王位？伊莉莎白一世生於一五三三年，莎士比亞投入戲劇時，她已步入晚年。世稱「童貞女王」的她並無子嗣，也沒有清楚指定繼承人。無人繼承王位是相當危險的情況。全英國有腦子的人都在問：「伊莉莎白女王死後怎麼辦？」

莎士比亞的眾多劇作中，尤其是歷史劇，最重要的政治問題是：換掉國王的最好方法為何？當然，在《安東尼與克麗奧佩托拉》（*Antony and Cleopatra*）一劇中是女王。在不同劇作中，他給出了不同的答案。《哈姆雷特》（*Hamlet*）中是暗殺，《凱撒大帝》（*Julius Caesar*）中是公然刺殺，《亨利六世》（*Henry VI*）中是內戰，《理查二世》（*Richard II*）中是逼迫退位，《理查三世》（*Richard III*）中是篡位，《亨利五世》（*Henry V*）中是合法血緣繼承。《亨利八世》（*Henry VIII*）據研判是莎士比亞最後的劇作。直到人生最後一刻，他都仍掙扎著這個問題。英國後來為此問題掙扎更久，而且為了找到答案，甚至打了一場可怕的內戰。

莎士比亞的父親是個略有資產的手套製造商，也是史特拉福的市議員。比起兒子，他可能比較偏向天主教。莎士比亞的母親瑪麗出身階級比父親高。一般普遍推測她望子成龍，培養了他求上進的慾望。莎士比亞小時候在史特拉福上文法學校。同輩劇作家班・強生[25]曾經揭露莎士比亞「拉丁文懂得少，希臘文更糟」。但以我們的標準來看，莎士比亞的教育程度高得驚人。

他十幾歲時離開學校，可能替父親工作了一、兩年，或許還曾因盜獵而差點被逮捕。十八歲時，他娶了鎮上的女孩安妮・哈瑟維（Anne Hathaway）。她比他大八歲，而且已懷孕數月。他們生了兩個女兒和一個兒子，兒子名叫哈姆涅特（Hamnet），年幼時就夭折了。莎士比亞最著名、最陰鬱的劇作《哈姆雷特》便是紀念他。

有些人說莎士比亞的婚姻不愉快，畢竟他的劇中不斷出現難相處、冰冷強勢的女人，馬克白夫人便是一例，而且他們夫妻倆只有三個孩子，就當時而言算是很少的。事實上，我們對莎士比亞私生活一無所知。更令人沮喪的是，一五八五年到一五九二年間，在他成長為文學作家的那段期間，歷史上的紀錄是一片空白。他也許離開了史特拉福，到鄉下學校當老師。對於他這段所謂的「失蹤時期」，另一個推測是他遠赴英格蘭北方，在天主教名門貴族家中當家教，修習他們可能帶來危險的信仰教義。第三個猜測是他加入了巡迴劇團，藉機學到不少戲劇技巧（在他早年的劇作裡展露無遺）。

他在一五九〇年代早期再次現身，成為倫敦劇場界能寫能演的新生代劇作家。他找到了一種適合表現他那分出眾才氣的媒介。泰晤士河南岸當時出現眾多戲院，旁邊還有鬥牛與鬥熊場、小酒館。相對於北岸的律師學院、聖保羅大教堂、國會和皇居，這裡根本是一塊化外之地。

---

25 班・強生（Ben Johnson, 1572-1637），英國劇作家、演員暨詩人。在喜劇和諷刺劇的劇種中，他是當時僅次於莎士比亞的重要劇作家。

・無韻詩的王者

還有一點非常重要：在莎士比亞的時代，已經出現一種尚未成熟、卻能供他發揮長才的文體。他的前輩克里斯多夫・馬羅在其《浮士德博士》（*Dr. Faustus*）等劇作中，使用了一種號稱「筆力萬鈞」（mighty line）的體例：無韻詩（blank verse）。這是什麼呢？我們來看看下面這一段。它很可能是英國文學史中最著名的段落。當時，哈姆雷特親生父親的鬼魂現身要他殺死繼父，而他因為辦不到，便考慮著是否要自殺。

> 要生，還是要死，這才是問題。
> 何者比較高貴？
> 是任憑狠毒的命運以亂箭弩石摧殘，
> 還是拿起武器面對無邊無際的難題，
> 起身對抗，一了百了……

這段詩文沒有押韻，因此是「無韻詩」。它很白話，但是「拿起武器，面對無邊無際的難題」一句中，又隱含詩的底蘊（力道）。這也是莎士比亞最擅長的「獨白」（soliloquy），亦即角色一人在場上，跟自我對話。不過，哈姆雷特究竟在說話，還是在思考呢？一九四八年的《哈姆雷特》改編電影中，當時最偉大的莎士比亞演員勞倫斯・奧利佛（Laurence Olivier）用畫外音說出這段台詞，嘴脣沒有動，神情沒什麼變化。莎士比亞藉由獨白，讓我們能進入角色的內心。他所有的偉大劇作，尤其是悲劇，全都以獨白為主軸，著重角色的內心世界。

一五九四年，莎士比亞功成名就，成為倫敦戲劇圈的翹楚。他身兼演員、股東和劇作家，並以劇作一舉改變了戲劇所能之事。接下來，他在倫敦生活了好幾年，家人這段期間都住在遙遠的史特拉福。他偶爾也從事商貿，增加自己的收入。二十年來的寫作生涯，他寫下了三十七部作品（偶爾和人共筆）與許多詩作。他最有名的詩是十四行組詩，寫在一五九〇年代，也許是在夏天裡寫的，因為露天劇場夏天經常因為爆發瘟疫而關門休息。

十四行詩罕見地透露不少莎翁的個人點滴。當中有許多是寫給一個年輕人的情詩，還有一些是寫給某個有可能已婚的女人「黑女士」（the Dark Lady）。偶爾會有人主張，莎士比亞兼具天主教和新教的宗教傾向，性向上可能也同樣左右逢源：莎士比亞也許是雙性戀。但話說回來，這又是一樁永遠無解的懸案。

雖然我們無法知道他每一齣劇確切的寫作和上演時間，劇本也都不是在他生前由他監督印製的，但莎士比亞的戲劇可以畫分出明確的階段。他早年創作的是歷史劇，主要是圍繞著所謂的「玫瑰戰爭」（Wars of the Roses），那是前一世紀兩大家族爭奪英國王位的衝突，最終由伊莉莎白一世所屬的都鐸王朝先人勝出。

・重新定義戲劇

莎士比亞二十多歲時寫的精采劇作，往往扭曲了歷史。例如，他筆下的查理三世陰險狡詐，和歷史上截然不同。「精采好戲，蹩腳歷史」是莎士比亞作品的寫照。他也很懂得適時取悅王室，例如伊莉莎白一六〇三年過世時，不是有位蘇格蘭王繼承了王位嗎？過沒多久，莎士比亞便寫了一齣蘇格蘭王的好戲《馬克白》（*Macbeth*）。眾所周知，詹姆斯一世對巫術著迷，而《馬克白》為了迎合他的喜好，也加入了巫術的元素。

莎士比亞中期的喜劇作品背景都不在英國，通常設在義大利或虛構的伊利里亞（Illyria）。他的喜劇的特色是有強悍的女角，例如《無事生非》（*Much Ado About Nothing*）中的碧翠絲（Beatrice）。不過，即使是他早期充滿活力的喜劇，也有現代觀眾難以下嚥的劇情。莎翁創造了好勝的碧翠絲，也創造了《馴悍記》（*The Taming of the Shrew*）中的凱特（Kate）。她在劇中備受羞辱、虐待，最後被調教成乖順的妻子。美其名「經過馴服」的她，有一次被逼著將手放到丈夫腳下，名副其實的踐踏。

《威尼斯商人》（*Merchant of Venice*）的「快樂大結局」也無法令人完全舒坦。劇中猶太人夏洛克（Shylock）不只女兒被非猶太人誘拐私奔，財產也蒙受損失，還在幾乎失去一切之時被迫改信基督教。劇中台詞必須寫得非常精巧，否則我們看到結局時，恐怕不會滿意那些解決之道。

莎士比亞對羅馬共和國深感著迷：這個國家沒有國王或女王。此議題（關係到莎士比亞對君主政體無盡的興趣）在《凱撒大帝》中被反覆探索，儘管它沒有簡單的解答。凱撒大帝當年似乎有機會成為統治者，然而為了保護共和政體，「最高貴的羅馬人」布魯圖斯（Brutus）卻刺殺了他——此舉合乎道德嗎？

《柯利奧蘭納斯》（*Coriolanus*）一劇也提出相同的問題：為了拯救羅馬，這位戰時英雄入侵羅馬是對的嗎？叛變究竟是對還是錯，莎士比亞從來沒有言斷，例如在《查理二世》裡叛變是對的，但在《亨利四世》裡卻是錯的。《安東尼與克麗奧佩托拉》中，馬克．安東尼為愛放棄帝國，究竟是「愛情至上」，抑或只是個為情所困的傻瓜？

莎士比亞的中期與後期劇作，例如《無事生非》和《一報還一報》（*Measure for Measure*），都十分傑出。莎翁寫這幾齣劇時，彷彿不只在創作，更試圖重新定義戲劇。他早早就不再升學，讀的也不是名校，許多人不禁懷疑他是怎麼寫出這樣的劇作。不少人處處捕風捉影，猜測莎士比亞的真實身份。不過，目前提出的「莎士比亞人選」中，沒有一位可信。平心而論，證據仍偏向他是史特拉福手套商之子。莎士比亞在文筆成熟後嘗試的各種類型——包括喜劇、悲劇、問題劇（problem play）、羅馬劇和浪漫劇等——都可以看到他在語言和劇情複雜度上的逐步成長。尤其是喜劇，反映了他晚年日漸沉鬱的心境。

・悲劇中的悲劇

一六一〇年，莎士比亞才四十多歲，正值戲劇生涯高峰，生活富裕的他從倫敦退休，衣錦榮歸，高掛家徽，回到故鄉史特拉福生活。不過，唉，他無緣安享天年，死於一六一六年，死因可能為斑疹傷寒。另一個很受歡迎的說法（但不太可信）指出，他的早逝和酗酒有關。

莎士比亞最傑出的作品為四大悲劇：《馬克白》、《李爾王》、《哈姆雷特》和《奧賽羅》（*Othello*）。這幾部傑作同樣染上他晚年那股日益陰鬱的氣息，可能是和他的獨子死於一五九六年有關。以馬克白的最後一段獨白為例，當他意識到自己即將踏上最後一場戰鬥：

（熄滅吧！熄滅吧！短暫的燭光！）
生命不過是一具走動的影子，一名可悲的演員，
舞台上昂首闊步、消蝕時光，
下台後再也無人聽聞。這段故事
出自愚人之口，滿是喧譁和憤怒，
卻全是一場空。

這段話好美、好複雜。莎士比亞藉由眼前的演員告訴我們，世界是個舞台（他在別處也曾這麼說），像環球劇院一樣。最後一個「空」字迴盪在耳邊，如同一道重重關上的門，在悲劇中的悲劇《李爾王》裡也有呼應。年老的李爾王在臨死之際，抱著愛女寇蒂莉亞（Cordelia）的屍身來到舞台上，說道：

我可憐的小傻瓜被吊死了！不，不，沒有生命了！
為何狗、馬、老鼠都有性命活著，
妳卻沒有一絲氣息？妳永遠不會醒來了，
永遠、永遠、永遠、永遠、永遠！

如果在其他劇本中重覆這同一個字五次，結果只會是庸俗、庸俗、庸俗、庸俗、庸俗。《李爾王》全劇高潮不但可怕，而且力道之強，連史上最偉大的莎士比亞評論家塞繆爾·約翰生[26]都不忍在戲院中目睹這一幕，也無法好好在書頁上讀它。

莎士比亞是英文世界最偉大的作家嗎？無庸置疑。綜觀而論，他的作品不是最易理解的，也不是最討人歡心的。當然，這也是我們頌揚其偉大的原因之一。

26 塞繆爾·約翰生（Samuel Johnson, 1709-84），世稱約翰生博士，英國史上著名文評家，曾花九年時間獨力完成《英語辭典》。

8

書中之書

《欽定本聖經》

雖然我們直覺上不認為《聖經》是文學，平時也不會以此角度欣賞它，但《欽定本聖經》（*the Authorized Version of Bible*）是英語文學經典中最廣為閱讀的一部作品。順帶一提，「經典」（canon）這個字出自羅馬天主教會書單，意指「應該讀的作品」。教會也嚴格擬定了一分禁讀書單，名之為《禁書目錄》（*Index Librorum Prohibitorum*）。

《欽定本聖經》，又稱《詹姆士王版聖經》（*The King James Bible*, KJB），至今仍是世上最受歡迎的《聖經》版本。多虧了基甸會（Gideons Society）的一本初衷，我們在美國每一間旅館的床頭櫃上都可以看到它。但《欽定本聖經》會這麼熱門，不是因為它隨手可得，而是因為寫得太好了，因此成為《聖經》版本的首選。

它首刷出版於一六一一年，大約和莎翁偉大的悲劇同時期，其精巧又優美的文字與修辭，也使它同登英文語言的巔峰。即使不信仰基督教，甚至是無神論者，也能從文字方面欣賞這部作品。《聖經》翻譯還有其他許多版本。不諱言的，有幾部譯本比《欽定本聖經》更為精準，用字也更符合現代用法。但《欽定本聖經》是唯一以行文用句受全世界推崇的版本。它的用字遣詞不但融入我們的生活用語（影響力更勝莎翁），更有人認為它影響了我們思考的方式。

與其浪費唇舌解釋《欽定本聖經》的「文學價值」，不如眼見為憑。讓我們對比以下段落。這幾句話出自《新約聖經》中的主禱文，由使徒馬太記錄下來。前一段是《欽定本聖經》，後一段是當代美國的《聖經》譯本。

我們在天上的父。願人都尊你的名為聖。
願你的國降臨；願你的旨意成在地上，如同成在天上。
我們日用的麵包，今日賜給我們。
免我們的債，如同我們免了人的債。

我們天上的父，願人們都尊崇你的聖名，
願你的國度降臨。願你的旨意在地上成就，就像在天上成就一樣。
求你今天賜給我們日用的飲食。
饒恕我們的罪，就像我們饒恕得罪我們的人。（《聖經》當代譯本 CCB）

意思很清楚不一樣。我們的「罪」和「債」一樣嗎？嚴格來說完全不同。你可以負債（例如貸款），但沒犯罪。顯然，大家可以各憑己見，選擇自己最認同的翻譯。但不論用何種文學標準，只要是有雙「好耳朵」並懂得文學價值的人，一定會認同第一段較優美。而且，欽定本更具意象。「麵包」比起「飲食」更有畫面。

我們不覺得《欽定本聖經》是文學作品，因為它是由一群受委派的人編寫而成。欽定本受人「授權」寫成，沒有「作者」掛名。不過，經過研究，我們便能發現其背後暗藏著一位文學天才，用莎士比亞的話來說是「唯一的源頭」（an onlie begetter）。雖然它是以英王詹姆士（King James）為名，但作者不是他。至於究竟是誰，稍後揭曉。

英文欽定本的出版，主要是政治因素。英格蘭和羅馬天主教廷決裂後，英王詹姆士一世希望鞏固宗教改革的勢力，因此他要為新教徒提供一個核心文本，而且要和羅馬教廷的拉丁文版《聖經》有別。此舉不但能穩定民心，又能維護英格蘭獨立於教皇之外的立場。它是屬於英格蘭人的《聖經》，要用最好的英文寫成。

・廷代爾的殉道

十六世紀前，《聖經》只有拉丁文版本。大多數基督徒必須信任神職人員的傳述。一五二二年，馬丁・路德（Martin Luther）在德國出版了第一本以本地語言所寫、內容詳實的《新約聖經》。他相信《聖經》應該屬於所有人，認為我們要相信神，而不是相信自命為「神之傳譯者」的教士。這在當時是革命性的思想。

路德之後，英文譯本也於焉而生。威廉・廷代爾（William Tyndale, 1491-1536）發行於一五二五年的版本是此時最重要、最具文學性的《聖經》。《廷代爾英文聖經》包含《新約》與《舊約》前五書（即所謂「摩西五經」）。他和路德一樣，相信神的言語應該要讓所有英格蘭人理解。當時這樣的想法在英、德都屬於極端思想。

廷代爾究竟是誰呢？我們對他早年一無所知，連他的姓氏都不能確定。他有時在文件上被稱為「希欽斯」（Hichens）。他就讀牛津大學，一五一二年畢業後，繼續在大學內從事更進階的宗教研究，以從事私人家教維生。生涯之初，廷代爾心中就懷抱著兩大願景，兩者在當時都可能惹上殺身之禍。一五二〇年代，雖然是亨利八世當權，但英格蘭仍是天主教國家。不過，廷代爾此時已下定決心要反抗羅馬教廷，以及任何羅馬天主教的儀式和習俗。他渴望將文本翻譯成自己的母語，表示他的目標是連農夫都能有一本以日常英文寫成的福音。

一五二四年，廷代爾去了德國一趟。細節我們不得而知，但也許他遇到了他的啟發者馬丁・路德。接下來幾年，他在法蘭德斯以希伯來文和希臘文為本翻譯《聖經》。他的《新約聖經》譯本是第一批被船運到英國的，即使天主教會意圖銷毀，卻仍廣泛流傳。他因反對亨利八世離婚而和英王交惡，回故鄉對他來說一直都是不智之舉，甚至會有生命危險。但是在歐洲，神聖羅馬帝國皇帝查理五世是反新教的激進分子，廷代爾的活動也引來他的注意。結果，彷彿想逼死自己一般，廷代爾又與法蘭德斯當地市議會成員起了爭執，最後因為被人出賣而遭到逮捕，以「異端」這模棱兩可的罪名關進布魯塞爾北方的菲福爾德（Vilvoorde）城堡。他的審判和死亡在《佛克塞的殉道者之書》（*Foxe's Book of Martyrs*, 1563）中有所記載。這是一本幾乎和他同時代的宗教宣傳作品，內容令人動容，也是活生生的鐵證，說明了為何廷代爾這樣的作者會因其信念與文字而遭受火刑。

約翰・佛克塞[27]告訴我們，官方有提議派一名律師為「廷代爾大師」辯護。

27 約翰・佛克塞（John Foxe, 1516-87），歷史學家，專門研究瑪麗一世統治期間殉道者所遭遇的處境。

但他拒絕了，表示要用自己的話替自己辯護。那些逮捕他的人和他交談、聽他禱告之後，無不認為「若他不是虔誠的基督教徒，世上便沒有人是了」。看守廷代爾的獄卒與其妻女，據說後來都被他說服，接受他對宗教的全新觀點。

但廷代爾永遠不可能受到公正的審判，也沒有機會為自己辯護。查理五世直接下令處死這個討厭鬼，吩咐比照異教徒處以火刑，綁在木樁上活活燒死。判決於一五三六年十月在菲福爾德城堡執行。面對這野蠻至極的指令，處刑者發揮了慈悲精神，違背皇帝之令，先勒死廷代爾才燒了他的屍體，使他免於受苦。據傳，他在人世間的最後一句話是：「主啊，打開英王的雙眼吧。」但亨利八世的雙眼不曾睜開。他絕不容許別人反對他離婚。

‧《欽定本聖經》的骨幹

亨利八世決定和羅馬教廷決裂後，同時下令準備製作英文版《聖經》，並允許以《廷代爾英文聖經》為骨幹。從這本英文版《聖經》，一直到一六一一年的《欽定本聖經》問世，中間還經歷了天主教狂熱份子瑪麗一世的時代。在她短短五年的統治期間（一五五三至一五五八年），她認為新教文本是異端並禁止流通，掀起另一波宗教迫害。伊莉莎白繼位後，重新承認新教，《廷代爾英文聖經》再次解禁。

伊莉莎白的繼任者是蘇格蘭國王詹姆士六世，後來成為英王詹姆士一世。他一直希望出版一本經官方認可的英文新版《聖經》，而勢力日益強大、政治上持反對立場的清教徒教派，也呼求要有一本修正早期版本錯誤的譯本。一六〇四年，詹姆士一世在漢普敦宮廷會議裡提出他偉大的計畫。他開宗明義表示，最後欽定的版本將不屬於任何宗派、教派、精英或特別團體（當然也不屬於廷代爾），而是屬於國王，也就是英國國教最高領袖。它將成為世俗權力和精神權力（spiritual power）、政治和宗教之間的橋梁，同時讓英格蘭永遠脫離羅馬教廷。簡而言之，英王的王位將更為穩固。直到今日，英國新的「欽定」版本《聖經》，依然只有英王才能授權付印出版。

欽定本是六個博學的單位的合作成果，集結約五十位學者。雖然他們個個才氣出眾（與其說像是委員會，不如說是一支軍隊），但是據估計，《欽定本聖經》有百分之八十的內容是延用自廷代爾八十年前的版本。比較一下廷代爾翻譯版本和最終欽定本的〈創世紀〉開頭，一切便昭然若揭：

起初，上帝創造了天地。
地是空虛無物，深淵上一片黑暗，上帝的靈運行在水上。
上帝說：「要有光！」就有了光。
上帝看光是好的，就把光和暗分開

稱光為晝，稱暗為夜。有晚上，有早晨，是為頭一日。

起初，上帝創造了天地。
地是空虛混沌，淵面黑暗。上帝的靈運行在水面上。
上帝說：「要有光！」就有了光。
上帝看光是好的，就把光和暗分開。
上帝稱光為晝，稱暗為夜。有晚上，有早晨，這是頭一日。

《摩西五經》（Pentateuch）的情況也差不多。時代證明了廷代爾的努力是對的，而且若是在現代法庭，他絕對能控告那些學者逐字逐句抄襲。

如廷代爾所願，《聖經》終於普及全國，連農夫都人手一本，一六一一年欽定本也成功達成詹姆士一世的目標。它鞏固了英國國教，加上王室和議會，三者共同奠定了現代大英帝國的基石。它也創造了某種英文標準，或可稱為某種「行話」，全國人民每週至少要聽上一次（詹姆士一世規定每週都必須上教堂）。在《欽定本聖經》每週的教化下，其內容滲透了接下來數百年的英國知識界與文化圈，作家尤其受到影響。它的影響力無形無影，潛移默化，但隨時都在。《欽定本聖經》是唯一一部能夠歸功於某位國王的真正英國文學巨作，但除了向他致敬以外，我們也不能忘記廷代爾。他可謂立於最頂尖英文作家之列，地位絕不遜於莎士比亞。

· 9 ·

解放思想

玄學派

若問愛詩之人，誰是英國文學「抒情」短詩的先鋒和代表人物，他們多半會提到約翰・多恩（John Donne, 1572-1631）。多恩是「玄學派」（metaphysicals）詩人之首。對了，別在這個名稱上鑽牛角尖。為何要如此稱呼這群詩人，目前沒有人提出滿意的解釋。為求精確，文學歷史學家認為最好稱之為「多恩派」詩人，但「玄學派」聽起來比較耐人尋味就是了。

多恩寫作不是為了留名青史。至少，現在大家最推崇的愛情詩都是他年輕時的作品，並無任何雄心大志。晚年時的多恩——他的朋友（也是為其作傳者）艾薩克・華頓[28]稱之為「懺悔年代」——後悔曾經年少輕狂，成了令人尊敬的教士，並盡其所能阻止自己早年的作品流通。他說，他寧可將它們全都「埋葬」。

多恩晚年希望自己以宗教詩留名。確實，他的宗教詩寫得十分優美，尤其是所謂的《聖十四行詩》（Holy Sonnets），其中最著名的是〈死神勿得意〉（Death Be Not Proud）。詩人大膽地斷言，真正的基督徒無需害怕死亡，而應該視死神為敵人，正面迎戰，並擊倒對方。這首詩的體例正如其名，只有十四行，開頭如下：

死神勿得意，縱然有人稱汝
強大而可佈，但那並非實情。
爾自以為擊垮之人，
實未死去，可憐的死神，爾亦無法置吾於死地。

28 艾薩克・華頓（Izaak Walton, 1594-1683），英國作家，著名作品為《釣魚大全》（*The Compleat Angler*），書中以散文和詩記述這項技藝。

「爾」（thou）和「汝」（thee）現在聽來很文謅謅，但在當時是用來稱呼輩份比自己低的人，例如孩童或僕人，「你」反倒更正式，因此這裡的用字表現出他挑釁的態度。他公然挑戰死神，彷彿在說：「若你覺得自己很強悍，就來跟我打一場。」多恩的詩一貫建立在「似非而是」的情況（paradox），同時產生對立的意義。這首詩在說明的是，死神「自認」殺死的人其實都已獲得永生。因此，我們可以說：死神永遠贏不了。

多恩希望自己能以布道和宗教作品留名於世。它們雖然非常出色，部分傳道書文筆很值得一讀，但現在很少人閱讀全本（多恩若知道我們只看重他作品的文學價值，可能會發火）。下列這段迂迴而美妙的長句，出自〈沉思：第十七篇〉（*Meditation XVII*），就是很好的例子，可以看出多恩雖然在解釋宗教的真理，表現方式卻仍媲美偉大的文學（在此保留原本的拼字方式，因為我認為這樣效果更好）：

No man is an Iland, intire of itselfe; every man is a peece of the Continent, a part of the maine; if a Clod bee washed away by the Sea, Europe is the lesse, as well as if a Promontorie were, as well as if a Manor of thy friends or of thine owne were; any mans death diminishes me, because I am involved in Mankinde; and therefore never send to know for whom the [funeral] bell tolls; It tolls for thee.

沒有人是座孤島，獨立自全。人人都是大陸一角，屬於整體。若有一土塊被大海沖落，歐洲即因此減損，形同失落一座海岬，形同你自身或你的友人失去一座莊園。身為人類一份子，任何人的死都令我減損。因此，不要追問喪鐘為誰敲響。喪鐘即為你敲響。

人難逃一死，我們終會離開這世上。但我們不該視之為個人悲劇；是死亡讓世上所有人的命運緊密交織在一起——聽我解釋很老套，用多恩的方式解釋卻很美。

・機鋒和狂想

儘管多恩的宗教散文和韻文都很精湛，但他年少輕狂時寫的詩集《詩歌和十四行詩》（*Songs and Sonnets*）才是最具影響力的作品，也最常被今人收錄在名詩選集。這些詩最初是以手稿的形式，在一小群同樣聰明、勇於嘗試的朋友之間流傳欣賞。多恩詩派的詩作相當成熟，隨時挑戰著詩的形式，有時更是大膽得嚇人。現代讀者有時可能會覺得自己不是在讀詩，而是在解一道困難的謎題——方向正確的話，會額外得到不少趣味。

玄學派的技術水準極高，但最重要的是他們的詩頗具「機鋒」（Witty），追求言必聰明巧妙。在這方面，沒人比得上約翰・多恩。他們最重視的價值叫做「狂想」（conceit），意指沒人想過的大膽想法或「概念」。這些狂想通常天馬行空，難以捉摸。總之，與其我多費脣舌，不如眼見為證。以下就是最佳實例，引用自多恩的短詩〈跳蚤〉（The Flea），據研判寫於他的年輕時期：

看這隻跳蚤，並看清楚，
汝的拒絕有多微不足道；
跳蚤叮了我，也叮了汝，
在跳蚤體內我倆的血交融為一。

詩人想說什麼？將它稍加拆解，便能了解個中謎團。我們可以知道，這首詩是寫給一個不知名年輕女子。她固執地拒絕詩人的示愛，於是詩人在詩中使盡渾身解數以贏得她的芳心。

多恩試問兩人結合的意義，並以微不足道的跳蚤來說明。牠很渺小，也不會造成什麼大不了的後果。為了說服她，他將重點放到跳蚤上（也許他才剛用指頭掐死牠，血濺當場）。他相信那隻跳蚤咬了他們倆，所以他們的體液早已融合。詩中其他地方還出現了對英國國教聖餐禮、聖餐酒（代表基督之血）的大膽暗示。

這首詩聰明地辯問：如果兩人鮮血已交融，為何他們不乾脆結合呢？收到詩的年輕女子最後是否答應了這位聰明情人的追求，我們不得而知，不過，世間消受「淫慾」（youthful desire）之念的對象何其多，當中有幾人曾受過文學手法比它還精巧的追求？幾百年後，今天的我們可以只單純享受這首詩就好。

・無事不成詩

多恩死後，清教徒在克倫威爾[29]帶領下打贏了英國內戰（1642-51）。當時，嚴禁詩中含有「放蕩」（libertine）的愛情觀，〈跳蚤〉一詩也入列其內，因為詩中的男女顯然並未結婚。接下來的十八世紀，英國文學有「奧古斯都時代」（Augustan Age）之稱，因為其主軸是模仿拉丁文與希臘文的優美經典作品。那段時期，玄學派文學奔放不羈的想像力也不受青睞。對他們而言，重點不是合不合乎道德，而是玄學派風格過於狂野任性（在文學的意義上）。

塞繆爾・約翰生是「奧古斯都時代」最權威的文學家。他認為多恩的詩「混雜了五花八門的想法，而且蠻橫地結合在一起」，例如把跳蚤的血和宗教聯想在一起。另一首著名詩作中，多恩將分隔兩地的愛人比作一支圓規，腳雖然分開，頭部仍合在一起。這首詩「俗氣」不已，不見任何潤飾。整首詩寫得七零八落。

29 奧立佛・克倫威爾（Oliver Cromwell, 1599-1658），英國軍事、政治領袖，後來也擔任聯邦護國公一職。雖然容忍新教，卻又獨裁迫害異己，不論在宗教或政治上，都是英國功過難定、最具爭議的歷史人物。

約翰生相信，詩必須遵循特定規則，不得視傳統為無物。

儘管有人持反對意見，但玄學派問世後，名聲在這幾百年間水漲船高。他們漸漸被視為英國詩學發展上的重要運動，原因不光是詩本身的成就，還因為他們影響了後繼的近代詩人，其中之一就是二十世紀的偉大詩人：T．S．艾略特[30]。他大力為十七世紀的玄學派前輩提出最有力的辯護，說明其偉大和重要性。艾略特在多恩身上看到的是「未解離的感性」——用詞雖然詭異，但艾略特的意思是，對多恩與該派詩人而言，這世上的事物並無「有詩意」和「無詩意」的區別，也沒有規定什麼能寫成詩、什麼不能。詩人能寫夜鶯和斑鳩，應該也能充滿感情地書寫跳蚤。艾略特欣賞玄學派詩人，因為他們打破了雅俗的疆界，將生活點滴化成詩，無一例外。玄學派為大家上的這一課，所有像他一樣的詩人都會牢記在心。

・打破規則，所以偉大

到了晚年，多恩已安穩成家，更成為倫敦聖保羅座堂的主任牧師。雖然這時他的詩句氣氛神聖，不再放蕩，卻充滿了令人驚嘆的智性勇氣。約翰生所謂「蠻橫」的想像力，至死都存在他的詩句裡。這裡的「至死」，可不只是形容而已。多恩躺在病床上，臨死前寫了一首聖詩〈在我病痛中讚美上帝〉（*Hymn to God,*

30 T．S．艾略特（T. S. Eliot, 1888-1965），英國作家，二十世紀最重要詩人之一，代表作為《荒原》。

My God, in My Sickness）。他這時寫詩的對象不是年輕的女孩，而是他再過一、兩小時就要面對的造物主。這首詩主要在敘述他即將永遠在天國的唱詩班裡歌唱。他並未步入死亡之房，而是進到教堂事務房，即將邁入教堂主殿之內。以下是該詩的前三節：

我即將來到神聖殿堂，
見眾聖人歌誦永恆，
我將化為祢的樂音；此時
我於門口調音，
並沉思我應做之事。

愛心使我的醫生們成了
宇宙誌學者，我是他們的地圖，平躺
於病榻，他們將揭露
在我往西南行進的發現之旅
出現通往死亡的發燒衰竭之峽（per fretum febris）；
海峽之間，我欣然見到西方；

縱然海流有去無回，
西方何以傷我？不論東方西方
都在同一張地圖（如我），
同理，死和復活實為一體。

這首讚美詩和多恩的其他詩作一樣大膽。讀者必須仔細研讀，才能跟上他複雜的詩句。「狂想」濃縮在其中，像罐頭裡的沙丁魚。他的死好比一場遠航探險。他將加入偉大的航海家，踏上人生最後的旅途。醫生不久後將進行解剖驗屍。他們就如同查明宇宙的宇宙誌學者，將會發現他身體是一張地圖，指示著他前去的方向。他是去哪裡呢？西方，也就是墳墓中的冰冷黑夜。但在那之前，他必須穿越東方與炎熱致命的海峽（發燒衰竭）。艾薩克・華頓在記錄時，寫下「其他人最恐懼的便是死亡，但多恩一點也不害怕死神。他渴望死亡那一天」。我們只能希望神和我們一樣欣賞優美的詩句。

・簡單又獨創

若覺得多恩詩句意象過於豐沛複雜，無法輕易理解，他玄學派的夥伴喬治・

赫伯[31]的作品相對簡單多了。赫伯如多恩一樣是神職人員，但不是什麼大人物。他只是個鄉下牧師，寫過一本手記，說明像他這樣身份低微的神職人員應當如何善盡一己之責。他也寫下了不少「樸素」的精緻詩作。以下便是他的詩作〈美德〉（*Virtue*）開頭的詩句：

美好的白晝，如此涼爽、平靜、明媚，
天地結成連理：
露珠將為你墜入夜而泣；
因你必得消亡。

這首詩的「狂想」（中心概念），是以黑夜象徵死亡。第二層意思是，天和地於地平線融為一體，黑暗降臨，因此黑夜是天、地的產物，或可視之為「孩子」（這意象既美麗又具獨創性）。然而，瞧它的語言多簡單：原文每個字都只是單音節的字，除了「bridall」（結成連理）之外，它甚至是個雙關，兼具「套住兩匹馬的馬轡」（bridle）與「婚禮」（bridal）的雙重意義。

還有人能以簡單的素材為題——或是以多恩來說，以「低俗」的事物為主題——寫出精巧複雜的詩作嗎？T．S．艾略特說得對。玄學派的詩打破所有規則，這就是它的偉大之處。

31 喬治．赫伯（George Herbert, 1593-1633），英國詩人暨牧師，家境優渥，就讀劍橋三一學院，一生都在國會或教堂為民奉獻。詩風歸於玄學詩派。

· 10 ·

國家崛起

彌爾頓和史賓賽

世稱「賢明女王」的伊莉莎白一世統治英格蘭四十五年期間，文學有一種新的「感覺」：人民對國家漸漸充滿驕傲和自信。英格蘭也著實感到自己的「偉大」，有人甚至狂妄到覺得它和古羅馬並駕齊驅。所謂「英國」在文學上以兩種方式表現，一是寫英國的事，再者便是以英文寫作，並且在有需要時盜用其他偉大國家的文學形式和作品。換句話說，此時的文學以國家主義為中心。

・失敗的政治家，偉大的詩人

第一首歌誦英國的偉大英詩，是愛德蒙・史賓賽所寫的《仙后》（*The Faerie Queene*, 1590-96）。這首詩寫於伊莉莎白晚年，目的便是獻給她。史賓賽是王室朝臣、士兵，亦是鋌而走險的政治家，當然也是個詩人。他不算是專業作家。史賓賽雖然有得到別人資助，但他不曾以寫作維生，也無意在英國文學占有一席之地。諷刺的是，他最後卻是因作品而留名歷史。

愛德蒙・史賓賽（Edmund Spenser, 1552-99）出身自成功的布料商家族，屬於新興中產階級，並於劍橋大學接受教育。他早年是愛爾蘭殖民行政長官，主要的職責是實行戒嚴法，解決反叛份子，鎮壓叛亂。他下手極具效率，且手段往往相當野蠻。女王為此賞賜他一塊愛爾蘭的地產。

史賓賽是個充滿野心的男人，並不以此為滿足。為了達成野心，他寫了《仙后》一詩來討好女王。這首詩之前，還有一篇寫給華特．雷利[32]爵士的序文信。雷利爵士也同樣盡心討好他們的君主，只是方式不同：他讓不列顛帝國稱霸海上。《仙后》只為史賓賽贏得一小筆津貼，未能助他達成夢寐以求的目標。後來他的人生也充滿失望。他的城堡在一五九七年被愛爾蘭叛亂份子燒了，據學者判斷，他在這場攻擊中也失去至親。史賓賽搬回倫敦，四十多歲時窮途潦倒，淒涼離世。我們不知道他的人生終點為何一貧如洗。

史賓賽的政治家生涯並不成功，但他身為詩人的成就非凡。他位於西敏寺詩人之隅的墳墓，恰好在他的「大師」傑弗里．喬叟的墓地旁。他死時，當代知名的作家（據傳包括莎士比亞）都曾拋紀念詩到他墳中。他們紀念的不只是他，也是漸漸嶄露頭角的英國文學。

《仙后》一詩的主題關於英國，不僅充滿榮耀，更閃耀著「榮光」（Gloriana）。「榮光」是仙廷女王的名字，而世人向來也以「榮光女王」來尊稱伊莉莎白女王。這是一首磅礴的史詩，史賓賽原本打算寫成十二卷，最後只完成六卷。無論如何，《仙后》是英語文學中長度數一數二的詩，難度也是數一數二。史賓賽完成的半部《仙后》中，每一卷都以一項美德為題，述說建立國家必備的美德。這六項美德分別是：神聖、節制、貞潔、友誼、正義和禮儀。六項美德各自化身為一名騎士，總共五男一女；他們身著盔甲，啟程遠征，背負端正世界的重責大任，並為異教、

32 華特．雷利（Sir Walter Raleigh, 1552-1618），伊莉莎白時代軍人和冒險家，其建言讓英國著重於海軍、貿易和殖民。

原始的世界帶來文明。基於本詩的詩名和創作目的，世人對第三卷的女騎士布烈特瑪（Britomart）特別有興趣。她就像這一卷中明白讚揚的伊莉莎白女王一樣，是守身如玉的烈女化身，沒有男人能征服或「擁有」她。若問伊莉莎白女王最喜歡這首詩的哪一部分，毫無疑問是這一卷。

史賓賽的詩是以押韻的詩節所構成，現在我們稱之為「史賓賽式詩節」（Spenserian stanza）。這種押韻詩節極為複雜，難以駕馭。它是以「詩語」（poetic diction）寫成，意思是詩中用字遣詞較為正式、艱澀。自《仙后》一詩後，英詩形成了不以日常語言創作的傳統。《仙后》最主要的技巧是「寓言」（allegory），也就是用一件乍看天差地遠的事暗指另一件事。讓我們來看看第一節的前幾行詩句，以了解它的語言風格、修辭和寓言：

A GGentle Knight was pricking on the plaine,
Y clad in mightie armes and siluer shielde,
Wherein old dints of eepe wounds did remaine,
The cruell markes of many' a bloudy fielde;
Yet armes till that time did he neuer wield:

高貴的騎士策馬穿越平原，

全副武裝，手持銀盾，
盾上依稀留有古老的傷痕，
述說一場場腥風血雨之戰；
但手中的武器他至今尚未動用：

詩中「策馬」（prick）是指騎士用腳上的馬刺刺馬，讓牠飛奔，但即使是在十六世紀，也沒人用這種仿古的用語。然而，這樣的語言正可達到史賓賽的目的：創造出超越現實的效果，彷彿置身「仙」境。這些詩句不只意義深遠，更充滿「神聖性」，符合第一卷想述說的美德。例如，騎士為何身穿傷痕累累的盔甲？這個細節指出先祖們為基督信仰所贏得的無數偉大戰役。我們不需要用殉道或被燒死來證明自己的神聖。這首詩的每一節詩句都富含寓意，而且皆以充滿「史賓賽式」風格的非自然語言寫成。

・《失樂園》的野心

一百年後，約翰・彌爾頓（John Milton, 1608-74）創作出他的作品，英詩再次邁出重要的一步。自從伊莉莎白女王駕崩，英國國內陷入宗教紛爭，彌爾頓是屬於擁護共和（Commonwealth）的積極政治份子。雖然當時英國仍在摸索和定義自己，但《仙后》所透露的國族自信，也出現在彌爾頓的《失樂園》中。他在共和時代開始書寫，並於一六六七年查理二世統治期間印刷出版。一如史賓賽認喬叟為師，彌爾頓也坦承自己師法史賓賽，作品主要受其影響。英國文學至此出現了一脈相傳的偉大「傳統」。這三個詩人像是被鐵鍊牢牢連結在一起。

彌爾頓創作《失樂園》的野心極為驚人。他打算寫一部媲美維吉爾（Virgil）的《埃涅阿斯紀》和荷馬的《奧德賽》史詩，並希望以此史詩「辯護神對待人之道」。換句話說，他將重新講述《聖經》前幾個章節，並釐清這幾章帶來的棘手神學問題。例如，「嘗禁果」是否真是錯的？伊甸園中，亞當和夏娃真的無所事事嗎？他們「結婚」了嗎？彌爾頓在詩中緊扣這些問題。在過去，詮釋信仰是神祕劇的任務；時至今日，城鎮已不再有神祕劇的蹤影，《失樂園》一肩擔起這項重責大任。不過，凡夫俗子無力欣賞彌爾頓的作品。《失樂園》的目標讀者是高知識份子，最好是懂得一點拉丁文的人。

彌爾頓視《失樂園》為生涯代表作，令人驚訝的是，當時他已雙目全盲，全靠口述完成作品。創作時，他面臨兩個難題。首先是，他該用哪一種語言來寫？彌爾頓是個學者，幾百年來，學者使用的文字都是古希臘文和拉丁文。彌爾頓兩種語言都很流利，寫過不少拉丁文詩。他的詩若真要忠於維吉爾和荷馬，就應該用他們的語言，不是嗎？最後雖然他決定採用英文，但由於混合大量古語，整體聽起來仍近似拉丁文。

他面臨的另一個難題是「形式」。身為學者，他曾鑽研亞里斯多德的《詩學》，心知希臘評論家稱悲劇為文學中最崇高的形式。彌爾頓考慮了好一陣子，遲疑著是否要寫一齣悲劇，足以與《伊底帕斯王》並列。他甚至已經擬好名為「亞當墮落」（Adam Unparadised）的悲劇寫作計畫。結果，他最後選擇了敘述形式較為靈活的史詩，主要原因是（一如維吉爾）他決心要創作一部歌誦一個偉大國家茁壯強盛的文學作品。彌爾頓打從心底相信英國現在是個偉大的國家了。這個主要假設是《失樂園》的基礎，也促成了彌爾頓上述那兩個決定。

・不自覺地站到惡魔的一方

彌爾頓的偉大任務是否成功，引起爭辯而未有定論。不論是述說毒蛇引誘亞當和夏娃時，或開頭描繪撒旦和上帝之戰時，如威廉・布萊克[33]所說，彌爾頓幾乎「不自覺地站到惡魔的一方」。彌爾頓其實不確定自己的立場。撒旦是個反叛者，彌爾頓自己也是；終其一生，他冒著生命危險反對查理一世。撒旦說，「寧在地獄稱王，也不願在天堂為僕」，從上下文聽起來充滿了英雄氣慨。此外，不論後果如何，彌爾頓顯然也不確定人是應該吃下「知識之果」，還是維持純真，

33 威廉・布萊克（William Blake, 1757-1827），英國浪漫派詩人暨畫家，一生默默無聞，卻對後世詩作和視覺藝術有極大影響。

一輩子「茫然」無知。彌爾頓對男女的觀點也觸怒不少現代讀者。他一開始如此描述亞當和夏娃：

兩個更高貴的身影昂然而起
如神直立，天生煥發榮光
壯麗而赤裸，可謂萬物之靈
他睿智聰敏，英勇雄壯
她溫柔婉約，優雅動人
他只為神而生，她為神而依存於他。
他相貌堂堂、目光炯炯，宣告
絕對的領導……

「他只為神而生，她為神而依存於他」，讀到這句話，現代讀者多半氣結。畫家往往依照彌爾頓的描述來作畫。傳統上，他們在構圖時會讓亞當虔誠地向上望向天堂，夏娃則深情凝視著亞當（兩人身上當然都有無花果葉遮體）。但後來在詩中，身為妻子的夏娃並未「絕對」服從，堅持獨自走入伊甸園。當然，她的家庭革命讓她陷入危險，狡猾的撒旦化為毒蛇花言巧語告訴她，若想要進一步獨立，必須吃下知識之樹的禁果。

・媲美古老史詩的巨作

另一個爭論點是彌爾頓寫詩所用的「英文」。他的英文已經深深「拉丁化」，有時簡直令人難以忍受，好像他永遠都拋不開用古老語言寫作的意圖。下面這段來自第七卷，內容描述伊甸園的植物，是彌爾頓用字遣詞的最佳範例：

… up stood the corny reed
Embattled in her field: and the humble shrub,
And bush with frizzled hair implicit: last
Rose as in dance the stately trees, and spread
Their branches hung with copious fruit; or gemmed
Their blossoms …

……直立的玉米穗
列於田野，齊整的灌木叢
交織捲曲如髮的矮木：最後的
玫瑰和壯碩的樹木共舞，其枝
延伸，結有累累果實；或綻放

它們的花朵……

這可不是《園丁答問》節目。

有些詩人像T．S．艾略特一樣，相信彌爾頓拉丁化的《失樂園》為文學築起一道「長城」，令人倒盡胃口。文學的語言，應該接近浪漫主義詩人華茲華斯[34]所謂「人的語言」，而非滿腦子拉丁文的學究或學者將想法生硬轉譯為英文的那種語言。許多人認為彌爾頓的文筆有時候便是如此。然而，對於他的作品和英詩整體而言，重點是彌爾頓藉著自己的選擇，證明了英文在像他如此偉大的詩人手中，也能創作出媲美古老史詩之作。

《失樂園》也引發了眾多問題。例如，詩作真的能比《聖經》解釋得更清楚嗎？這一點值得深入討論。偉大的文學從來不會簡化事情。面對困難的問題，作品不會提出簡單的答案。它幫助我們明白：世事對我們來說永遠都不簡單。

彌爾頓在第一卷中充滿自信地表示，這十二卷的史詩是為了讓讀者成為更好的基督徒，或至少可以更了解《聖經》的細節。誰知道呢？也許他真成功了，在某些讀者心中完成宣揚信仰的任務。但《失樂園》主要成就其實很不一樣，而且完全是來自文學上的。它為英文文學和以英文寫作的詩人指明了一條發展的道路。它為英國文學奠基，自此之後，英國文學將獨立於世。以英國為題，以英文表現。

34 威廉．華茲華斯（William Wordsworth, 1770-1850），浪漫派最重要的詩人，與柯立芝合著的《抒情歌謠集》（*Lyrical Ballads*）推動了英國文學史上的浪漫主義風潮，個人經典作品為長詩《序曲》。

· 11 ·

誰「擁有」文學？

印刷、出版和版權

此刻你拿在手中的這本書不是文學作品，但我們拿它來當作例子。書是我寫的，我的名字印在封面和版權頁上。所以這是「我的」書（作者：約翰．薩德蘭）。不過，那代表我「擁有」你手中的書嗎？不，實體的書不屬於我。你買了就是你的。但如果我在寫書時，有人闖入我家，偷走我的電腦，發現我正在寫的作品，用他自己的名字出版，那會變成怎樣呢？假設我能證明那是我的原稿，就能控告小偷侵犯著作權，未經我的許可擅自複製作品，並當成自己作品四處散播。這便是眾所周知的「剽竊」（抄襲）。

自十八世紀起，隨著文學形式日新月異，現代的版權法不斷發展演變。它必須跟上各式新科技，包括二十世紀的電影改編（第三十二章），以及今日電子書和網路的挑戰（第四十章）。但本質上，「版權」（copyright）永遠只有一個意思：「印刷複製的權利」。身為本書的版權所有人，我授權耶魯大學出版社將此書印刷出版。

一本書名副其實是作者辛苦雕琢的心血，我們稱之為「著作」（work of literature）。而出版商的書目中也列有一本本作品（titles），他們擁有的是這些書的所有權。最後，當書籍上市銷售時，每一本都是「副本」（copy）。你現在手中拿的就是我作品的副本。每個人都以不同的方式「擁有」這本書。請想像一群愛書人。主人指著被書壓得嘎吱作響的書櫃，驕傲地大聲說：「看看我的書！」一位作者望了望書櫃，開心地回道：「我發現你有一本我的書，你喜歡嗎？」一名出版商看了看書櫃也說：「我非常高興你的書櫃上有這麼多我們的書。」某方面來說，他們三人都是對的。主人擁有的是實體書，出版社擁有的是作品的特定形式，作者則擁有原著。這代表在現代社會中，一本書的書寫、出版和銷售需要多方通力合作。

這本書的生命起自我和耶魯大學出版社簽約時，我授權他們將我的文字出版成書。一等到我的原稿圓滿地送到他們手中，他們就請人編輯、設計、排版、印刷、裝訂成冊，在上市前儲藏在倉庫中。出版社在個別的過程中花了諸多成本，此時實體書是歸他們所有。接下來，一本本書會運送到各個通路商，不論是實體書店、電子書商或圖書館。這時候，實體書已經屬於他們了。最後，顧客買下這本書帶回家（書也可能是借來的，之後要歸還圖書館）。現在，出版、印刷和銷售的公司通常各司其職。但是十九世紀前，出版和印刷主要都是由銷售作品的書商負責。

・從手抄本到奢華工藝品

自有史以來，人類花了好幾千年，創作了無數作品，才終於為文學訂立法律，保障各種權利。而一直到法律問世，出版產業才得以成為一種條理分明、擁有機制與方法來商業販售文學產品的行業，「文學」也才能得到完整適當的發展，不再只是散亂的文字紙卷、口述故事和歌謠。

現在創作文學作品時所適用的法律和商業架構，決定於之前發生的幾個契機。首先，要有市場的話，書寫、識字和教育機構三者缺一不可。另一個契機有其歷史。在古老年代，像亞歷山卓這種知名大圖書館內，文獻都是記載在卷軸上。後來，文字載體從原本的卷軸變成了「抄本」（codex，複數形為codices）。換言之，它是用經過裁切、編好頁碼的頁面構成的書，就像你現在手中的這一本。（拉丁文 Caudex 的意思是「木塊」）

手稿／手抄本起源於古羅馬，據說其發明和基督教迫害有關。不同於羅馬的異教信仰，當時基督徒以福音為聖書，需要能夠隨身攜帶、又不引人注意的小書。比起卷軸，手抄本較小、較容易藏匿。

在古老的年代，製作手抄本需要大量人力，若還需要畫圖、紋飾或精美裝幀，有時要花上好幾年時間，由技巧高超的繕寫員製作而成。這些人通常是藝術家，而非一般工匠。如今收藏在各大圖書館的手抄本，都是受有錢的個人或機構——王室、教會、修道院或貴族——委託製成的奢華工藝品，往往世上僅此一本。繕寫員的工坊稱為繕寫室（scriptoria）。據估計，截至十五世紀，供那些有學識的書蟲閱讀的手抄本才頂多兩千本而已。比方說，喬叟的《坎特伯里故事集》中，那些朝聖者認為學士飽覽詩書，其實他只擁有六本書而已。

書本如此罕見，代表大多人都是聽別人「唸書」，而非自己讀書，更別說擁有了。在一幅十九世紀的名畫中，我們可以看到喬叟站在講台上向觀眾朗讀他的偉大詩作（在他的時代，印刷術還要五十年才會問世）。今天在大學的演講廳中，我們仍然看得到「講台」（lectern）。它的最早功用，是用來朗讀只有一本的作品。「演講」（lecture）這個字是從拉丁文lector而來，意思是「朗讀者」（reader）。

書籍要大量製作與普及，需要一些先決條件，其中之一是製紙技術。它大約在十三世紀才從東方傳至英國，在那之前，重要的文本都記載在羊皮紙或乾淨、風乾的獸皮上，有時是刻在木頭上。便宜的紙張，為十五世紀晚期的重大發明「印刷術」鋪好了路。

・印刷術的突破

我們以為印刷是歐洲的產物，出自幾位著名的先驅，包括德國的約翰尼斯・古騰堡（Johannes Gutenberg）、英國威廉・卡克斯頓（William Caxton）和義大利阿爾杜斯・馬努提烏斯（Aldus Manutius，他也發明了「義大利斜體」〔italic〕字體）。事實上，印刷術當時在中國已問世許久。不過，中國人遇到不小的麻煩。中文的書寫文字是由好幾千個圖像式文字組成，每一個都得刻到方方小小的字模上。光是你現在正在讀的這個段落，就得排成一面小牆般的版面，需要用到一百多個字模。

西方的文字則是用表音符號系統，只有二十六個字母和十多個發音符號。這對印刷業者而言實在太方便了。想造出所需的「活字」（type），只需要把鉛液灌注到一副同樣大小和式樣的「字型」裡，待其冷卻後放入「字盒」即可。通常大寫字會放在上層字盒（upper case），英文至今也仍會用「uppercase」來稱呼大寫字母。許多印刷業的先驅都像古騰堡一樣，長年與高溫金屬為伍。印刷師傅會將活字排列成行，拼成版面後上墨，再將「印刷機」往下壓印，印出所需的份數。印刷機的基本原理則和現代的長褲熨燙板是一樣的，機器本身其實不大，大約是熨褲板的兩倍而已。

古騰堡版《聖經》是世上第一本活字印刷書，字體精緻而華麗，看起來像極了手抄本。若你有機會看到十五世紀的版本，你會發現自己無法分辨它是手寫的還是印刷的。差別在於，繕寫室抄完一本《聖經》的時間，古騰堡位於德國美因茲（Mainz）的工坊可以印出一千本。

這是一大突破，也造成一系列新的問題，最急迫的就是我們熟悉的老朋友：版權。英國第一部印刷作品出現於一四七六年，卡克斯頓出版了《坎特伯里故事集》（真是選得好！），書印好後，他拿到自己位於聖保羅大教堂外的小攤子販賣。喬叟已不在世上，沒有授權的問題，但就算他仍在世，卡克斯頓經營的印刷工坊也絕不會付給傑弗里．喬叟任何一毛錢。

・保障智慧財產

接下來的兩百年，書市是盜版天堂。隨著時代進步，社會漸漸需要法律機制來控制「重製權利」（right to copy），尤其是倫敦已擠滿大量顧客，出現了所謂的「閱讀大眾」。如之前所述，當時倫敦書商都身兼出版商，店後方都放著印刷機具。他們集體向議會施壓，要求訂立規範書市的法律。

一七一〇年，議會提出一套細密完整的法律：《安妮女王法令》（Statute of Anne），主旨明訂為「鼓勵學習」。它的序言是這麼寫的：

> 印刷業者、書商和其他從業人士近期頻繁自由印刷、重製和出版，或致使印刷、重製、出版書籍和其他作品，過程未經作者和所有者同意，造成其損失，也往往令其與家人無以為繼。為避免未來有類似情事，為鼓勵知識份子寫作，生產有用之書籍……

史上第一次，法律認可了作者的原創地位，並肯定作品的價值。以現代用語來說，那就是作者的「智慧創作」。最初的創作一旦被寫下（以現代而言，是經打字或文字處理），作者便擁有著作權，作品就是我們現在所謂的「智慧財產」。智慧財產可以化為「實體」，像是紙本書或現代的電子書，甚至改編成戲劇或電影。但最重要的是，自一七一〇年起，在著作權法規範之下，原始創作品的所有權仍歸於作者，其他人只有經作者授權才能使用。

這個世界第一個著作權法已事先料到「永久所有權」的弊病。因此，不論是創作者或取得授權者，重製權都僅限一段時間。之後，作品將歸屬「公共財」（the public domain），由所有人共享。一七一〇年的法令中，保障版權的時間相當短。多年來，這段期間不斷延長。現在，依照歐洲規定，它已延長至創作者死後七十年。

《安妮女王法令》訂立時十分審慎，清楚定義了「想法並未享有著作權」，使得《安妮女王法令》有別於其他法令，例如專利法就有保護想法。讓我這樣解釋吧：假設我寫了一本偵探小說，到最後一頁才揭露「是管家幹的」。不久後，你也寫了一本偵探小說。鏘鏘鏘！如果你也在最後一頁揭露兇手，那是你的自由，但你不得抄襲我的文字形式。法律保護的是表達方式，而非文字背後的想法。

作家「在未耕耘之處收割」是一項偉大又受到約束的自由權利，也因此讓文學得以茁壯，尤其是敘事文學（narrative literature）。事實上，還有不少法律約束著出版自由。例如，《誹謗法》規定出版品不得對個人散布惡意不實傳言。過去幾世紀以來，在審查制度下，人民也不得出版違反善良風俗和褻瀆神明的作品。現代法律則對於刺激種族情結、煽動暴力的出版品亦有所控管。但塑造出文學今日樣貌的基礎自由與規範，都是由三百年前這些明智的議員所訂立的。

英國著作權法後來漸漸推廣至國外，其他國家也各自發展出自己的傳統。事實上，過程花了不少時間。美國直到一八九一年才簽下國際版權協議。在這之前，美國可以抄襲英國和其他國家的文學作品。狄更斯曾為此勃然大怒，這輩子都沒原諒這群該死的盜版美國佬。我們會在第二十三章細說這則「國際事件」。

印刷書至今已通行超過五百年。在熙攘的書街商店中，若卡克斯頓再世，可以看到他當年出版的《坎特伯里故事集》現代版本。然而，書籍終於在二十一世紀走到尾聲了嗎？如同手抄本取代了莎草紙卷軸，電子書將全面取代紙本書了嗎？沒有人能確定。但此時看來，兩者似乎比較有可能共存。舊有的紙本書有一種說不出的實質性美好。你邁步走到書櫃前，伸手取下一本書，用拇指和食指翻開書頁——不論使用 Kindle 或 iPad 看電子書，都不會有此感受。我猜想，紙本書的「感觸」（觸感，乃至於氣味）將繼續給予它一席之地。就算不是首要位置，它也將在文學的世界中再延續一段時間。

· 12 ·

虛構故事的殿堂

小說的原型

人類是會說故事的動物。追溯到人種之始，我們已經具有這項特質。當你想到「虛構故事」（fiction），腦中是否最先浮現小說？其實，文學史上，寫小說、讀小說，要等到十八世紀的某個時期才開始，下一章會細說分明。在那之前，虛構故事具有各種不同的形式。若深入研究，我們也許能在過去的文學中找到「小說原型」的作品，有些甚至比第一本小說還早好幾百年。以下五部歐洲文學作品便能解釋這一切。這些作品不是小說，但我們從敘述中感覺到小說已呼之欲出：

《十日談》（*Decameron*, 1351），喬萬尼．薄伽丘，義大利

《巨人傳》（*Gargantua and Pantagruel*, 1532-64），弗朗索瓦．拉伯雷，法國

《唐吉訶德》（*Don Quixote*, 1605-15），米格爾．德．塞萬提斯，西班牙

《天路歷程》（*The Pilgrim's Progress*, 1678-84），約翰．班揚，英國

《奧魯諾可》（*Oroonoko*, 1688），艾芙拉．班恩，英國

・嘲諷權威，創造笑聲

薄伽丘（Giovanni Boccaccio, 1313-75）的《十日談》影響深遠，最著名的例

子是喬叟，一四七〇年印刷刊行之後更是風靡歐洲。自那時起，故事集的形式便不斷出現在各地的文學中。《十日談》架構簡單，扣人心弦。書中黑死病肆虐佛羅倫斯。十四世紀，黑死病經常在歐洲大流行，例如我們第六章提到的韋克菲爾德鎮，便被它奪走全鎮三分之一的人口。當時黑死病無法治療，只能選擇逃到遠方，並希望病魔不要找上你。十個出身良好的年輕人為了躲避黑死病，逃到一棟鄉間別墅住十天，因此原文書名才會以「-deca」結尾，那是希臘文的「十」。作者稱他們為「brigata」，意思是「同一夥人」。他們共三男七女，為了打發時間，每人每天必須講一個故事，因此書中有一百個故事。薄伽丘是當時義大利最著名的作家，用了一個有趣的字來稱這些故事：「novella」，義大利文中代表「新奇的小東西」。在溫暖的夜裡，四周傳來輕柔的蟬鳴，這十人坐在橄欖樹下，手上拿著酒飲，娓娓道出一個個故事。

它們的主題各異其趣，有的驚奇萬分，可比童話故事；有的堪稱新古典文學，巧借古老的文學作品，新瓶裝舊酒；有的下流低俗，有的荒唐又不正經，呈現出生活樣貌多變的本質。每個故事都經過細心設計，隱含顛覆思想。許多故事對教會和統治政權百般諷刺，畢竟這是藉年輕人之口來表現的文學故事。而且這標榜「新東西」的文類正意圖打破文學規則，嘲弄傳統。這是它創新的一部分。

弗朗索瓦．拉伯雷（François Rabelais, 1483-1553）的《巨人傳》出版時是五本各別的書，比起《十日談》結構較鬆散。書中集合了眾多毫無關連的奇異軼事和插科打諢的笑料，主角是兩個不可能存在的巨人父子。英文形容詞「巨大的」（gargantuan）便是來自這位父親的名字。《巨人傳》比《十日談》更不懷好意，或可說是更為「放肆」，好幾世紀都淪為禁書，「拉伯雷式」（Rabelaisian）則成了形容詞，用來形容極具爭議、踩在出版規範邊緣的文學。社會道德風氣較為嚴格時，《巨人傳》不但無法出版，有時甚至會遭人燒毀。

雖然《巨人傳》在歷史上長年被禁，但當中的趣味和嘲弄手法並不卑劣。它充斥著法國人所謂的「esprit」，這個字無法精確翻譯，不過跟「機鋒」很接近。不同於《十日談》的是，這本書的力量來自街頭、下流民間故事與本地白話語言。這些元素將在兩百年後成為小說的特色。拉伯雷的出身不在街頭。他是學富五車的還俗僧侶，在鋪陳這部幻想之作時，將眾多經典和「崇高」的文學化為個人的遊樂場。他在序文中表示，文學的任務是創造笑聲。在這一點上，他相當成功。

・是傻瓜，還是理想主義者？

小說原型的第三本書是《唐吉訶德》，故事人人耳熟能詳，但現在很少人從頭讀到尾了。米格爾・德・塞萬提斯（Miguel de Cervantes, 1547-1616）是外交官員助理，也是個士兵，一生經歷不知凡幾。據說，這故事是他被關在西班牙塞維亞（Seville）牢獄中閒來無事構思出來的。《唐吉訶德》的篇幅很長，畢竟當時的人比我們擁有更多時間。劇情很簡單，甚至不算有劇情。它為日後各式各樣的「流浪漢冒險」（picaresque）小說開創了先河。書中主角是阿朗索・吉哈諾（Alonso Quijano）——比起所謂的英雄，反英雄（anti-hero）的意味較為濃厚——是個住在拉曼查（La Mancha）的退休中年人，生活卻不得清靜，因為他受到古老的騎士故事荼毒，滿腦子都是騎士精神和冒險故事。他幻想自己是個騎士，名為「拉曼查的唐吉訶德」，戴著紙做的頭盔出發「遠征」。他找了胖農夫桑丘・潘沙（Sancho Panza）當侍從，拿一匹衰弱的老馬當「戰馬」，命名為「洛基南特」（Rocinante）。

這本書充滿了荒謬可笑的冒險，或可稱之為「趣事」，最著名的是他和風車的戰鬥。當時發瘋的他以為風車是巨人。經歷一連串類似的災難之後，他回到家，雖然灰心喪志，但總算清醒過來，再次成為阿朗索・吉哈諾。他在病床上立下遺囑，並痛斥所有荼毒他的腦袋、毀了他一生的騎士故事。

然而，當我們想到這瘋狂、孱弱的老先生，伴著膽小的胖子隨扈，騎著老馬勇敢對抗風車，這畫面委實令人動容，甚至教人心生欽佩。一如從古至今那些精采的虛構故事，《唐吉訶德》讓我們掙扎思考：他究竟是傻瓜，還是可愛的理想主義者？這份不確定在今天被濃縮成一個日常用詞：異想天開／不切實際（quixotic）。

・奠定虛構故事的偉大傳統

三個世紀之前，第四本小說原型《天路歷程》一出版就成為熱門暢銷書，並對後來的英國虛構故事產生舉足輕重的影響。作者是約翰・班揚（John Bunyan, 1628-88），父親屬於勞工階層，教育全靠自學，後來他因散布「異端」（非官方）教義而被判刑，這本書有大半是在獄中所寫。班揚的父親是個叫賣小販，背著一袋行囊，持著枴杖辛苦地四處旅行兜售。對他的兒子而言，那是人生的縮影。不過，約翰深受另一個想法影響：《聖經》中許諾，為人正直（righteousness）便能得到永恆的福祉。可惜他對正直的看法和當時的官方見解不同，因此被關入監牢，我們才有幸見到《天路歷程》問世。

像塞萬提斯一樣，班揚覺得人生是一輩子的遠征。對班揚而言，遠征有個方向，是為了前往光輝的「山上的城」（City upon a Hill），以獲得救贖。我們在途中必須征服的不是敵人，而是令虔誠精神挫敗的各種障礙，諸如沮喪（「失望泥沼」）、懷疑（「懷疑城堡」）、妥協（「投機先生」），其中最危險的是城市的誘惑，也就是「浮華之境」（Vanity Fair）。

故事戲劇性地展開。主角是個基督徒，正在讀一本書（可想而知是《聖經》），而且重點是，那是英文《聖經》。詳見第八章）。他剛才讀的內容令他腦中浮現一個可怕的問題：他要怎麼做才能得救？接著他忽然往外衝出去，口中大叫著：

「生命！生命！永恆的生命！」他知道自己該怎麼做。妻子和小孩試圖阻止他，但他用手摀住耳朵繼續跑，就此拋下他們。他為何如此狠心？因為清教徒的中心信條是人人必須拯救自己。我們在下一章會解釋，個人主義是小說作為文學形式（form）的一項關鍵要素，因此有許多小說是以人為書名，例如《棄兒湯姆．瓊斯的歷史》（*The History of Tom Jones*）、《愛瑪》、《織工馬南傳》（*Silas Marner*）等。

《天路歷程》尚有其他特色融入在未來出現的小說裡。二十世紀作家D．H．勞倫斯[35]稱這本小說為「人生的光明之書」。在《聖經》傳統文本已經距離我們太遙遠的時代，它可比當代版的《聖經》。D．H．勞倫斯、珍．奧斯汀、喬治．艾略特[36]、約瑟夫．康拉德[37]和其他人所寫的小說，都是關於人生要如何在歷史和個人處境的限制之下，做正確的事並尋求滿足——也就是班揚的「救贖」。這一點被稱為英國虛構故事的「偉大傳統」，而它便是從《天路歷程》開始的。

最後一本小說原型有個亮點：它出自女作家艾芙拉．班恩（Aphra Behn, 1640-89）；而當時必須再過二百年，女性才能和男性在社會上平起平坐。光憑這一點，就令人對這位作家感到好奇。更令人感興趣的是，當時正值英國王政復辟時期，班恩又是如何巧妙發揮她個人傑出的文學天賦。

多了解一些歷史背景，有助於我們了解班恩女士的非凡成就。英國內戰後，查理一世遭到處決，奧立佛．克倫威爾大獲全勝，進而統領議會，建立共和。在強大的護國圓顱黨軍隊為後盾下，他以嚴格獨裁的方式，在國內推行清教徒的禁

---

35 D．H．勞倫斯（D. H. Laurence, 1885-1930），二十世紀最具爭議的作家，勇於對抗社會道德，探索性、情感、本能、直覺等主題，反思現代化和工業化造成的問題。

36 喬治．艾略特（George Eliot, 1819-80），維多利亞時代主要作家，風格寫實，擅長心理描寫，著名作品為《米德鎮的春天》。

37 約瑟夫．康拉德（Jo-seph Conrad, 1857-1924），波蘭裔英國作家，被視為早期現代主義作家，作品以自身商船經驗出發，探討帝國和殖民下的問題。

欲之道。內戰與共和時期，查理一世的兒子（也就是後來的查理二世）和朝臣都在歐洲大陸各國之間流浪。他尤其喜歡法國發展成熟的娛樂活動。

克倫威爾恪守道德觀念，並稟此思想統治大眾。許多酒館、鬥雞場、妓院和賽馬場因此關閉，受害最嚴重的是英國劇場。印刷書受到嚴格的審查。文學的前景坎坷，更不可能發展戲劇。

民間渴求自由、蛋糕和酒的心情——莎士比亞《第十二夜》（*Twelfth Night*）劇作中的托比・培爾契爵士（Sir Toby Belch）將尋歡作樂借代為「蛋糕和酒」——成為王政復辟的力量。一六六〇年，查理王子從荷蘭回國，隔年登基。宗教寬容問題有了折衷方案，克倫威爾的屍體被人從西敏寺挖出並分屍。劇場、妓院和酒館得到王室的資助或容忍，店面重新開張。查理二世尤其熱愛戲劇，並以王室的立場資助劇場發展。他當然也愛劇場中的女人，最知名的是曾經在劇場賣柳橙的娜兒・葛溫（Nell Gwynn）。

伊芙利（自稱艾芙拉）・強森（Eaffrey Johnson）在英國內戰時期長大。她的父親雖然只是理髮師，卻服務著財雄勢大的客戶，於一六六三年前往南美英屬殖民地蘇利南（Surinam），並被任命為地方長官，艾芙拉也隨父親搬到他鄉。那裡的地主多半仰賴黑奴種植蔗糖，對待他們也非常殘忍。父親死後，艾芙拉回到英國，但腦裡盡是蘇利南的畫面，也忘不了黑奴殘酷的命運和基督徒主人的偽善。她雖然結了婚，但不久丈夫便過世。她於一六七〇年代初期開始為劇場寫作，是史上第一位從事戲劇創作的女性。不過，她在一六八八年出版的虛構故事《奧魯諾可：皇家奴隸史》（*Oroonoko, or the History of the Royal Slave*），才是她公認的傑作。艾芙拉．班恩葬於西敏主教座堂，是第一個獲此榮耀的女性。維吉尼亞．吳爾芙曾如此指示：「所有女人都該在艾芙拉．班恩的墳上獻花致意……因為她替女人贏得自己發聲的權利。」

如書名所示，這則虛構的「歷史」講述非洲王子奧魯諾可和妻子伊莫英達（Imoinda）被運到蘇利南為奴的故事。他的歷史是由一個無名的年輕英國女性所記載，她是當地新上任副總督的女兒，而她父親才剛過世。奧魯諾可曾殺死兩隻老虎，書中也仔細描述他和電鰻——書中稱為「麻木鰻」（benumbing）——的戰鬥。他組織了一場叛變，在即將勝利之際，遭人設計而被迫投降，最後被一群白人暴民抓住，折磨至死。《奧魯諾可》約八十頁而已，原文兩萬八千字，欠缺成熟的技巧，也不扣人心弦，不像三十年後讀者頭一次讀到《魯賓遜漂流記》時那麼令人興奮，卻仍是非常傑出的著作，可謂虛構故事的先河，幾乎可說是本小說了。

亨利．詹姆士[38]稱小說為「虛構故事的房子」（house of fiction）。那棟房子是奠基於這五位作家的作品。下一章，我們的主題便是小說，也將見到正宗的小說作品《魯賓遜漂流記》浮上檯面。

---

38 亨利．詹姆士（Henry James, 1843-1916），英美重要作家，是寫實主義和現代主義轉變的關鍵人物，也被視為偉大英文小說家，重要作品為《仕女圖》（*The Portrait of a Lady*）。

· 13 ·

旅人的荒誕故事

笛福、史威夫特和小說的崛起

前一章探索了現代小說的「根」基，現在我們將提到它結成的第一棵熟果。丹尼爾・笛福（Daniel Defoe, 1660-1731）是《魯賓遜漂流記》的作者，這本書是眾人公認的英國小說之始。十八世紀上半葉和中葉裡出現多位作家，像是笛福、塞繆爾・理查森[39]、亨利・菲爾丁[40]、強納森・史威夫特、勞倫斯・斯特恩[41]等。在這段期間，我們可以看到現代小說從人類說故事的各種方式中脫穎而出。

我們必須釐清一切從何開始。我們所謂的「小說」（novel，也指「新東西」），為何是此時在倫敦出現？答案是：小說是和資本主義在同一時期、同一地點開始發展，雖然兩者看來相距天差地遠，暗地裡卻息息相關。

・虛假的「真實故事」

不如這麼說吧。魯賓遜・克魯索漂流到島上，設法自給自足，這是新人類創立新經濟系統的過程。經濟學家經常拿他來說明何謂「經濟人」（Homo economicus）。若我們仔細研究笛福的小說，它反映了當時倫敦市的經濟樣貌，包括會計公司、銀行、商店、倉庫、辦公室和泰晤士河的港口。那是個屬於商貿冒險家、資本主義和創業精神的時代。你必須開拓自己的人生，就像白手起家的迪克・威廷頓[42]。你一貧如洗來到城市中，也許能發現這裡遍地是黃金——也或

39 塞繆爾・理查森（Samuel Richardson, 1689-1761），英國作家和印刷商，著作有小說《帕米拉》、《克拉麗莎》。

40 亨利・菲爾丁（Henry Fielding, 1707-54）英國小說和劇作家，以諷刺、幽默為名，代表作為《棄兒湯姆・瓊斯的歷史》。

41 勞倫斯・斯特恩（Laurence Sterne, 1713-68），英國小說家和神職人員，作品打破小說各種規則，被視為意識流和現代小說之祖，著名作品為《項狄傳》。

許不行。中世紀的世界裡，農夫不能以成為騎士為志。但是就複雜的人事體系來說，社會階層流動反而是資本主義的主要特色。城市的小書記會希望有朝一日成為產業的領導者，或是像迪克．威廷頓，一躍成為倫敦市長。

就算從未讀過這本書，魯賓遜漂流到荒島上的故事，大概所有人都耳熟能詳。總之，以下是簡單的劇情大綱。一個年輕人和他從商的父親翻臉，身無分文到海上工作。經歷各種冒險之後，他成了貿易商，商品包括奴隸、咖啡和各種值得新、舊世界交易的物品。魯賓遜是「新時代的人」，生逢其時。

在一次出航前往巴西的途中，他的商船遇到暴風雨，所有船員都不幸罹難，他被迫在一座荒島上度過二十八年的歲月。他開拓了那座島嶼。登陸時，他除了身上的衣服之外什麼都沒有，最後離開島嶼時卻坐擁財富。他是怎麼辦到的？靠創業精神。他利用島嶼上的自然資源白手起家。而且，面對各種挑戰時，他從未喪失對神的信心。事實上，他相信這一切都是造物主的安排，而祂也贊成魯賓遜在島上的所有作為。這是神的成就，也是他的成就。

書首度在倫敦地區上市時，我們從《魯賓遜．克魯索的奇異冒險和人生》（*The Life and Strange and surprising Adventures of Robinson Crusoe*）的封面頁，便能知道小說作為新文學「類型」之所以成功的原因。一七一九年，第一批讀者看到它時，會先看到「魯賓遜．克魯索」這個名字，再往下讀會看到一行「本人親筆所寫」。笛福的名字並未出現。這本書宣稱魯賓遜的航行和冒險故事都是真實事件。許多

---

42 迪克．威廷頓（Dick Whittington）、《迪克．威廷頓和他的貓》書中角色，最後成為倫敦市長。故事是以現實世界的倫敦市長理查．威廷頓（Richard Whittington, 1354-1423）的形象為本所改編。

第一次閱讀的人自然受到誤導，以為真有人叫魯賓遜．克魯索，而他在南美奧利諾科河（Oronoque River）出口處的一座荒島上獨自存活二十八年，並在那裡致富。

從它面世那一刻起，我們頭一次見識到已臻成熟的敘事傳統：寫實主義。這意味著，書中敘述雖然純屬虛構，但我們若不細究，根本無從分辨。笛福的小說令人混淆，大眾不知道這究竟是真實事件，或只是寫得幾可亂真。其實，這本書問世的四年前，曾有個水手意外漂流到荒島上。他當時的紀錄正如笛福的小說，成了暢銷作品。笛福顯然讀過這份紀錄。不過，那位水手在荒島上並未致富，甚至日子過得很難熬。那畢竟是人生，不是虛構故事。一七一九年，天真的讀者乍看封面頁，絕對想不到《魯賓遜漂流記》不是另一個「真實的」冒險家故事。

不知情的讀者看到《魯賓遜漂流記》的開頭段落，會以為這是一本真實的自傳。試讀以下段落，看你能否發覺它純屬虛構：

> 我在一六三二年出生於約克市，家世算好，但我們家其實不是本地人，我父親的故鄉在德國不來梅，剛到英國時是在赫爾落腳。他靠經商買了塊地，後來離開那一行，定居約克市，並娶了我母親為妻。我母親娘家姓魯賓遜，是當地的名門望族，父母因此將我取名為魯賓遜．古魯茨涅爾。但英國人都亂唸我們家的姓，後來我們家族便被稱為……不，後來我們乾脆自稱「克魯索」家族，簽名也索性改了。於是，朋友也就這麼

稱呼我了。

這讀起來像是「真人真事」，主角是一個本來姓古魯茨涅爾、現在姓克魯索的人。隨故事推演，克魯索經歷了一連串刺激的冒險。這也是年輕讀者熱愛這本小說的原因。他差點淹死、被海盜抓住，還成了阿拉伯人的奴隸。他歷經千辛萬苦，最終成為南美的有錢人，擁有農莊（和奴隸）。但後來他為了賺更多錢而再次出航，卻失去了一切，獨自流落荒島。就最單純的敘述層次來說，這故事確實令人難以釋卷。在沒有補給，沒有其他人幫忙之下，我們的主角要如何克服萬難、對抗野生動物和食人族？但我們心底會暗自期待他成功。更深一層來說，克魯索便是如假包換的經濟人。他的故事就是關於財富和創造財富。如同精采情節和冒險故事，這主題同樣扣人心弦。

船難之後，克魯索趁著船還沒全毀、東西尚未沉入海裡之前，數次冒險回到船上。他乘著臨時打造的木筏，拿回了所有他希望未來能派上用場的物品。他鉅細靡遺地告訴我們他搶救了哪些東西，包括他在船長保險箱找到的三十六英鎊。雖然他知道在荒島上錢一無是處，也知道此舉形同偷竊，他仍把錢帶走了。這件事別具意義。什麼最重要？錢。這個事件再次提醒我們這件事。

接下來的二十八年，克魯索用他帶上岸的東西過活，並慢慢開墾島嶼。島上一切都是他的財產。他自立為島嶼之「王」。從這角度來看，我們可說《魯賓遜漂流記》是帝國的縮影，也象徵英國。該時期，英國正在全球不斷擴張帝國版圖。

許多年後，克魯索多了個夥伴，一個從附近島嶼食人族手中逃脫的當地人。克魯索因為是在星期五找到他，便將他命名為「星期五」，並讓他成為自己的僕人。這段情節的重點是，星期五是他的資產，更直白來說，他是奴隸。帝國永遠需要奴隸。

丹尼爾·笛福是英國文學中最令人關注、多才多藝的作家之一。在他漫長的一生中（以當時標準而言），不但寫過評論時事的小冊子，更曾經從商、投資當時還是新發明的股票。他也是政府間諜，還獲公認為「英國新聞業之父」，生前寫過幾百本書、小冊子和報刊。他的生活不曾富裕，偶爾觸犯法律，晚年生活幾乎窮途潦倒——但也是在這時期開創了我們現在所知的英文小說。維吉尼亞·吳爾芙要女人在艾芙拉·班恩墳上獻花，那麼我們便該在丹尼爾·笛福墳前獻上英鎊和紙鈔，因為他記錄了一個經濟人的故事。

·童話的想像力，但不是童話

小說是自由的，不必然侷限於笛福嚴格的寫實主義。小說也可以充滿「奇幻想像」，一方面維持寫實的外部結構，一方面又能像童話一般富有想像力。所謂「奇幻小說」的偉大開拓者，是強納森·史威夫特（Johnathan Swift, 1667-1745）。

史威夫特是愛爾蘭人，出身「新教優越階級」（the Ascendancy）。這是當時受英國人支持的愛爾蘭上層階級，因此得以在社會上享有大半愛爾蘭人口所沒有的特權。他一生多半待在祖國，被視為第一位偉大的愛爾蘭作家。他在都柏林三一學院受高等教育，後來成為學者。他頗具野心，遠赴英國擔任貴族的秘書，期待生涯能有進一步發展。這個時代，想進一步發展就需要有人資助。在那個世界，人還無法單打獨鬥。

史威夫特的資助者將他介紹給王室，灌輸他托利黨（Tory，後來的保守黨）思想，他也終生抱持此一立場。他最後取得了神學博士學位——因此大家通常稱呼他「史威夫特博士」——並受命為愛爾蘭新教教堂牧師。史威夫特博士講道多年，最後當上都柏林聖派翠克大教堂主任牧師，但從未如願得到英國王室和政府重用。他為此憤恨不平，甚至口出惡言。他說他感覺自己「像洞裡的老鼠」。

一七二〇年代，《魯賓遜漂流記》成為暢銷書時，史威夫特開始著手撰寫他的代表作《格列佛遊記》（*Gulliver's Travels*）。和《魯賓遜漂流記》一樣，這本書在一七二六年出版時也佯裝成真實的「旅人故事」。當時不少人都上了當。書裡描寫了四段旅程。主人翁抵達的第一個地方是小人國「厘厘普」（Lilliput），當地的人體型嬌小，卻認為自己至關重要。史威夫特以此嘲諷安妮女王周遭的朝臣和佞臣。第二趟旅程，格列佛來到大人國「布羅丁那格」（Brobdingnag），居民是住在鄉村的巨人。這一回，換成主人翁在相較之下有如小人偶。史威夫特創造的四個國家中，布羅丁那格是最舒適的一個國家，一切都很老派和傳統，各方面都「不現代」。史威夫特痛恨進步。這份厭惡在第三趟旅程中清楚可見。格列佛到了「拉普塔」（Laputa）；西班牙文中，這個字代表妓女。那是一座科學化的理想國度，而史威夫特厭惡科學，覺得它毫無必要性，而且違背信仰。他在書中將當時的資深科學家刻畫成書呆子，還自找麻煩，試圖萃取小黃瓜中的陽光。這趟旅程中也寫到了「斯卓布拉格人」（Struldbrug），這群人永遠不會死，但也永遠在凋零，無止境地承受折磨和痛苦，心靈也衰弱不堪。他們身心靈盡皆崩潰，卻怎麼也死不了。一次次的旅程變得愈來愈可怕。

第四趟旅程最令人摸不著腦袋。格列佛來到了慧駰國（Houyhnhnm Land）。「慧駰」的發音代表馬嘶聲。這裡是由馬當家作主，人類被刻畫為隨地便溺、愚蠢骯髒的猿猴「犽猢」（Yahoo）。由於馬匹只吃穀粒和草，因此排洩物氣味較不刺鼻。喬治．歐威爾（George Orwell）認為，這裡或許可以一窺史威夫特對於生命中孰可忍、孰不可忍的奇特見解。當然，馬匹沒有科技、機構、「文化」和文學，所以在慧駰國也沒有這些東西。然而，這裡很顯然是史威夫特所刻畫最接近「烏托邦」的地方。他對人類未來不抱太大的希望。

和魯賓遜的冒險一樣，《格列佛遊記》以創新的方式將真實和幻想融合，為後續幾世紀的無數小說開拓了一條康莊大道。對所有人來說，想在美好的虛構故事世界裡展開一段冒險旅程，這兩本書是最好的起點。

· 14 ·

如何閱讀文學

約翰生博士

我們大多數人面對的第一位文學評論家，是課堂上的老師。藉由他們的引導，我們才能了解、欣賞文學中艱深精巧之處。文學出自「作家」（author）之手，文學評論則出自權威（authority），後者的英文乍看和「作家」相關，意義卻截然不同：「權威」就是「比我們懂得多的人」。

這一章的主角是塞繆爾・約翰生（Samuel Johnson, 1709-84）。大家通常跟著他的朋友和當時的人稱呼他為「約翰生博士」。為何我們也如此稱呼他？比方說，我們不會叫莎士比亞為「莎士比亞先生」，也不會叫「珍・奧斯汀小姐」。原因其實很簡單，跟我們在學校稱呼「老師」一樣，因為他們擁有管教權和權威，並且懂得我們還不知道的事。「博士」（Doctor）字面上的意思是有知識的人。有趣的是，約翰生博士第一份真正的工作便是教書，一手拿粉筆，一手持教鞭。某方面來說，他一生從未放下教學工具。他這輩子面對糟糕的作品、文學相關的錯誤觀念時，從來不曾心軟。個性好鬥也是他格外討喜的一點。

如我們所見（透過史詩和神話），自有人類以來，就有文學。塞繆爾・約翰生是英國文學的第一位偉大評論家，而他和他所象徵的「紀律」，出現的時間點則晚得多，一直等到文學生產機制邁向更先進的歷史階段才出現。約翰生博士本身即是十八世紀的產物；這個時代對於自身的社會成熟度與萬物的「精良」程度，感到無比驕傲。十八世紀的文學家總是自視為「奧古斯都人」（Augustans），名稱出自羅馬皇帝奧古斯都，羅馬文化在他的統治下臻至黃金時代——這些文學家也想達到這番成就。十八世紀時期，我們各種偉大的機制，包括議會、王室、大學、商貿和印刷業等漸漸有了現代的樣貌。除此之外，我們現在所謂「書的世界」也是在這時代形成。約翰生另一個稱號是「偉大的可汗」（the Great Cham），意思是「文學之王」。

‧誓不向資助者低頭

我們對約翰生的生平非常熟悉。他有一本傳記傳世，也是傑出的文學作品，作者是他的年輕友人兼學生詹姆士．包斯威爾[43]。包斯威爾在書中寫出他親切、鮮明的形象。例如，包斯威爾回憶他和約翰生第一次見面時，約翰生吃東西像野獸一樣狼吞虎嚥：

> 他的臉會定定對著盤子，除非是和重要人士會面，不然他一個字也不吭，甚至不理會其他人說了什麼。總之，他非得先填飽肚子不可，而且吃起來十分賣勁、竭盡心力，額頭上的血管突出可見，經常吃得汗流浹背。

接著，他們倆喝下兩瓶波特酒。兩人一輩子的友誼便在酒酣耳熱之下展開。塞繆爾．約翰生誕生於利契弗（Lichfield），一座鄉村小鎮。他的父親是個書

---

43 詹姆士．包斯威爾（James Boswell, 1740-95），蘇格蘭傳記作家，以為約翰生博士作傳而聞名。

商，當時年事已高。約翰生小時候得了淋巴結結核，嚴重影響視力，卻沒阻礙他讀書的興致。不過，他看書時總要緊貼在光源下，有時甚至會被蠟燭燒到頭髮。

塞繆爾的學問大半是靠自學。他三歲便能朗誦《新約聖經》，六歲即能翻譯經典。九歲時，他在家裡廚房從父親的書櫃上拿了一本《哈姆雷特》，上頭的文字將愛爾辛諾堡（Elsinore）和鬼魂描繪得歷歷在目，他看得心驚膽顫，連忙扔下書，衝到大街上，因為他「當時不敢一個人獨處」。從此之後，他和文學結下不解之緣，而且將成為他一生中最重要的事物。

童年時期，他家裡處於破產邊緣，但他得到一筆意外的遺產，讓他能去牛津大學讀書。後來錢用完了，他被迫放棄文憑離開（五十年後，學校頒給他榮譽博士頭銜）。他回到利契弗之後，和一個有錢的年長寡婦結婚。以當時的狀況來說，他是個好丈夫。靠著妻子泰媞（Tetty）的財產，他設立了一間學校，結果學校只招來三名學生。妻子過世後，他帶著其中一個學生——名叫戴維．蓋瑞克（David Garrick），後來成為知名演員——踏上他稱之為人生中的「最佳道路」：前往倫敦。他持續在文學世界努力。當時的文學界被稱為「寒士街」（Grub Street），名稱出自貧窮的倫敦穆爾菲區（Moorfields）的一條街，那裡住著一群「寄生蟲般」的寫手，靠著寫些不入流的東西維生。約翰生當時不願受人資助（他厭惡資助者），也沒有薪水。他是個職業作家，驕傲而獨立。他設法自立更生。

・和一般讀者站在一起

約翰生寫得一手好詩，詩載古風。他的散文文筆也很精湛。他寫過一本小說《拉塞勒斯》（*Rasselas*）。為了替母親辦一場體面的葬禮，他在幾天內趕完這本書。雖然生活遭逢不幸，這本小說卻寫得意外出色。約翰生對於人的處境總是無比悲觀。他相信人生「要忍受的不少，能享受的不多」。他的憂鬱在長詩《人欲之妄》（*The Vanity of Human Wishes*）中表露無遺，光是標題便已道盡一切。雖然他悲觀，但他相信大家都應該鼓起勇氣度過人生，就像他一樣。

約翰生的成就無數，最令人稱道的是他身為文學評論家的努力。身為評論家，他在理解和欣賞文學上提出了兩大重點：一是「有所規則」，另一點是「常識」。他所謂的「常識」非常理直氣壯。這點在他某次和包斯威爾的對話中被活靈活現表現出來。當時他們倆走在路上，討論著貝克萊主教（Bishop Berkeley）當時最熱門的哲學觀點。主教聲稱世上的事物並不存在，宇宙中的一切都「只是抽象的想法」，換言之，全都只是人想像出來的。包斯威爾認為我們無法用邏輯反駁這個理論。約翰生激動地踢向路中央一顆大石頭，大聲駁斥：「我靠這樣來反駁！」

在文學評論中，他也採取同樣的態度。約翰生說他喜歡「和一般讀者站在一起」。他不會貶低普通人，這點深得人心。其他也值得關注的是，他十分尊重年輕一代的想法，這在文學評論家中十分少見。在另一場對話中，包斯威爾問教過書的約翰生，他覺得兒童最好先學習什麼主題。約翰生回答，學什麼並不重要。「老弟，在你思考要先教孩子這個或那個時，另一個孩子已經兩樣都學了。」

約翰生最不朽的成就，是讓欣賞文學不再亂無章法，而且有可以理解的脈絡。他兩本劃時代的巨作《英語辭典》（*Dictionary*）和《最傑出英國詩人：生平與評析》（*Lives of the Most Eminent English Poets*）便是最有力的證明。一七四五年，書商和約翰生接洽之後，他便開始著手撰寫他的《英語辭典》。當時的他仍舊無人資助，全憑一己之力。這本書整整花了他十年時間，也毀了他的視力。完成之後，政府為獎勵他，供給他一年三百英鎊的津貼。這麼做一點也不過份，因為它是為了英國和英國人民而寫的。

《英語辭典》出版時共有兩冊，大小如一張小咖啡桌。它最知名的是裡頭有許多古怪且饒富趣味的定義，例如：【資助者（Patron）：通常以高姿態資助他人的混蛋，得到的報酬是別人拍的馬屁】，但它的編寫原則頗富野心，正如他在封面頁所述：

> 英語辭典：為每個字詞追本溯源，並以最好的作家文句為例，闡釋其不同的意義。序文有英語的歷史和語法。作者為塞繆爾·約翰生文學碩士。

約翰生在其中不只提供定義，也記錄了字義如何隨時代變化，以及每個字如何依據人、事、時、地變化出歧意和多義，用了十五萬條歷史上的例句來解釋。

我們拿九歲時嚇到約翰生的那位「最好的作家」作品為例。《哈姆雷特》中，溺死的奧菲莉亞（Ophelia）要下葬時，葛簇特（Gertrude）丟了樣東西到墳裡，說了一句：「以甜美之物獻給甜美的妳。永別了！」但她丟的究竟是什麼呢？巧克力？餅乾？糖塊？都不是，是新鮮的花朵。對伊莉莎白時代的人來說，「甜美的」（sweet）這形容詞主要用在鼻子能聞到的香味，不像現代人普遍用於舌頭嘗到的味道。約翰生便有收錄早期的用法。他在《英語辭典》中強調的重點是語言永遠無法蓋棺論定，尤其是作家的語言。語言是活生生、有機、不斷變化的事物。

・形塑自己的意見

約翰生的另一部「巨作」（magnum opus）是一七七九到一七八一年出版的《最傑出英國詩人：生平與評析》。再一次，封面頁已解釋一切：《最傑出英國詩人：生平與評析》，就作品進行分析和評論，作者為塞繆爾．約翰生。

他選擇五十二位「最傑出詩人」的重點是，欣賞文學必須分辨出值得一讀的，以及較不值得一讀的。在英美各大國家圖書館藏書庫中，有上百萬本書被分類為「文學」。人的一生有限，我們該如何選擇呢？評論能幫助我們規畫「課程」（讓我們知道學校該教什麼），並舉出文學中最好的「經典」（canon）。

但這代表我們必須永遠贊同評論家的意見，謙卑服從他們的權威嗎？當然不用。想像一下班上的三十個學生計算著代數方程式，不論題目多難，總是有一個正確答案。但想像在英文課上，老師問：「《哈姆雷特》這齣戲在講什麼？」答案應該有千百種才對，例如「任命國王的最佳方法」或「在什麼情況下自殺是高貴的決定？」若全班都只複誦一個人的說法和想法，那會是一場災難。

從理解文學評論、思考衡量一番，到最後形塑出自己的意見，這一大段過程並非一蹴可及。約翰生明白這點。他曾說，文學作品必須像羽毛球一樣被人來來回回拍擊，最不想見到的就是一面倒的共識。我們甚至能夠不苟同約翰生的意見。他推崇莎士比亞，並編輯了他的劇作（文學評論家對作品最有幫助的工作便是編輯）。約翰生相信莎士比亞是天才，在他編輯的版本與所作的評論中，處處透露出他對莎士比亞的讚賞，莎士比亞也是因為約翰生才確立其為英國最偉大作家的地位。但是他也認為莎翁不夠成熟，文筆不夠洗鍊，有時顯露出「隨便」的一面，甚至流於粗糙，欠缺約翰生和該時代作家最重視的「規範」（decorum）。然而，莎士比亞身處未開化的時代，作品也是那個時代的結晶。我們大多數人都會強烈反對約翰生的看法，而這正是最開明講理的文學評論家約翰生賦予我們的權利。他給了我們工具，讓我們得以闡述自己的想法。

· 15 ·

浪漫革命

璀璨之星

文學家的生活不一定能拍出有趣的電影。弄文舞墨沒什麼戲劇性，大多數作家的工作也一成不變。約翰・濟慈（John Keats, 1795-1821）是個例外。他短短的一生成為二〇一〇年電影《璀璨情詩》（*Bright Star*）的主題，片名取自濟慈的十四行詩句：「璀璨之星啊，我願如你堅定」。這首詩寫於一八一九年，獻給他的愛人芬妮・布朗（Fanny Brawne）。在詩中，詩人渴望……

頭枕在愛人堅挺的乳房，
永遠感覺其細微的起伏，
永遠自甜美的騷動中甦醒，
永遠，靜靜聽她柔緩的呼息，
如此活著直到永遠——或心醉而死。

令人感傷的是，他從來不曾幸福地「頭枕」在愛人懷中。濟慈當年二十五歲，芬妮十九歲，芬妮的母親覺得她要嫁人還太年輕了。芬妮比濟慈的階級高一、兩階，如果她一意孤行，就算是「下嫁」。他生活貧窮，父親只是馬伕。棄醫從文的他當時仍默默無名，更令人擔心的是：這個詩人還跟一群「激進」的朋友往來，這票人的政治思想十分危險。芬妮的寡母力勸女兒三思，尤其後來又聽說濟慈患有肺病，已出現肺結核的癥候（濟慈的兄弟湯姆才剛因肺結核過世，母親之前也死於此疾病）。於是濟慈遠赴羅馬，希望治好他的肺，但一如詩中所預言，他最終在永恆之都「心醉而死」，對芬妮的愛至死不渝。為何濟慈將他對芬妮的愛比作「璀璨之星」（北極星）？這裡在暗指羅密歐和茱莉葉這對「受凶星詛咒」（star-crossed）的戀人。他已隱約預料到自己的愛情將面臨相同的悲劇。

以上我大致說明一下濟慈的生平，因為這是一個美麗浪漫的故事，也很適合拍成浪漫片。這故事至今仍令我們動容。雖然濟慈、華茲華斯、拜倫、柯立芝、雪萊[44]等詩人中有好幾位的感情糾葛簡直稱得上一團亂，但當我們稱他們為「浪漫派」（Romantic），可不是針對他們的愛情生活。我們指的是文學中鮮明而特殊的一個詩派，也是西洋文學的一個革命性時刻。

・意識形態至上

簡而言之，「浪漫派」用來泛稱大約寫於一七八九到一八三二年這段期間的文學作品，於是《傲慢與偏見》（*Pride and Prejudice*）作者珍・奧斯汀經常和浪漫派其他作家被混為一談，但其實，比方說，她的文學世界完全不同於雪萊。這位詩人拋下懷孕的妻子（她後來自殺了），和十六歲的瑪麗・雪萊[45]私奔。幾年之後，瑪麗・雪萊寫下《科學怪人》（*Frankenstein*）。

---

44 雪萊（Percy Bysshe Shelley, 1792-1822），英國浪漫派詩人，其詩作影響深遠，史上最出色的英文詩人之一，著名作品為〈西風頌〉。

45 瑪麗・雪萊（Mary Shelley, 1797-1851），英國作家暨小說家，以《科學怪人》一書被譽為「科幻小說之母」。

為什麼以一七八九年為起點？因為浪漫主義和「法國大革命」這個重大歷史事件息息相關。浪漫主義是第一個（在核心）具有「意識形態」的文學運動。所謂意識形態，是人民或個別民族據以生活的一套信念。在過去，不乏蘊含「政治」理念的文學，例如約翰．德萊頓關於「國家事務」的詩，或強納森．史威夫特攻擊輝格黨（the Whigs）的《格列佛遊記》。莎士比亞的《柯利奧蘭納斯》劇作也可以從政治角度解讀。政治（politics）的字源是古希臘的「城邦」（polis）一字，關乎如何治理國家，意識形態則是以改變世界為目的——浪漫主義的核心便存在這樣的意志。

「意識形態」如何對比於「政治」，可以用兩位死於戰場的偉大詩人來說分明：菲力普．西德尼[46]和拜倫勳爵。西德尼在對抗西班牙的戰役中於荷蘭傷重不治。死前他最著名的事蹟，是將原本要給他的水瓶交給另一個傷兵，並告訴他：「你比我更需要。」此舉已成傳奇。當年他三十二歲。西德尼究竟為了什麼英勇奮戰、英年早逝？「為了女王和國家。」他肯定會這麼回答。「為了英國。」

拜倫勳爵（Lord Byron, 1788-1824）是自願參加希臘獨立之戰，對抗土耳其人，死於希臘的米索隆基（Missolonghi）。當年他三十六歲。拜倫為何而死？為了一個「目標」。那個目標叫做「自由」。為國家犧牲生命，這在拜倫眼中既狹隘又可悲。一七七六年，美國宣布獨立為的是自由；一七八九年，巴黎人民攻佔巴士底監獄也為了自由；一八二四年，希臘人爭取的也是自由。拜倫就是為此而犧牲生命。

---

46 菲力普．西德尼（Philip Sidney, 1554-86），英國伊莉莎白時代詩人暨評論家，地位僅次於史賓賽。知名作品為《阿卡迪亞》（*Arcadia*）、《愛星者和星星》（*Astrophel and Stella*）和文學評論《詩辯》（*The Defence of Poesy*）。

拜倫不像西德尼「為英國捐軀」。他已經被國家放逐，因為有人覺得他的性解放理念——如他的長詩《唐璜》（*Don Juan*）中所示——淫穢猥褻、下流無恥。拜倫自己分析，唐璜並非傳說中或莫扎特歌劇《唐喬凡尼》（*Don Giovanni*）所描寫的淫魔，而是性解放之人——拜倫相信自己也是如此。拜倫在希臘是個英雄，每座城市都有條路以他為名，並立有雕像，反觀英國則足足為此糾結了一百多年，直到一九六九年，政府才決定在西敏寺的「詩人之隅」立碑紀念他。可以想見，拜倫本人應該也比較喜歡一九六〇年代的「搖擺倫敦」[47]。

簡而言之，西德尼的犧牲出自愛國心，拜倫則是為信念而死。閱讀他和其他浪漫主義詩人作品時，我們一定要去理解他們採用、鼓吹、探究、反對或質疑的意識形態立場（「目標」）：他們的作品是為何而寫？

舉例來說，蘇格蘭浪漫主義作家代表是羅勃・伯恩斯（Robert Burns, 1759-96），以及華特・司各特（Walt Scott, 1771-1832）。伯恩斯最知名的詩之一是〈致老鼠〉（*To a Mouse*）。開頭是這麼寫的：

陰險、膽怯、畏縮的小小野獸，
喔，你胸中充滿驚惶啊！

務農維生的伯恩斯，用鋤頭搗了田鼠窩，然後低頭看著被他打死的生命，反

47 一九六〇年代中期年輕人興起的一股風潮，強調現代性和享樂主義，影響了音樂、藝術和時尚，並擴大社會對於「迷你裙」的接受度。

思著：

真的很對不起，人類的宰制
破壞了自然的倫常……

「野獸」不單是隻小老鼠，而是像伯恩斯一樣，是蒙受「社會」不公的受害者。「我啊，一樣由土地生養，是你可憐的人類夥伴！」伯恩斯在詩中用的是蘇格蘭低地方言，而非「正統英文」，帶出另一個重點：人民的語言才代表蘇格蘭國族的核心。

《威弗萊》（*Waverley*, 1814）是華特．司各特的小說處女作，也是最有影響力的一本，主軸是一七四五年蘇格蘭高地叛軍起義的故事，叛軍首領為「小僭王」查爾斯．愛德華．斯圖亞特（Charles Edward Stuart）。他們成功橫掃蘇格蘭，並攻入英國北方，打算一舉取下英國王位。若他們成功了，將完全改變大英帝國歷史。司各特是堅定的保守派，相信蘇格蘭和英國之間的夥伴關係，而且對眾人給斯圖亞特「漂亮王子查理」這名號感到五味雜陳。作者宣稱，他的腦袋擁護漢諾威王朝（支持英國國王喬治二世），他的心卻是詹姆斯黨人（支持蘇格蘭奪回英國王位）。但《威弗萊》真正重要的是，司各特筆下的「四五年起義」與其說是一場功敗垂成的兩強爭戰，更像一場失敗的革命——換言之，一場意識形態的衝撞。

・心理與情緒之歌

英國浪漫派作家中最有力的革命性宣言，來自華茲華斯和柯立芝合著的《抒情歌謠集》（*Lyrical Ballads*, 1798）。華茲華斯後來為它加了一段論辯清晰的序文，在當中寫道：

> 如是，這些詩的主題皆取自日常生活和情境，並盡可能以一般人所使用的語言描述。

這部詩集的內容以「歌謠」稱之，是為了紀念那些口耳相傳、而非憑作家一己之力創作的詩歌。傳統歌謠代表的是一種文學上的凝聚力——不過華茲華斯可能會用「激進主義」（radicalism）這個字眼，它的字面意義是追本溯源，或是，再更進一步，法國人的口號：友愛（fraternity）。

塞繆爾・泰勒・柯立芝（Samuel Taylor Coleridge, 1772-1834）為這本書貢獻了一首偽中世紀長歌〈古舟子詠〉（*The Rime of the Ancyent Marinere*）。他透過這首詩來證明，生死的複雜性與意義在文學上可以用一首韻律很簡單的童謠來表現，換言之就是歌謠

浪漫派當然不全關乎意識形態。浪漫派作家對人類心理很著迷，對影響生活

的情緒也特別有興趣。華茲華斯說他喜歡「意外的喜悅」，喜悅是他所有重要詩作的關鍵詞。但相對於「喜悅」，浪漫派作家也深受相反的情緒「憂鬱」所吸引。濟慈就寫過一首偉大的詩歌頌憂鬱。

也有浪漫派作家藉藥物來探索情緒，最知名的有柯立芝，以及湯瑪士·德昆西[48]——《英倫癮君子的自白》（*Confessions of an English Opium Eater*）作者。鴉片和從中提煉的其他衍生藥物（後來的詩人主要是用嗎啡）可以讓人踏上探索自身之旅，驚心動魄一如古老水手的冒險。當時取得藥物不需涉險，每間藥店、甚至書店都有在賣，而且價格便宜。你可以在同一家店裡買到鴉片酒和《抒情歌謠集》。鴉片酒是將鴉片溶於酒中的止痛藥。

危險之處是如果你走上這條路（最激烈的例子就是德昆西），你便踏入了「浪漫主義的巨痛」（Romantic agony）疆界。作家冒著創作力和生命的風險，用鴉片進行實驗。世人一致同意柯立芝有三首精采的詩作，其中有兩首是未完之作，最令人扼腕的是那首本該是他生平巨作的《忽必烈汗》（Kubla Khan）。據他表示，在他吸食鴉片後所作的夢裡，整首詩都鋪展在他腦中，後來門口傳來一聲敲門聲。他醒了過來，詩也消失了，只留下一些片段。

·唯有年輕時才算真正活著

48 湯瑪士·德昆西（Thomas De Quincey, 1785-1859），英國作家，著作影響了愛倫坡、果戈里和波赫士。

威廉・華茲華斯（William Wordsworth, 1770-1850）經常思考詩人該如何精進。他有許多時間這麼做。不像其他浪漫派代表詩人，他的人生很長，在英國湖區（Lake District）過著自制、規律的生活，也是浪漫派運動中聲名最顯赫的作家。有人說他晚年為追求功名而失了風骨，獲維多利亞女王授予桂冠詩人頭銜（詳見第二十二章）。他的傑作都寫於早年是一般共識。年輕時，他在法國大革命期間到過法國。他後來回想那段混亂動盪的時光，寫出了《序曲》（*Prelude*）：

那天黎明活著是幸，
年輕更是無上之福！

浪漫派年輕作家都有一種內在的迷人「魅力」。有人這麼說，唯有年輕時才算真正活著。雪萊死於二十九歲，在航海時遇上一場隨西風吹來的暴風雨。巧的是，他在一八一九年寫了知名的〈西風頌〉（*Ode to the West Wind*）。濟慈死於羅馬，年僅二十五歲。在那之前，他囑咐墓碑上別寫上他的名字，只要寫「一個年輕的英國詩人」就好。「老浪漫派」這個詞本身就是矛盾的。他們和運動員一樣，傑出的作家創作生涯都非常短，最傑出的作品都寫於年輕時代。

我們提到浪漫派作家時，都視之為一群人、共同為文學努力，但實情並非如此。當然，他們確實有人結盟在一起，但是像拜倫便十分討厭「湖畔派」（Lakers）

詩人，經常嘲諷華茲華斯、柯立芝、騷塞[49]和他們的追隨者。在潮溼的北英山丘上閒蕩也不是他的作風。司各特和他愛丁堡的小圈子都討厭「考克尼詩人」（Cockney Poet）[50]濟慈，以及他的資助者雷・杭特[51]。

不過，這些詩人似乎都不認識今天我們公認最偉大的作家之一：威廉・布萊克（William Blake, 1757–1827）。布萊克出版了不少他自己包辦文字、繪圖的精采著作，一輩子只賣出幾十本。他的《純真和經驗之歌》（*Songs of Innocence and of Experience*）如今廣受全世界的讀者閱讀、研究和喜愛，裡面充滿他對於人生和宗教的特別觀點。任何時期的作家都不曾像他一樣有效地結合視覺和文字。布萊克的詩不僅能讀，也能「觀賞」，例如他的〈老虎〉（*The Tyger*）一詩。

儘管存在著這些個人差異、對立和盲點，浪漫派作家集創作之力，仍大大改寫了文學的定義，也改寫了文學在文學界外的影響力。文學的確可以改變社會，有些浪漫派作家甚至樂觀地覺得文學能夠改變世界。「革命」並非誇大其詞。浪漫派運動曇花一現、烈火燎原後，迅速冷卻。一八三二年，司各特過世，英國通過《第一次國會改革法案》（First Reform Bill），進行了一場「安靜」的政治革命，浪漫派在英國實際上已經走到終點。但浪漫主義永遠改變了文學書寫和閱讀的方式，為後世的有為作家留下一股新的力量。他們不是璀燦之星，而是燃燒之星。

49 羅伯・騷塞（Robert Southey, 1774-1843），英國浪漫派湖畔詩人，詩作具東方異國色彩，後來成為英國桂冠詩人。

50「考克尼」指倫敦東區民眾所說的考克尼方言和口音，用以借代倫敦。

51 雷・杭特（Leigh Hunt, 1784-1859），英國文評家暨作家，在兄長辦的雜誌《審查者》（*The Examiner*）當編輯，撰寫文學評論。

· 16 ·

敏銳的心靈

珍·奧斯汀

我們花了很長的時間才發覺珍・奧斯汀（Jane Austen, 1775-1817）是偉大的英文小說家。我們忽略她這麼久，原因之一是：她小說的世界很「小」，而且恐怕沒辦法用其他字眼來形容。這六部小說在一般人心裡激起的最大疑問便是：女主角要嫁給誰呢？這一點，就算格局不能用「小」來形容，也稱不上驚天動地的重要。即使她所有作品都寫於英國近代最漫長的戰爭期間，但探討的格局差托爾斯泰的《戰爭與和平》（*War and Peace*）一大截。

在一八一六年的一封信中，奧斯汀用她極富個人風格的諷刺口吻，將自己的小說比作袖珍畫：「我用精緻的筆刷，在那僅兩吋寬的小巧象牙上作畫。」夏綠蒂・勃朗特延用了同樣的形象，但批評起來毫不客氣：

> 畫中縮影婉約細膩，貼近真實，個中毫無激情，平淡無奇，也無深度可言。她完全不懂何謂熱情。她甚至不願著墨一絲狂暴強烈的姊妹情誼（stormy sisterhood）。

嚴厲，卻是她作品普遍受到的評論。《簡愛》（*Jane Eyre*）的作者，夏綠蒂・勃朗特暗示珍・奧斯汀無法在男人的世界立足（但勃朗特自己是躲在男性筆名之後寫作的）。對那些要求比較高的女性讀者來說，珍・奧斯汀也太乖順——用勃朗特的話來說就是「不夠強烈」。

珍．奧斯汀的小說主題格外侷限，專門刻畫中產階級女性的生活經驗。那麼我們要問，在兩吋的象牙上，足以容納偉大的文學嗎？現代讀者會回答：「確實可以。」難是難在如何解釋。但這拍胸脯的保證，是個正確的開始。

．不出門的作家

珍．奧斯汀的父親是鄉間牧師，家境小康，並受人敬重。她從小快樂地和兄弟姊妹在美好的家庭一同長大。她有個姊姊卡珊卓（Cassandra），和她非常親近，甚至長年睡同一張床。在珍．奧斯汀遺憾早逝之後，透過她最愛的哥哥亨利對她的回憶，以及給卡珊卓的信（大半都已刻意摧毀），我們才得以知道一些她生平的事。可以確定的是，她的一生平凡安逸。

起初，珍．奧斯汀寫作純粹是自己寫開心的。她哥哥在回憶中說到，要是門發出吱嘎聲顯示有人進房時，她就會把未完成的作品藏到寫字桌下。她堅持那扇門不能修。他們不能偷看，但她寫好之後會唸給他們聽。她的故事一開始都會先唸給家人聽，而他們從年輕聰明的珍口中聽到了《第一印象》（First Impressions），多年後（一八一三年），它才以《傲慢與偏見》為名出版（從撰寫到出版，相隔整整十五年）。大家都很想知道喬治．奧斯汀牧師和奧斯汀太太怎麼看待書中的班奈特（Bennet）夫婦。畢竟，在他們女兒書中，這兩個角色不完全教人認同。也許他們一笑置之，不過心裡想必有點緊張。

珍・奧斯汀一生很少離家，她書中的女主角也鮮少遠行。她們一家人曾待在巴斯（Bath）一陣子，那裡是攝政時期的溫泉度假城鎮，也是婚姻市場[52]。珍・奧斯汀似乎不喜歡那地方。她去過倫敦，但從未住在那裡，作品對倫敦著墨也不多。如同在《理性與感性》（*Sense and Sensibility*）裡可見的，倫敦通常被當成一個沒事別去的地方。她作品背景都設在倫敦周邊各郡，尤其是漢普夏郡。最令人想不到的是，據說她是當地板球隊「漢普夏紳士隊」的忠實球迷。

雖然沒有忠實的肖像畫傳世，但一般認為她是個充滿魅力的女性，據說也曾有人求婚。她接受了，但隔天早上又反悔。雖然她的小說主要在處理女主角和人交往的問題，但她從未結婚。珍・奧斯汀為何決定維持單身如今不得而知。不論動機為何，喜愛她作品的讀者都會感激她在一八〇二年關鍵的那一晚改變主意。若她身為妻子和母親，恐怕沒時間寫出六本小說。她死時符合她小說中的最可憐形象：「未婚老婦人」。

「老」這個字其實不對。珍・奧斯汀過世時才四十一歲，我們也不清楚死因為何，唯一確定的是她並非因突發疾病而死。在寫最後一本小說時，她的身體便愈來愈虛弱。因此，最後這本《勸導》（Persuasion）相對陰暗。小說最後，讀者幾乎能感受到她筋疲力盡地將筆拖過紙頁。還來不及修到最滿意，她便與世長辭。

52 歐洲農村有展示待嫁女兒的習俗，通常會利用宴席和聚會讓閨女表演，或和異性聊天接觸、共舞。

‧世界與我何干

奧斯汀的女主角無一例外，面前總會有適合的與不適合的追求者。愛瑪‧伍德豪斯會嫁給法蘭克‧邱紀爾，還是會選擇較年長無趣的奈特利先生呢？伊莉莎白‧班奈特會為了拯救家人的財務困境而接受柯林斯牧師的求婚，還是會一意孤行，和凱薩琳‧德波夫人正面交火，成為達西太太？瑪麗安會屈服於拜倫式男子維洛比的追求，還是會受無趣但可敬的布蘭登上校吸引，倒在他身著法蘭絨背心的懷中（他年近中年，容易著涼）？每本小說的結局都是女主角作出正確抉擇，教堂鐘聲響起。

珍‧奧斯汀從來不寫超出「女士」所知範圍的事（她第一本匿名出版的小說《理性與感性》，封面只寫著「由一位女士所寫」）。她的小說中有許多男性，但她從未寫過男人獨自的對話，通常都會有個女士在場聆聽。書中名門貴族的角色不多，只有《曼斯菲爾德莊園》（*Mansfield Park*）中的湯瑪士‧勃特倫爵士，以及《勸導》中的華特‧艾略特爵士，但他們在貴族圈的聲望不高。同樣的，她的小說主要角色裡沒有勞工階級人物。珍‧奧斯汀的世界中，階級最低的頂多是家道中落的紳士。當然，書裡有許多僕人，有幾位的名字曾出現在書中，例如《愛瑪》的馬伕詹姆士。珍‧奧斯汀小說世界裡，低層階級的人生是另一個陌生的世界。

偶爾我們會瞥見小說並未多加著墨的艱辛世界。《愛瑪》中，貞恩‧菲法克斯發現自己陷入一種殘酷的窘境。她才華洋溢卻身無分文，必須想辦法生存。結婚是個方法，但她愛的男人（可能已經殘忍地占過她便宜）似乎對富有的愛瑪．伍德豪斯更有興趣。她唯一的謀生之道是當家庭教師，報酬卻只能勉強度日，同時得忍受這種羞辱人的「高等僕人」地位。她形容以家教謀生就像拍賣場上的奴隸。夏綠蒂．勃朗特為這種局面寫了小說《簡愛》。對珍．奧斯汀來說，這是故事的支線，她決定不要深究這個主題，輕描淡寫避開貞恩的困境。

珍．奧斯汀小說沒提到的事可以列出一張清單。她寫作期間，世界上發生不少大事，像是美國革命、法國革命、拿破侖戰爭。水手、軍人和海軍英雄等角色曾出現在她的書中（她有幾位哥哥加入海軍），像是《理性與感性》裡的布蘭登上校，還有《勸導》裡的海軍英雄佛德列．文沃斯，但都是以女主角的追求者姿態登場，重點是符不符合結婚對象的條件。倘若霍雷肖．納爾遜[53]出現在珍．奧斯汀小說，書中大概也只會討論他究竟是不是女主角的「真命天子」。

像曼斯菲爾德這樣的大莊園，經濟上是倚靠西印度群島的蔗田，農工都是奴隸。這些事實在書中略微提到，但從未進行檢視或詳述，西印度群島蔗田的現實景況當然也隻字不提。珍．奧斯汀的政治和宗教觀都屬於她的階級，而她在後期小說裡的立場似乎更加嚴苛。她是虔誠的英國國教徒，其小說對神職人員多所著墨。但她不曾帶讀者進到教堂，或討論神學事務。那是禮拜日的事，不屬於小說。

一九六〇年代起飛的女性平權運動，堅決擁護珍．奧斯汀的小說。對於這些

53 霍雷肖．納爾遜（Horatio Nelson, 1758-1805），英國最偉大的海軍上將，也是大英帝國海上霸權代表人物。

擁護，她個人可能會感到不解。她在小說中從未質疑男性的社會優勢。她的出版合約都必須經由父兄之手，我們不知道她是否為此而憤憤不平。當時的女性沒有財產所有權，即使是她們以自己的智慧創造的果實。她書中最富有的角色是愛瑪。她在二十一歲時大約擁有三萬英鎊，換算成今天的價值是一筆鉅款。她嫁給奈特利先生後，這筆錢會變成他的錢。小說默默接受這個事實。

珍．奧斯汀對於文學的洞見，和她的社會觀點一樣保守。雖然她在歷史上意外跟上了浪漫主義浪潮，也被歸類為浪漫派作家，但就內容而言，她其實屬於更早、更穩定的時期，作品也維護著那個時期的價值。在她的時代，虛構故事（尤其是「恐怖故事」）對她來說不算文學。《諾桑覺寺》（*Northanger Abbey*）女主角凱薩琳．莫蘭沉迷於現代小說，看到腦袋中毒。幸好只是一段時間而已，感謝老天。

・人生已太複雜，我們如何自處

上述內容似乎都在說明，珍．奧斯汀身為作家，書寫的主題相當侷限，甚至都是微不足道的事。那麼，她的小說究竟有什麼特點，令它們脫穎而出？答案有二。首先是珍．奧斯汀掌握其小說形式的技巧，尤其是諷刺（irony）的運用。其次是她的修身之道（moral seriousness）。人生百般難解，她卻總能清楚明確地傳達人該如何生活。她不但伶牙俐齒，饒富機鋒，而且她一向寬容人性的小缺點，並饒富同情。

比珍．奧斯汀更會寫劇情的作者屈指可數。她的書迷已記不得第一次讀她小說的感受，因為他們每一本都太熟悉了。她最忠實的書迷自稱「珍迷」（Janeites），每年都把六本小說重讀一遍，像一場神聖的儀式。但對第一次讀的讀者來說，她的小說鋪陳扣人心弦，特別令人難以釋卷。愛瑪（或伊莉莎白、凱薩琳、艾莉諾）能做出正確的決定嗎？讀到最後一章前，讀者往往如坐針氈。

在文藻和修辭上，也沒有作家能比珍．奧斯汀表現得更精采。再者，她總是有本事令讀者火力全開發揮自己的閱讀技能，還讓我們樂在其中，不嫌麻煩，例如以下這段《愛瑪》的開頭段落：

> 愛瑪．伍德豪斯的容貌俊秀，頭腦聰明，家境富有，個性樂觀，又有個舒適的家，全世界的好運似乎都落在她身上了。她活了近二十一個年頭，鮮少有事教她不高興或煩擾。

這句子中鑲嵌了兩個很有趣的詞。「俊秀」不是比較適合用於男性嗎？「漂亮」或「美麗」不是更適合嗎？（而且「愛瑪．伍德豪斯」也沒有加上「小姐」）。由此我們可以推測，她也許很獨立，而且不一定循規蹈矩。另一個耐人尋味的詞是「似乎」，讓我們心裡有個底，這全世界的好運恐怕要受到考驗了。後來隨劇情推演，事情果真如此，而且幾乎將之摧毀殆盡。此外還有她用「煩擾」（vex）這個詞，而不是「煩惱」（upset），暗示她自認高人一等，未來將自食惡果。這個句子字字精妙，充滿諷刺和暗示。

珍·奧斯汀的作品除了寫作風格和敘述技巧之外，還結合了嚴格的修身之道。其實她的小說都是在說未婚少女在中途犯了些錯，最後圓滿步入婚姻殿堂的過程。她的女主角起初無一不是年輕的好女孩，覺得人生必須作出正確的選擇，但由於她們沒經驗又天真，再加上有些人個性輕率、固執，於是在遇上人生難題時，便自陷危機之中。換句話說，她們會為自己的過錯付出代價。在壓力和折騰之下，她們會漸漸轉變成「大人」，精神上更為成熟。珍·奧斯汀的小說告訴我們，為了活得正確，人必須先好好生活。人生是一輩子的教育。連同上述提過的文學技巧，評論家F·R·利維斯[54]表示，珍·奧斯汀開創了英國虛構故事的「偉大傳統」，而這傳統將由喬治·艾略特、約瑟夫·康拉德、查爾斯·狄更斯、亨利·詹姆士和D·H·勞倫斯延續下去。一切是從一位在漢普夏郡教區默默耕耘的女作家開始的。她對世情的洞悉，遠遠勝出那個世界給她的榮耀。

珍·奧斯汀的小說完美證明了，偉大文學作品的格局不需很大。兩吋寬的象牙上能畫什麼？若畫筆和象牙是落到天才的手中，所有值得的都會留下。

---

54 F·R·利維斯（F. R. Leavis, 1895-1978），英國文評家，曾任劍橋大學教授。

· 17 ·

寫給你的書

閱讀大眾的改變

閱讀是一種極私密的行為。讀書會中，參與者也只會「分享」各自的心得，不會分享閱讀過程。然而整體而言，讀者買、求、借或偷什麼書，在文學長年的演進史中，都是決定性的因素。市場決定作品。廣泛而言，市場是由成千上百萬讀者所組成，由此構成所謂的「閱讀大眾」。和選舉投票一樣，大眾的喜好往往難以預測，但最終都會作出選擇。而且，跟任何商業市場一樣，顧客（讀者）永遠是對的。讀者創造需求，作家、出版商和通路商合作。

・女性讀者和女性作家

十八世紀間，隨著都市興起，經濟日益繁榮，閱讀大眾成為支持文學的一股強大力量，同時出現一種特別的現象：新興的分眾團體浮上檯面。這段期間，中產階級人數不斷增加，生活有餘裕的女人儘管不精於寫作，或不被鼓勵這麼做，社會也很少機會讓她們練習，但她們開始拾起書本。相對來說，她們是至今尚未開發的閱讀市場。於是，市場出現了專為女性讀者所寫的虛構故事作品。塞繆爾・理查森的《帕米拉》（*Pamela*, 1740），以及十八世紀中葉暢銷巨作《克拉麗莎》（*Clarissa*, 1747-48），都是為女性讀者所寫，主角也和她們一樣：年輕體面，中產階級出身，貞潔善良，待婚或已婚。理查森的偉大對手、寫戲仿（parody）作品諷刺他的亨利・菲爾丁，則是瞄準年輕男性，寫出粗鄙的《棄兒湯姆・瓊斯的歷史》（1749）。年輕男性是多元閱讀大眾中的另一分支，有他們自己特定的品味和喜好。

女性所寫、為女性而寫，以及寫女性故事的虛構文學奠基於這時代。各方面來說，這都是劃時代的轉捩點。現代評論家艾蓮・休沃特[55]稱這段時期與稍後所寫的小說為「自成一格的小說」。當時除了上教堂和教會相關活動之外，女性出門、聚會、聊天機會有限，小說成了女性對話的橋梁，也成為後來女性主義的基石（詳見第二十九章）。

不過，教育差距依舊是個不利條件。女性的識字能力若要超過社會為她們大部分人設定的水準，家裡不但得有大量藏書，父母或監護人也要支持她們學習。勃朗特姊妹（第十九章）和珍・奧斯汀（第十六章）運氣非常好，那些少數的女性讀者也不例外。大多數人沒那麼幸運。即使到了二十世紀，維吉尼亞・吳爾芙呼籲解放女性心智的《自己的房間》（*A Room of One's Own*, 1929），開頭便敘述自己無法進入劍橋大學某間圖書館的事。一個劍橋生告訴她，她不是劍橋生（fellow，也隱含男性之意）。那是具象徵性的一幕。她（還）不屬於男人的閱讀世界。劍橋的兩間女子學院成立於十九世紀晚期，但要等吳爾芙死後好幾年，劍橋大學才正式收女性學生。

喬治・艾略特的真名是瑪麗・安・伊凡斯（Mary Anne Evans）。她父親是莊

---

55 艾蓮・休沃特（Elaine Showalter, 1941-），美國文學評論家、女性主義者，曾提出「女性批評」一詞（Gynocriticism），試圖建構分析女性文學的女性架構。

56 艾芮斯・梅鐸（Iris Murdoch, 1919-99），愛爾蘭作家，小說探討善惡道德、性關係和潛意識，著名作品為《大海，大海》（*The Sea, the Sea*）。

57 瑪格麗特・愛特伍（Mrgaret Atwood, 1939-），加拿大當代最受推崇的小說家，代表作為《使女的故事》。

園的管家，她從小便獲准自由使用大宅裡的圖書室。她的求學過程並不特別，靠著奮發自學和朋友幫忙而學會德文，並以譯者身份開始寫作生涯，翻譯一些複雜的理論和哲學書籍，後來成為當時第一批女性「崇高新聞人」（higher journalist）其中一人。當時不論男女，很少人能冠上「崇高」的頭銜。年近四十時，她轉向虛構文學創作，並使用男性假名，寫下《亞當．比德》（*Adam Bede*, 1859）。這時的她已經可以自立更生。在當時，大膽自學有成的女人會被戲稱為「女才子」和「女學者」，但很少人像她一樣成功。喬治．艾略特讀了一般女性所讀的小說，發現自己一點也不喜歡。「女性小說家寫的愚蠢小說」，她如此稱之。當然，市面上也有寫給男性的愚蠢小說。但比起女性，男人若想看嚴肅認真的小說可自由得多了。情況後來慢慢有所改變，近代的艾芮斯．梅鐸[56]、瑪格麗特．愛特伍[57]、喬伊絲．卡洛．奧茲[58]、童妮．摩里森[59]和A．S．拜雅特[60]全都是大學教師，個個才思敏捷。她們的讀者群教育程度良好，女性讀者人數也和男性相當，甚至更多。由此看來，閱讀大眾的性別已平衡了。

・類型和讀者

但不論在歷史任何時期，不論從何角度，「閱讀大眾」都不像足球觀眾那樣

58 喬伊絲．卡洛．奧茲（Joyce Carol Oates, 1938-），一九六〇年代以來最重要的美國作家，著有《浮生若夢》（*Blonde*）、《掘墓人的女兒》（*The Gravedigger's Daughter*）等。

59 童妮．摩里森（Toni Morrison,1931-），美國當代最重要的非裔作家，一九九三年諾貝爾文學獎得主，作品包括《寵兒》、《爵士樂》等。

60 A．S．拜雅特（A. S. Byatt, 1936-），英國作家、詩人，著名小說有《隱之書》（*Possession*）。

一心一體。現代閱讀大眾比較像馬賽克：有許多小型分眾，鬆散地連結在一起。只要進到任何大型書店，這點馬上不言自明。到書店走一遭，你會在架上找到不同的「分類」（類型），陳列不同主題的書籍。讀者懂得自己的喜好，也知道自己想看少年小說、經典小說、同志和情色小說、羅曼史、恐怖小說、犯罪小說或是兒童文學。

詩集也有專門的一區，通常在人特別少的角落。當然，詩集不如書店展示檯上堆積如山的暢銷書惹眼，也不會吸引那麼多讀者。詩一直是文學中的窮酸姊妹。「讀者固有，然為數不多。」彌爾頓如此敘述自己的讀者。他對銷售毫無興趣，以十英鎊賣掉《失樂園》的手稿。就算在十七世紀，那數目也少到可憐。諷刺的是——多虧了高等教育——彌爾頓現在擁有廣大的讀者群了。只要眾人繼續研讀《失樂園》就會年年在暢銷書占有一席。奧斯卡．王爾德（Oscar Wilde）縱使愛寫詩，後來也轉換跑道寫比較熱門的喜劇。他跟著錢走。「我為何要為後代子孫而寫呢？」據說他曾這麼打趣地說。「他們有幫我做什麼嗎？」許多詩人堅持和「為數不多的讀者」為伍。「暢銷詩集」這四個字本身就矛盾，除非我們把巴布．迪倫和大衛．鮑伊等民謠歌手（balladeer）算進來。

出版業經常花大筆金錢來進行精準的市場調查，以盡可能摸透「讀者喜好」。一般而言，年輕、大學教育程度的男性喜愛科幻小說，會購買大量書籍，並沉迷其中。他們也會和同好透過專題網站交流，並不斷接觸自己有興趣的類型文學。

圖像小說（漫畫的一種現代形式）吸引了一群不同的讀者，雖然其支持者也絕大多數是年輕人。還有一種遊走於奇幻邊緣的科幻小說，內容包含殭屍和吸血鬼。在這類型裡，女性讀者特別喜歡史蒂芬妮．梅爾[61]這類新作家的作品。另一個小眾作品類型是恐怖小說，讀者和科幻小說、圖像小說有所重疊，但擁護者相較之下較為年長。男性動作小說過去主要以西部小說為代表，現在大多是戰爭小說。這類型小說多半吸引過了從軍年紀、也沒騎過馬的讀者。犯罪小說吸引的同樣是年紀較長的男女讀者，像阿嘉莎．克莉絲蒂[62]這樣的犯罪小說天后，如今由新一代走冷硬路線的派翠西亞．康薇爾[63]等出自醫界、法界的作者取而代之。

羅曼史吸引的多半是步入中年的女性。奇怪的是，這群讀者也帶動了近期電子書的成長。原因不難猜想，比方說她們較常被家事綁在家中，而且書店不像超市，對嬰兒車不太友善。

現在的書店有電子端點銷售系統（EPoS），可以藉此分析銷售數據，回報給倉庫物流。若某本書賣得特別快，架上便會補上更多書。若你經常在亞馬遜網站瀏覽、購買書籍，網站會記錄你的偏好。電腦螢幕上也會出現符合你喜好的廣告。就像指紋，每人的喜好都不同。文學史上頭一遭，出版產業仔細、精確地「追蹤記錄」閱讀大眾。然而，這不代表產業能預測讀者的喜好，只代表在讀者反映之後，他們的需求能更快、更有效得到滿足。

整體而言，閱讀大眾總是想要讀得更多，只是它往往超出個人負荷。歷史上，

61 史蒂芬妮．梅爾（Stephenie Meyer, 1973-），美國作家，《暮光之城》系列作者。

62 阿嘉莎．克莉絲蒂（Agatha Christie, 1890-1976），英國偵探小說作家，公認為「偵探小說之后」。

63 派翠西亞．康薇爾（Patricia Cornwell, 1956-），美國當代推理作家，代表作是《屍體會說話》（*Post-mortem*）。

文學書籍向來是昂貴的奢侈品。文學能夠普及，是因為有兩項發明讓人比較負擔得起，並且讓大眾能夠輕易接觸到它。

第一個就是圖書系統。珍・奧斯汀的《諾桑覺寺》中，求知若渴的讀者凱薩琳・莫倫和伊莎貝拉・索普，從巴斯的當地「流動圖書館」借到了「恐怖的」哥德小說。流動圖書館能讓書籍在更多讀者手上流通。現今的圖書館估計，一本精裝小說能出借一百五十次，因此圖書館需支付的借閱金（Lending fees）能夠大大分攤開來。十九世紀中葉，大城市出現了大型商業圖書館，出租書籍給維多利亞時代的閱讀大眾。二十世紀上半葉，每座城鎮和城市中也都有「兩便士」書報攤，在香菸、零食和報紙之間可看到熱門小說的蹤影。一九五〇年代的英國，法律規定市政府議會必須透過公眾圖書服務，提供當地人民「綜合主題」的書籍。這是免費的。

另一項發明是便宜的書。這是因為十九世紀時，除了印刷機的改良之外，也發明出成本低、植物性的紙張。近代最具影響力的事件，是一九六〇年代美國的平裝本改革。二十一世紀的我們，現在還有電子式供應品（電子書），每個連上網路的螢幕都等同於一扇通往阿拉丁藏寶洞的門。

若今天閱讀大眾已看得目不暇給，資源之多已超出個人需求，這是好事嗎？不是每個人都認同。有些人說「愈多就愈糟」，但也有人像我一樣，覺得量大就會有好東西。閱讀大眾愈多，書市就愈健康。蛋糕愈大片，就吃得到愈多葡萄乾。

18

小說的巨人

狄更斯

說到查爾斯・狄更斯（Charles Dickens, 1812-70）是英國最厲害的小說家，很少人會反駁。「沒人能跟他比。」我們會這麼說。他自稱「獨一無二」，連他也自認出類拔萃。他要是知道有人懷疑，甚至敢問出口，肯定會惡狠狠瞪他一眼，覺得這人未免太失禮了。

還有哪位小說家的頭像可以同時被印在紙幣和郵票上？又有哪個小說家的作品比他更常改編成電視劇和電影？哪個維多利亞小說家至今仍年年賣出百萬本書？二〇一二年，狄更斯誕生二百週年紀念會上，英國首相和坎特伯里大主教都宣稱狄更斯的地位媲美莎士比亞。誰敢反駁他們？

但狄更斯的小說，究竟是哪一點為他贏得眾人高度推崇？這問題不好回答，答案必須一一細數。而且，答案不斷在改變。例如，如果你遇到和狄更斯同時代的人，他剛讀完《匹克威克外傳》（*The Pickwick Papers*），你問他：「你覺得博茲厲害嗎？」博茲（Boz）是狄更斯早年作品的筆名，對方可能會回答：「他常逗得我哈哈大笑，其他作家可辦不到。」八年後，你如果又問和狄更斯同時代的人：「《老古玩店》（*The Old Curiosity Shop*）的作者厲害在哪裡？」他們可能會回答——心裡想著小奈兒過世的經典橋段，忍不住鼻酸——「我從來沒有因為一本小說哭得那麼慘。狄更斯比其他作家更能感動我。」

大致來說，十九世紀讀者和我們的反應相差甚遠。他們不覺得有必要壓抑自己的情緒。我們則喜歡認為自己比他們堅強，或者說，是比較成熟的文學讀者。

王爾德有句經典的妙語：「讀到小奈兒的死，要不笑出聲恐怕需要一顆鐵石心腸。」讀到狄更斯小說好笑的地方，例如米考伯先生（Mr Micawber）每次跟討債人交手的場景，我們也許會輕笑個兩聲；看到悲傷的場景，像是保羅・董貝（Paul Dombey）久病而死，我們也許會眼眶一溼。但一般來說，我們不讓自己被情緒帶著走，這樣才能客觀理性地評論文學。但這樣就是更好的讀者嗎？恐怕很難說。

我們不是維多利亞時代的人，但以下有五個論點可以證明，為何現代讀者該視狄更斯為史上最偉大的小說家。

・讓他們笑，讓他們哭

第一點是狄更斯漫長的寫作生涯中創造力驚人。他所有小說都是從連載開始。一八三六年四月起，《匹克威克外傳》開始每月連載，當時標題為《匹克威克俱樂部遺稿》（*The Posthumous Papers of the Pickwick Club*）。年僅二十多歲的他，第一部作品便大獲成功。接下來，一般作家肯定會再用匹克威克的名號寫一系列小說，但狄更斯身為作家，對自己永不滿足，馬上著手寫下另一本截然不同的《孤雛淚》（*Oliver Twist*, 1837-38）。這是一本黑暗、憤怒和充滿政治意涵的作品，和匹克威克先生幽默好笑的冒險非常不同，而它的憤怒既直指英國政府，也指向英國閱讀大眾。這個濟貧院孩子從扒手變成竊賊的故事，標誌著他的第一本「社會問題」小說，抨擊那個時代的弊病。後來的小說，狄更斯刻畫出更多種小說類型。例如，《荒涼山莊》（*Bleak House*）是第一本出現偵探的英國小說。在他的手下，偵探小說誕生了。

狄更斯開拓了「自傳體小說」，寫出《塊肉餘生錄》（*David Copperfild*, 1849-50）和《遠大前程》（*Great Expectations*, 1860-61）。比起八十多本關於他的傳記，我們從這兩本小說得知更多關於狄更斯的事。

隨著一本本的創作，我們可以發現他的寫作技巧漸趨成熟，在劇情鋪陳方面尤其登峰造極。如他的小說家朋友威爾基．科林斯[64]所說，狄更斯的座右銘是：「讓他們笑；讓他們哭；讓他們等。」他在創作生涯中期苦心鑽研小說結構，搖身一變為懸疑大師。他精準地扣住讀者的心，讓他們對劇情期待萬分，巴不得馬上買到下一週或下個月的刊物。他晚期的小說，例如《小杜麗》（*Little Dorrit*, 1855-57），狄更斯專業地「玩弄」讀者，讀者也樂在其中。據說，紐約港的工人曾經朝著運送《老古玩店》前幾批書的船大喊：「她（小奈兒）死了嗎？」

狄更斯歷年來的寫作心境轉變不少，一般來說作品變得比較不搞笑了。他當年的讀者對此有諸多牢騷，希望能有更多類似《匹克威克外傳》的笑料可看。但隨著狄更斯小說氣氛變得愈來愈黑暗，他漸漸著迷於象徵的力量，作品也變得更有「詩意」。例如，後期從《我們共同的朋友》（*Our Mutual Friend*, 1864-65）之後，

64 威爾基．科林斯（Wilkie Collins, 1824-89），英國維多利亞時代小說家暨劇作家，著名作品有《白衣女人》（*The Woman in White*）、《月光石》（*Moonstone*）等，《月光石》被視為現代第一部偵探小說。

他的小說都會安排一個主要象徵，這一本選擇的是泰晤士河。書中河水潮起潮落，洗滌著倫敦，帶走城市的汙穢（暗示著罪惡）。小說主角在河中溺水，並「重生」得到全新的身份。狄更斯晚期作品的詩意安排不僅豐富了文本涵意，更重要的是讓其他小說家有新的途徑可以模仿和探索。如同文學中所有偉大的作家，狄更斯不只自己寫偉大的小說，也為其他人開創寫出偉大小說的可能性。

・要像孩子一樣

狄更斯偉大的第二個原因是他寫小說時，不僅用小孩（男、女生皆有）為主角，例如《孤雛淚》，還讓讀者感受到孩子脆弱、容易受傷害的一面，並發現大人和小孩眼中的世界有多不一樣。他年輕時覺得自己大概活不長（確實是如此），於是請他的好友約翰．佛斯特[65]替他寫傳記。狄更斯將幾份手稿交給佛斯特，表示那是他「心靈最私密的苦痛」，上頭記載著狄更斯小時候所受的可怕折磨。他父親是海軍書記，但經濟狀況不好，最後被關到負債人監獄「馬夏爾西」（Marshalsea）。《小杜麗》的背景便是那座監獄，是十一歲時的他最熟悉的地點。他父親服刑時，狄更斯在泰晤士河邊老鼠為患的工廠掙得一份工作，負責貼鞋油的標籤，每週工資不過六先令。他生活十分刻苦，但最令他難受的是刻骨銘心的

65 約翰．佛斯特（John Forster, 1812-76），英國傳記作家暨評論家，為多本雜誌擔任編輯，以為狄更斯作傳聞名。

羞辱感，內心的傷痕不曾癒合。狄更斯是家裡孩子當中最聰明的，卻沒有受過能讓他發揮才智的教育。他的學習過程斷斷續續，在十五歲時完全終止。這份羞恥也是他的重擔。同時代的人經常粗率地用「低俗」和「粗野」評價他，連《泰晤士報》寫他的訃告時也不免於俗。狄更斯對孩子如此關切，主因是他相信他們不只是「小大人」，更擁有大人值得重新找回的特質。狄更斯為自己的孩子寫過「耶穌的生平」（Life of Christ），也相信祂的格言：「我實在告訴你們，你們若不變得像小孩子那樣，絕不能進天國。」

・反應時代的快速變化

其實，狄更斯早年的生活，是自修自學成才的英雄式壯舉。他在辦公室當書記，學習速記法，接著從事新聞業，報導下議院的辯論。他之所以偉大的第三個原因，便是他反映了他那個時代的各種變化。沒有作家比狄更斯對自身所處的時代還要敏感。歷史上來說，他所處的倫敦正經歷劇烈變化，城市日新月異，每十年人口呈倍數增加，同時造成社會的大躍進與各種市政危機。

狄更斯的十四本主要小說裡，有十三本的背景和舞台設在倫敦，唯一例外是《艱難時勢》（*Hard Times*, 1854），描寫曼徹斯特一帶的衝突和罷工。當時，曼徹斯特被稱為「世界的工坊」。狄更斯緊扣住英國的脈動。一八四〇年代，鐵路網遍布全英國，取代舊有的（對狄更斯來說，也是浪漫的）馬車，他馬上明白它將造成巨變。《董貝父子》（*Dombey and Son*, 1848）主要就是在描述鐵路出現後，嚴重分裂又緊密交織的新世界。

・用小說改變社會

第四個原因，狄更斯的小說不只反映社會變遷。他是第一個了解小說能改變世界的小說家。小說能啟發智慧，揭露事實，也能宣揚主張。狄更斯在《馬丁・翟述偉》（*Martin Chuzzlewit*）的序文中，令人意外地自揭，他一直在他所有的故事裡主張「改善公共下水道」之必要。對想看小說的讀者說這番話，是滿奇怪的事，比方說《荒涼山莊》，但我們來看看這本小說的著名開場：

> 倫敦。米迦勒學期（Michaelmas Term）剛結束，大法官坐在林肯律師學院大廳。十一月的天氣毫不留情。街上一片泥濘，彷彿水才剛從地表流去；這時就算看到一頭古生物斑龍，像隻大蜥蜴似地搖搖晃晃爬過街頭，濺得你一身泥，你也不會覺得驚訝。黑煙無精打采從煙囪管帽飄下，

化為一陣汙黑細雨，滲雜著大小如雪花一般的煤灰，有如在哀悼太陽之死——你可能會不禁這麼想。

簡而言之，「髒亂」無所不在。街上的「泥濘」多半是馬糞和人屎。空氣灰濛，遮蔽了太陽。環境髒汙，隨之而來便是疾病。這本小說中處處可見疾病，不但殺死了可憐的清道童工小喬（little Jo），更害得女主角毀容。《荒涼山莊》從一八五二年開始連載。六年後，工程師約瑟夫・巴澤爾傑特（Joseph Bazalgette）著手興建倫敦街道下方的下水道系統。「泥濘」不久後將會消失。雖然狄更斯沒有親手挖過倫敦的土、抬過石板或焊接水管，但說他促成維多利亞時代進行衛生改革也不為過。我們現在仍會讀《荒涼山莊》，每一家倫敦的書店也都找得到，倫敦居民也會繼續走過維多利亞時代興建的下水道系統上方的街道，對此事渾然不覺。

・為了軟化人的心腸而寫

最後一點是最重要的，狄更斯的小說之所以能歷久不衰，是因為他真心相信人性本善，也就是相信著「我們」。書中有壞人，像《孤雛淚》中的殺人犯比爾・

塞科（Bill Sikes）就是罪無可逭，但一般來說，狄更斯對人性充滿希望，總是相信人心本善。他最知名的作品《聖誕頌歌》（*Christmas Carol*, 1843），故事核心便反映著人性本善的信念。史古基（Ebenezer Scrooge）是個吝嗇的守財奴，完全不在乎窮人是否死在他家門口。不是有濟貧院嗎？他會問。但即使如此，史古基被感動時，也能成為樂善好施的人。他手下的員工克萊契（Bob Cratchit）有個跛腳的兒子小提姆，最後史古基也成了小提姆第二個父親。狄更斯的敘事中，「心境轉變」是最重要的一刻。如果你問狄更斯，他大概會直接回答，不論是小說或報導，他寫作的目的是為了改變——或至少「軟化」——一般人的心腸。在這點上，他比起大多數作家做到更多。即使到今日也是。

查爾斯．狄更斯一定會承認自己不是完美的人。雖然他大多數小說中的婚姻最後都是快樂收場，自己卻不是個稱職的丈夫和父親。他和妻子生下十個小孩，二十年後卻拋下她，跟一個小他二十歲的女孩在一起。即使以維多利亞時代的標準來看，狄更斯確實偶爾會表現出錯誤的社會觀點、態度或偏見。但這些和他的理念比起來顯得微不足道；他全心相信，只要人類「真心」好好努力，就能繼續進步、改善世界。他的「未來」如今就在我們眼前，一個比過去更好的世界，某方面必須感謝查爾斯．狄更斯。因此，他的小說為何偉大，這就是最好的答案。「確實如此。」獨一無二的狄更斯聽了恐怕會這麼說，口氣也許還會很差，因為你居然敢質疑這件事。

· 19 ·

文學中的生活

勃朗特姊妹

勃朗特姊妹分別是夏綠蒂（Charlotte Brontë, 1816-55）、艾蜜莉（Emily Brontë, 1818-48）和安妮（Anne Brontë, 1820-49），光是三姊妹的生活便可以寫成一本高潮迭起的小說。她們的祖父是愛爾蘭的窮苦農夫，生了十個孩子。她們的父親派屈克．普魯提（Patrick Prunty）可謂白手起家。他藉著天生聰穎，為人努力上進，再加上運氣好，最終讀到了劍橋大學。畢業後，他成為英國國教會牧師，並深謀遠慮地改姓為勃朗特，沾了海軍名將霍雷肖．納爾遜（封號為勃朗特公爵）的光。當時愛爾蘭不時傳出起義和流血衝突，因此不是人人都對愛爾蘭人有好感。勃朗特牧師娶了個好妻子，一八二〇年來到約克夏「討生活」（就任宗教職位的說法），定居本寧荒原（Pennine Moors）上，不遠處有個紡織城叫基斯利（Keighley）。一家人住在自然荒野和工業革命的交界。

但討「生活」一詞並不貼切。牧師的房子位於哈沃斯（Haworth），建築氣派，卻縈繞死亡的氣息。派屈克的妻子生了六個孩子，身體不堪負荷，三十多歲便過世，當時安妮還在強褓。兩個大女兒在幼年時也過世了。三個活下來的女兒都沒活過四十歲。夏綠蒂活得最久，三十九歲生日前夕才過世。雖然家族對僅有的兒子寄予厚望，但他酗酒並染上毒癮，囈語而死，年僅三十一。所有孩子不是早夭，便是染上肺癆而死（現在稱為肺結核）。諷刺的是，她們可憐的父親比他們活得還長。他一生努力難道是為了這樣的結局嗎？

若勃朗特姊妹生來健康、快樂、富裕，而且活到像另一位著名的牧師之女珍．

奧斯汀（死時四十一歲）的歲數，那些她們來不及寫出的小說可以達到什麼樣的成就？肯定不同於今日，這點無庸置疑。她們在走到生命終點前，都立志成為藝術家，而且以驚人的速度不斷成長。

‧希斯克里夫的謎團

哈沃斯有著一棟牧師房子、一座教堂，鄰近還有一座墓園，這些元素形塑了這家姊妹小說中的環境和小小世界。她們三人不曾遠行，終其一生待在教區生活。她們對外界所知不多，小說便可應證這點。以艾蜜莉‧勃朗特的《咆哮山莊》（Wuthering Heights, 1847）為例，書如其名，所有事件都發生在一棟古老莊園方圓十英里之內。這個地區範圍過小，劇情因此出現一些漏洞。故事一開始，恩肖先生（Earnshaw）步行往返利物浦一趟（一天走六十英里），回程還抱了個棄嬰。那嬰兒便是注定會推翻家族的希斯克里夫（Heathcliff）。其他小說家也許會為這陌生的孩子寫個「身份背景」，或至少描述一下恩肖發現棄兒的場景。恩肖說他是在利物浦排水溝撿到他的，但感覺不大可信。他是私生子嗎？也許母親是哪裡來的吉普賽女人？艾蜜莉沒有提供解釋。為什麼呢？

最可信的原因是她不曾去過利物浦，她不想著墨她沒去過的地方。《咆哮山莊》最大的漏洞便是希斯克里夫「消失的日子」。希斯克里夫偷聽到愛人凱薩琳（Cathy）告訴奈莉（Nelly，小說中多位敘事者之一）她打算嫁給林頓（Linton），他心痛欲絕，行李也沒打包，身無分文地離家。三年後，他返回家中，不但長大成人，還變得文質彬彬，十分富有，儼然是一位「紳士」。這究竟是怎麼發生的？他去了哪裡能讓他改頭換面？小說並未解釋。

這些我所謂的「劇情漏洞」，可以視為藝術表現，故意的設計和安排。但這也突顯出作者是個鄉下沒見過世面的女人，她對利物浦和世道渾然不知，不了解像希斯克里夫這種不懂事的鄉下小子，不可能莫名改頭換面。

安妮去過倫敦，在那裡待了幾天（為了證明她以假名出版的第一本小說出自她之手），但只去過這一次。她兩本小說都盡可能忠於她有限的人生經驗，並且發揮到極致，傳統上卻都受人低估。她曾在約克當過家庭教師，並以此為題材寫了《阿格妮斯・格雷》（*Agnes Grey*, 1847），內容描述「高等僕人」在維多利亞時代中產階級家庭中會蒙受何種羞辱和委屈。另外，比起大多數女人，她了解何謂酗酒。她患有氣喘，多半在家，也比姊姊們更乖巧（她小時候還得過「表現優良」獎，這對夏綠蒂與艾蜜莉來說是完全不可能的事）。因此每次哥哥布蘭威爾（Branwell Brontë, 1817-1848）酗酒和酒癮發作，都是安妮在照顧。安妮的《荒野莊園的房客》（*The Tenant of Wildfell Hall*, 1848）便是以酗酒為題材。這是維多利亞文學中最精準描繪「嗜酒症」（酒精中毒）悲慘生活的一本書。

・英雄情懷

大家經常忘記，勃朗特姊妹是牧師的女兒。這背景交織在作品之中，有時化於無形。大多數讀者會記得《簡愛》（1847）第一句話：「那天，出去散步是不可能了」，也會記得可怕的「紅房」和可憎的里德太太（Mrs Reed），但讀者老是忘記小說的最後一句：「阿門！主耶穌啊，我願你來！」

讀三姊妹的小說時，有件事必須謹記在心：三姊妹沒有受過真正的學校教育。她們只短暫在科恩橋（Cowan Bridge）教會女子學校就讀。那裡的生活十分悲慘，間接導致她們的兩位大姊喪命。夏綠蒂在《簡愛》中，以洛伍德（Lowood）寄宿學校之名寫下那段日子作為報復，讓它遺臭萬年。那間學校對她們的虐待，十五年後，她的身體依舊記得：

> 當時我們沒有靴子，雪滲入鞋子中，並融化為水。我們的手也沒戴手套。手腳不但冰冷麻木，更滿是凍瘡。我記得每天晚上都必須為此所苦，雙腳像著了火似的。不僅如此，每天早上要將腫脹僵硬的腳趾塞進鞋裡時，更是刺痛難耐。

後來流行起傷寒，學校暫時關門，父親接回三個倖存的女兒，親自在家中教育她們，效果奇佳。那五年可能是她們人生中最快樂的時光，能自由地在宅裡藏書豐富的圖書室閱讀。她們受到自己所讀的書影響，尤其是華特·司各特情節浪漫複雜的小說，以及拜倫的詩。

一八二六年左右，三姊妹和布蘭威爾開始偷偷寫起長篇小說，描繪他們的想像世界，字跡小又潦亂，幾乎無法閱讀。這一切的最初靈感來自布蘭威爾的玩具兵。他們的故事版圖宏大，一路拉到非洲，並虛構了安格利亞、岡達爾（Angria and Gondal）國度，甚至有像拿破侖和威靈頓公爵般的英雄。童年懷抱的這份英雄主義，也影響了她們後來小說中的角色，最具代表性的例子是《簡愛》的愛德華·羅徹斯特（Edward Rochester），以及最迷人的希斯克里夫。希斯克里夫究竟是他的姓？還是名？將他名字拆開，我們發現：希斯（Heath）意謂「荒地」，克里夫（Cliff）意謂「懸崖」。原來，這位主角是艾蜜莉鍾愛的荒野景致中最生硬、最無人性的元素所組成。

吾家有女初長成，像勃朗特姊妹這麼聰明伶俐的年輕女子要做什麼呢？當然要出嫁了。畢竟父親死了的話，她們將身無分文。從現存幾幅肖像畫和一張夏綠蒂的照片可以看出，她們個個外貌姣好。舉目望去有許多神職人員都是適合人選。但三姊妹想要的不只是婚姻。夏綠蒂早年便拒絕了不少人的追求。後來，她們回憶起父親教導她們的身影，三人決心從事教職，當起了家庭教師。艾蜜莉和夏綠蒂只撐了一陣子，吃了不少虧，安妮做更久，也折騰更久。

一八四二年，艾蜜莉和夏綠蒂去布魯塞爾的一間法語寄宿女子學校當學生兼實習教師，一邊學習一邊教書。她們相信這對自己未來設立學校會有所幫助。艾蜜莉來到布魯塞爾後，心裡愈來愈難受。她就像希斯克里夫和凱薩琳，熱愛「荒野」。《咆哮山莊》中最令人驚豔的一刻，是年輕的凱薩琳和希斯克里夫分享彼此夏天最喜歡的日子。對她來說，是雲朵被風吹過天空，在地面投映下斑駁的影子時，對他來說則是平靜、悶熱、晴朗無雲的日子。這份對荒野的感情在夏綠蒂的小說中就找不到了。

・第一人稱的愛情

艾蜜莉不喜歡離鄉背井，一逮到機會便離開布魯塞爾，回到哈沃斯。夏綠蒂則在布魯塞爾又多待一年。這對她個人來說，這是場災難，對文學來說卻是好事。她瘋狂愛上學校校長康斯坦汀・黑格（Constantin Héger）。對方以家庭為重，並未出軌。但她被愛沖昏頭，縱然並未踰矩，也已愛到奮不顧身。黑格是她人生中的最愛，但兩人終究不可能結合。無論如何，這段不幸的戀曲創造了不少寫作題材，例如《簡愛》中便寫到主人羅徹斯特挑逗家庭教師、彷彿在玩貓捉老鼠的情節。在《維萊特》（*Villette*, 1853）中，黑格寫實地化身為女主角露西・斯諾（Lucy

Snowe）在布魯塞爾寄宿學校實習時所愛的人。兩本小說都用「我」來敘述，也就是以女主角第一人稱的觀點所寫，因此更像一本自傳。在所有由不順逐的愛情造就的小說中，它們是其中的佼佼者。若是能了解小說背後的故事，讀者便更能體會其中不凡之處。

從布魯塞爾回來後，姊妹在哈沃斯重聚。她們現在都二十多歲了。家教和比利時之旅都以失敗收場。她們看來也依然不想進入婚姻市場，下定決心自立更生。對女人來說，這在維多利亞時代早期並不容易。

她們決定從事寫作，並以作品賺來的錢設立一間學校。為了踏進男性作家和出版商主宰的寫作世界，她們採用男生的假名，分別為柯勒、艾利斯和艾克頓・貝爾。她們把詩作集結起來，用筆名印刷出版，殷殷期盼，結果只賣出兩本。後來，人們彌補了這段過往，承認艾蜜莉是當時的重要詩人。

・早凋的荒原花朵

一八四七年是美好的一年，勃朗特三姊妹的小說紛紛出版，但並未全都獲致成功。《咆哮山莊》和《阿格妮斯・格雷》分別是艾蜜莉和安妮的第一本小說，兩本都用男性筆名出版，卻落入倫敦最不老實的出版商手中。在他的操作下，兩本書石沉大海，她們也沒獲得報酬。等到她們過世多年後，這兩本小說才成為維多利亞時代的小說傑作。但對作者來說，為時已晚。

夏綠蒂的際遇好多了。第一本小說雖然遭出版商拒絕，但該出版商也說期待她的下一部作品。她馬上把握時間，在幾星期內匆忙寫完《簡愛》。它成為暢銷書，「柯勒‧貝爾」（Currer Bell）成了當時最熱門的小說家，不過她很快便不用「假名」了。小說家威廉‧梅克比斯‧薩克萊和大家一樣，熬夜讀完了這本小說，看著這樸實的小家教對抗世界，贏得她所愛的羅徹斯特。羅徹斯特雖然將發瘋的第一任妻子任意地鎖在閣樓，但當他兩眼失明且失去一隻手後，最終也像參孫一樣被「馴服」了。

幾個月後艾蜜莉過世，還不到三十歲，原本在寫的第二本小說再也無法問世。接著五個月之後，安妮也死了，年僅二十八歲。她第二本小說《荒野莊園的房客》跟第一本一樣被出版商糟蹋了。兩姊妹都死於肺癆。

夏綠蒂多活了六年。她也是家中唯一結婚的孩子，接受了她父親助理牧師的求婚。婚後不久，她也過世了。三十八歲的她死於妊娠併發症，埋葬在哈沃斯的家族墓穴，但勃朗特三姊妹留下的小說將流傳千古。

· 20 ·

被褥之下

文學和孩子

我們來玩個文學捉迷藏。《哈姆雷特》中，小孩子在哪裡？《貝奧武夫》裡的小孩呢？二〇一二年，《傲慢與偏見》被票選為最具影響力的英文小說。珍．奧斯汀的故事裡，班奈特家中的孩子跑哪兒去了？出來啊，躲到哪裡去了！你再怎麼找，也只是白費功夫。

對傳統的父母而言，若理想的孩子是「看得到人，聽不見聲」，那麼好幾世紀以來的文學中，孩子便是「看不見人，也聽不見聲」。他們當然存在，只是形同隱形。

・童年是成年的序曲

兒童文學包含兩種意義，為了孩子而寫，以及關於孩子的書。十九世紀，兒童文學漸漸明確地在市場浮現。浪漫主義運動中，在尚雅克．盧梭（Jean-Jacques Rousseau）和威廉．華茲華斯兩人力量的帶動下，「孩子」慢慢成為值得一書的主題。盧梭出版了《愛彌兒》（*Émile*, 1762）——關於兒童理想教育的指南——華茲華斯則在下個世紀也寫了一首自傳式長詩《序曲》，它們都告訴世人一件事：童年是「塑造」我們的時期。華茲華斯是這麼說的：「孩子是每個大人的父親」（The child is father of the man）。它不是間接影響，更是我們身為人的核心。

華茲華斯對兒童的推崇有兩個面向。首先，童年經驗是人「成形」的過程，也可能造成創傷，讓人「不成人形」。換言之，童年是成年的序曲。華茲華斯的《序曲》中，他認為童年時期建構了我們和世界的關係。以詩人自身為例，他在童年時和大自然培養了親密的關係。

另一方面，在華茲華斯的宗教信仰中，兒童因為和上帝最接近，因此較成人更「純潔」。這樣的信仰寫在他另一首詩〈詩頌：永生的暗示〉（Ode: Intimations of Immortality）之中。詩中寫到，我們來到世上，背後拖曳著「彩雲」，隨年歲漸長而漸漸消逝。傳統上「長大」都代表增長，我們變更強壯、更有知識、更成熟。在英國或美國，我們到了某個年紀才夠「成熟」，能看某些電影、喝酒、開車、結婚，或是在公開選舉中投票。華茲華斯不這麼認為。長大並非「獲得」，而是「失去」更重要的事物。

回想一下第十八章，後來和華茲華斯一樣，相信童年的重要性的還有誰？查爾斯．狄更斯。他第二本小說《孤雛記》寫於一八三七到一八三八年，當年他二十多歲。他在書中抨擊當時實施的新法。它使得窮人更難取得公共補助金，目的是為了逼迫「懶散」的人找到工作，不要再領市政補助。政府對於「福利國家」的政治立場總是搖擺不定。

狄更斯是如何批評英國的殘酷現況？他描寫了一個年輕孤兒的「成長過程」：先淪落為「濟貧院童工」，再成為未成年的清煙囪工人，最後變成罪犯的手下。你想知道為何社會變成這樣？看看你們是怎麼對待孩子的。如諺語所說：「枝彎樹也彎。」狄更斯相信他十三歲前的遭遇形塑了成年的他和其藝術家的人格，並特別囑咐傳記作者要把這一點清楚寫出來。

孩子的經驗形塑人的一生，自華茲華斯的詩作開始，由《孤雛淚》後繼，接下來還延伸出一段漫長的探討，例如夏綠蒂・勃朗特的《簡愛》（1847）、湯瑪士・哈代的《無名的裘德》（*Jude the Obscure*, 1895）、D・H・勞倫斯的《兒子與情人》（*Sons and Lovers*, 1913），一直到威廉・高汀[66]的《蒼蠅王》（*Lord of the Flies*, 1954），以及蘭諾・絲薇佛[67]的《凱文怎麼了？》（2003）。

簡而言之，十九世紀文學終於「發現」孩童了，此後一直興趣不減。

・虜獲孩子和大人的心

目前為止，我們提到關於小孩的書，都是成人所寫，並且是寫給大人看的。不過，有一類型的作品同時適合兒童和成年讀者（雖然後者不在一開始的目標裡），例如路易斯・卡洛爾的《愛麗絲夢遊仙境》（*Alice's Adventures in Wonderland*, 1865）、馬克・吐溫的《頑童歷險記》（*Huckleberry Finn*, 1884）和J・R・R・托爾金的《魔戒》（*The Lord of the Rings*, 1954-55）。這些作品可以讀給年輕讀者聽，

66 威廉・高汀（William Golding, 1911-93），英國作家暨詩人，一九八三年諾貝爾獎得主。

67 蘭諾・絲薇佛（Lionel Shrier,1957-），美國當代作家，二〇〇五年柑橘文學獎（The Orange Prize）得主。

也可以讓他們自己看。

說到這裡，容我提醒一聲，所謂「孩童」的定義非常廣。五歲孩子的閱讀、聆聽和理解力，和「十幾歲」的少年少女相距甚遠，書店裡也各有分區。當然，不論生日蛋糕上有幾根蠟燭，我們每個人心中都有一個孩子，而這三部著作能滿足七歲到七十歲的讀者（或聽眾）。

路易斯・卡洛爾是牛津大學教授和語言學家，「愛麗絲的故事」是為了他同事的幾個聰明伶俐的女兒所寫的。夏日午後，他帶著她們在河上划船，為了娛樂她們，他開始說起一個女孩的故事，女孩跟著一隻白兔鑽進兔子洞。在奇異的地下世界，她先喝了會讓她縮小的藥水，又吃了能讓她長大的蛋糕，一路上遇到一些稀奇古怪、有時候還很粗暴的大人。卡洛爾想到的顯然是個寓言故事，描述「長大」的磨練和挑戰。對於正處於這階段的年輕讀者來說，這本書相當迷人。但除了故事之外，當中許多元素也會令卡洛爾的教授同行覺得驚奇有趣，像是戲仿詩和其他哲學謎語，其中一首詩便是拿詩人騷塞描寫長大的詩來開玩笑。

馬克・吐溫的《頑童歷險記》是最受人推崇和廣獲評論的青少年讀物，內容也是關於青少年，故事十分簡單。《湯姆歷險記》（The Adventures of Tom Sawyer, 1876）主角湯姆的朋友哈克（Huck），和一個非裔美國奴隸吉姆（Jim）展開逃亡。他們撐著臨時做好的船筏，沿密西西比河而下，希望找到一個可以讓吉姆自由的地方。他們一路在河上冒險犯難，哈克在其中漸漸學會尊重吉姆。湯姆在滑稽好笑的最後幾章也再次現身。馬克．吐溫收到了好幾袋信件，都是年輕讀者讀了「湯姆和哈克」的故事後寫給他的，有些讀者才九歲，大多數是十二歲左右。他們喜歡看湯姆和哈克「歷經千辛萬苦成功」的故事。由於《頑童歷險記》在年輕讀者間實在太受歡迎，使得美國圖書館把它訂為禁書，以免「年輕人」模仿哈克那說話不合文法、喜愛「胡扯」（stretchers）的個性（說謊）。但是，尤其是通過《一九六四年民權法案》（Civil Rights Act of 1964）後以來，成年讀者很欣賞馬克．吐溫對哈克和非裔美國人吉姆關係的細膩描寫，以及哈克的歧視和偏見漸漸消弭的過程。這個故事具備成人關心的主題，又有讓各年齡層讀者都覺得津津有味的情節。

《魔戒》探討善惡的永恆衝突，就如同菲力普．普曼[68]和泰瑞．普萊契[69]較近期的創作；這兩位的作品很受成年讀者的歡迎。不過，托爾金的《魔戒》描述黑暗大帝索倫（Lord Sauron）意圖奪取中土世界，精靈、矮人和全人類群起對抗的故事，規模如史詩般宏大，敘述層面相也更為立體。托爾金是當代最受尊敬的古英文與中世紀英文文評家，也是《貝奧武夫》的專家（詳見第三章）。《魔戒》是一本能讓小孩熬夜閱讀的小說，也讓托爾金的學者朋友充滿興趣。他第一次和他們提起這個故事是在牛津的一間酒吧。

68 菲力普．普曼（Philip Pullman, 1946-），英國奇幻小說作家，代表作為《黑暗元素三部曲》（*His Dark Materials*）。

69 泰瑞．普萊契（Terry pratchett, 1948-2015），英國奇幻小說作家，知名作品為《碟形世界》系列。

•《哈利波特》推向巔峰

深究「兒童文學」，會激發出一些充滿驚奇的疑問。我們來看看其中三點。第一點，我們小時候是怎麼得到「閱讀」文學的技巧？我們不是生下來就識字。一般來說，我們對文學的第一個經驗是透過耳朵，例如兩歲左右會開始聽床前故事和童謠，像是《傑克與魔豆》（*Jack and the Beanstalk*）和《三隻盲鼠》（*Three Blind Mice*），書上的圖畫會吸引孩童的注意力。隨著年紀漸長，故事和曲調會愈來愈複雜，圖畫不再是核心；羅爾德・達爾[70]會是最受歡迎的床前故事選擇，蘇斯博士[71]的故事則取代童謠。

我們許多人都是在家中學會閱讀，並愛上文學，床前故事是一天中最令人期待的事。孩子不光是「聽」，他們會「跟著」父母親或較年長的手足閱讀。對許多孩子來說，隨著閱讀能力增長，他們會進入第三個階段：關燈之後，蓋在被子下，拿著手電筒自己讀書。我們小時候讀的書通常會伴隨我們一輩子。

兒童文學有另一個層面和成人文學有所區別。書本很貴，兒童卻沒什麼錢。過去一百年來，以週平均薪資而言，買一本新小說就會花掉大半。孩童沒有收入，所以兒童文學一般是別人買給他們的，而不是自己買的。維多利亞時代特別喜歡講「獎品」這東西，當孩童表現良好，主日學校便會贈書作為獎品。由於兒童沒有錢，兒童文學一直都掌握在大人手中，內容經過嚴格審查，以灌輸他們循規蹈

---

70 羅爾德・達爾（Roald Dahl, 1916-90），英國兒童文學作家，知名作品為《查理與巧克力工廠》和《吹夢巨人》。

71 蘇斯博士（Dr. Seuss, 1904-91），本名希爾多・蘇斯・蓋索（Theodor Seuss Geisel），美國著名兒童繪本作家，著名作品為《戴帽子的貓》。

矩的「好表現」。

兒童天生喜歡糖，不喜歡藥。當查爾斯・狄更斯攢夠零用錢，六歲的他馬上砸錢買了一本當時所謂的「廉價低俗小說」，裡頭畫了可怕圖片，內容多半是暴力和犯罪。其中一本關於老鼠的故事書，讓他一輩子都毛骨悚然。

討論了這麼多，我們現在便來探討最近最有趣的兒童文學現象。J・K・羅琳的《哈利波特》（*Harry Potter*）系列到第七集完結時，總共賣出了五億本。她之所以成功，有部分原因是因為羅琳拒絕畫地自限。她的書是用「J.K. Rowling」當作者名，看不出性別，以免被「歸類」為寫男孩書或女孩書的作家，而《哈利波特》系列內容不但關於哈利，也關於妙麗。這段時間，她也聰明地避開了「年齡層」的陷阱。第一集《哈利波特：神祕的魔法石》（*Harry Potter and the Philosopher's Stone*, 1997），主角是個被人欺負的十一歲孩子，住在樓梯下的櫥櫃裡。到了第七集，也就是系列作最後一集《哈利波特：死神的聖物》（*Harry Potter and the Deathly Hallows*），主角和霍格華茲的夥伴都快十七歲了。花兒（Fleur）送了他一把「魔法剃刀」，成熟的她更告訴他：「這會幫你把鬍子剃得光滑無比。」就像當初第一根掃把象徵哈利步入巫師世界一樣，那把剃刀象徵他進入成年的世界。

兒童文學在一百五十年前還不存在，如今羅琳把它推向巔峰，不僅獲得商業上的成功，也證明了我們可以透過它探索許多有趣的事，適合全年齡的讀者一同分享。兒童文學仍在不斷演進，令人期待不已。讓我們繼續閱讀下去吧。

· 21 ·

盛開的頹廢之花

王爾德、波特萊爾、普魯斯特、惠特曼

十九世紀末，作家在英國和法國文學舞台上出現了一種新形象：「花枝招展的作者」（the author as dandy）。轉眼間，作家不再只是作家，成了所謂的「名流」。他們的衣著和舉止都受人研究與模仿，他們的良言（bon mots）被人傳誦，作品也和個人一樣受人景仰。作者本人也迎合自己的名聲。王爾德在小說《格雷的畫像》（*The Picture of Dorian Gray*）中說：「世上只有一件事比有人談論自己更慘，那就是沒人談論自己。」

拜倫勳爵在歷史上是出了名的「瘋狂、人品差又危險」（詳見第十五章）。他以敞開的領口和「自視甚高」（hauteur）的態度出名，也是第一個生活和形象惡名昭彰、詩作卻受人推崇的詩人。拜倫的形象在「世紀末」[72]找到新的化身，維多利亞時代已漸漸逝去，新的文學、文化和藝術慢慢滲入英國中產階級。

英國的世紀末文學浪蕩子崇拜，最終全集於一人之身：王爾德（1854-1900）。王爾德的生涯令人嘆為觀止。身為名流，他成功推銷自己，史上沒有作家比得過他。但作家的生活若過得太招搖，太特立獨行，違背那個時代的「善良風俗」，最後往往自陷於危險之中，他也是最好的例子。浪蕩（dandy）、頹廢、墮落這幾個詞在大眾心中很容易混為一談。王爾德終歸是做得太過火，但在這之前，他也大紅大紫了一陣。

客觀而言，王爾德的文學成就並非驚天動地，但他寫了一部無所爭議的巨作：諷刺喜劇《不可兒戲》（*The importance of Being Earnest*, 1895）。他還出版過一

72 世紀末（fin de siècle），指一個世紀的結束，經常專指十九世紀末的八〇與九〇年代，當時世界正在經歷重大轉變，對新時代充滿希望。

本歌德式小說《格雷的畫像》（1891），轟動一時，今日看來也別有異趣，因為裡頭藏著豐富的同志暗示。書中述說一段「浮士德式協議」的故事，主角是道林・格雷（Dorian Gray），名字中的「d'or」在法文是「黃金製成」的意思。他和惡魔簽約，希望自己的外貌能永遠停留在「黃金歲月」，閣樓的肖像畫（他「衰老」（grey）的自己）則會代替他日日凋零退化。這個主題上，其他作家其實表現更好，但沒人能比王爾德寫法更煽動。

・認真的紈褲子弟

王爾德出生於都柏林，在高文化水準的世界裡成長。他的父親是知名醫生，母親是女作家。就社會階層而言，他的家族屬於盎格魯愛爾蘭後裔，也就是新教殖民者階級。王爾德一生的宗教觀充滿矛盾，但死前皈依了天主教。他先在都柏林三一學院研讀古典文學，後來到牛津大學莫德林學院（Magdalen College）完成學業，並且在那裡深受唯美主義大師華特・派特[73]影響，轉而信仰「美」。派特指示年輕學子，要「持續以這硬朗、有如寶石的焰火燃燒自己」。年輕的王爾德依言奉行，沒人比他更熠熠生輝了。派特主張「為藝術而藝術」，王爾德後來在自己的名言中完美表達出來，「我想強調的只有這個大原則：生活模仿藝術遠過

73 華特・派特（Walter Pater, 1839-94），英國文學評論家暨作家。他對文藝復興的研究和對美的追求，雖然受大眾歡迎，但極具爭議性。

於藝術模仿生活。」

宗教碰上藝術，甚至也退居次要。「要我來分的話，我覺得耶穌基督算是『詩人』。」王爾德說，這話一出得罪不少古板的基督徒。另外，王爾德甚至說出更大逆不道的話：「說到底，藝術的目的便是說謊，編造美好的事物。」這話律師聽了也不會高興。王爾德大膽的發言接近了後來的哲學理論「現象學」（phenomenology）。現象學其實沒有字面上看起來那麼難：透過藝術的形式，我們能夠形塑、了解我們周遭缺乏形式的世界。王爾德輕佻的言論核心總是含有馬修．阿諾德[74]（王爾德特別敬仰他）所說的「嚴肅認真」（high seriousness）。他扮演著浪蕩子，但從來不傻。

王爾德離開牛津時飽讀詩書，擁有豐富的文化涵養。如同穿上精美訂作的大衣，配上羽飾，他輕鬆揮灑運用學習到的知識。他投身倫敦文學界，到巴黎和紐約都備受禮遇。每個人都想見王爾德，聽聽他偏激的妙語，例如他到美國蜜月勝地，看到尼加拉瓜瀑布時曾說：「這肯定是那些美國新娘此生第二大失望。」

最重要的是，他將一切攤在世人的目光下，任八卦小報、報紙和照片流傳。當時他和維多利亞女王一樣有名（我們不禁猜想，維多利亞女王應該不喜歡他，丁尼生比較合王室品味）。王爾德的鈕扣眼別著「不自然的」綠色康乃馨，身著「沒有男子氣概」的天鵝絨外套，留一頭披瀉的長髮，臉上還有化妝，這些他全都以「後希臘風格裝扮」來辯稱。他和派特都推崇古雅典時代與柏拉圖式愛情。他是

74 馬修．阿諾德（Matthew Arnold, 1822-88），英國詩人暨評論家，對文化研究和社會批判特別有興趣，著有《文化與無政府狀態》（*Culture and Anarchy*）一書。

納西瑟斯[75]（Narcissus）、「紈褲子弟」的化身，而隨著他年紀漸長，他也成為紈褲子弟的資助人。

・讓生活成為一件藝術

《格雷的畫像》出版後隔年是王爾德生涯的頂峰，他那時正為倫敦戲劇圈寫劇本。戲劇正適合王爾德展現他的名言妙語。他的最後一部劇作《不可兒戲》，恰如它俏皮的戲名，是維多利亞時代精采的道德諷刺劇。「Ernest」這個名字和誠實（Earnest）一字諧音，在劇中被玩弄了一陣，害得這名字在該時代有好一陣子不受歡迎。《不可兒戲》的劇情嬉鬧中帶著巧思，幾乎每一景裡都有令人眼睛一亮的似非而是之語：

> 我希望你不是在當雙面人。假裝自己是壞人，其實一直是好人。那就太虛偽了。

他的戲在倫敦乾草劇院賣到座無虛席，王爾德卻像路西法從天墜落。當時他有個年輕的愛人奧佛瑞・道格拉斯勳爵（Lord Alfred Douglas），而道格拉斯的父

75 納西瑟斯（Narcissus），古希臘神話中的美男子。

親控訴他「雞姦」。王爾德回控他誹謗，最終敗訴，隨即因「妨害風化」遭到起訴。他被判有罪，服了兩年苦役，成為「編號C.3.3」囚犯。獲釋後，王爾德寫了〈瑞丁監獄之歌〉（The Ballad of Reading Gaol, 1898）。詩中浪蕩子的氣息消失殆盡，結尾淒寒，酸楚地批評愛人背叛了他：

凡人皆刃其所愛，
各有其法，
有人以眼神斷情，
有人施以巧言，
懦夫以吻，
勇者以劍！

王爾德在監獄為生活寫下懺悔書：《深淵書簡》（*De Profundis*），一九〇五年的版本並非完整版。書中那些被認為不體面的細節，直到一九六〇年代才得以出版。

王爾德獲釋之後，躲到了法國，沒有帶上妻小。在他的公開生活中，家人從來沒有露面。他死於一九〇〇年，而受他嘲弄、挑戰的維多利亞時代也到了尾聲。他臨終之際說：「活著是世上最希罕的事。多數人只是存在，僅此而已。」奧斯卡．王爾德在文學史上，確實讓自己的生活成為一件藝術，也留下值得我們關注的文學作品。二〇一二年的一項請願案有機會赦免他的罪，但是到我寫這本書時，英國政府並未回應。[76]

・浪蕩是一種宗教信仰

「浪蕩」（Dandyism）在法國由詩人夏爾・波特萊爾（Charles Baudelaire, 1821-67）提升為一種宣言，收錄在他的選集《現代生活的畫家》（*The Painter of Modern Life*, 1863）裡。有趣的是，波特萊爾也是第一位定義「現代主義」的作家（第二十八章的主題）。波特萊爾說，浪蕩是「一種宗教信仰」，也就是唯美主義，相信所有事物都蘊含藝術性。他也會視耶穌基督為詩人。浪蕩不僅止於服裝打扮：

> 有別於大多數不假思索之人的看法，浪蕩根本無關縱情於光鮮靚麗的衣著或物質。對完美的浪蕩子來說，外物不過是他貴族般優越智性的象徵。

波特萊爾認為，浪蕩子「優越」智性的核心中藏有悲傷：

> 浪蕩像西沉的日，像殞落的星，它壯麗莊嚴，沒有熱度而滿是憂鬱。

---

76 二〇一七年一月，《圖靈法案》（*Alan Turing law*）終於通過，赦免了從古至今被以同性戀入罪的五萬人包括王爾德。

憂鬱（melancholy），當事物「凋零」來到終點，浪蕩才得以「綻放」。我們活在「行屍走肉的時代」，但就算萬物凋零，美仍然存在。我們仍能寫詩。法國許多作家也接受了「頹廢主義」的信念。但就像波特萊爾的例子一樣，這代表活在巨大風險之中。你可能因為太過放縱而早死，或受政府迫害，或窮途潦倒。但就算最終會導致自我毀滅，放縱仍是唯一生活之道。

「醉吧！」波特萊爾這麼說著。「莫淪為時間之奴，醉吧。醉到無止無休！醉於紅酒、醉於詩歌，或醉於道德，隨你所願。」

波特萊爾為詩人建議的姿態（或可說「預設」狀態）是「百無聊賴」（ennui）。英文的「倦怠」（boredom）不足以完整表達這個字的韻味。波特萊爾在另一處表示，詩人應該當個漫遊者（Flâneur）。這個字同樣不易翻譯成英文。看著街道上熙攘生活流逝的「閒晃之人」，恐怕已是最接近的解釋。波特萊爾將「漫遊者」塑造成一個「熱情的觀察者」：

> 群眾是他的養分，如空氣之於鳥，如水之於魚。他的熱情和主張，便是和群眾站在一起。

‧瑪德蓮小蛋糕的文學奇蹟

此時期的美國詩人，最符合波特萊爾現代詩人形象的莫過於華特‧惠特曼（Walt Whitman, 1819-92）。他有一首詩〈於曼哈頓街頭漫步，沉思〉（Manhattan Streets I Saunter'd, Pondering），若是把曼哈頓換為巴黎，讀者也許會誤以為是波特萊爾的詩。惠特曼在「漫步」時，思考著「時間、空間和現實」。這些巨大抽象概念的意義，都能在城市街頭混亂的漩渦中得到解答。惠特曼和波特萊爾並不相識，也未讀過彼此的作品，但他們顯然推行著同一種文學運動。這股力量將文學從十九世紀推向二十世紀，化為成熟的現代主義（詳見第二十八章）。

惠特曼用「我自己的歌」來稱呼稱自己寫的詩。這說法和王爾德的信念不謀而合，他也覺得自己的人生是他最完美的藝術品。馬塞爾‧普魯斯特（Marcel Proust, 1871-1922）在他的自傳式巨作《追憶似水年華》（*À la recherche du temps perdu*, 1913-27）中，將此概念推向藝術極致。普魯斯特的立論點是：人生要往前度日，但回頭才能理解；到了人生某一個時間點，過去的一切將比未來的一切更有趣。

《追憶似水年華》的書寫歷時十五年，寫了七本才完成，而且它的重點竟然是由瑪德蓮小蛋糕（petites madeleines）的滋味所啟動。「冬日裡的某一天……」主述者（當然是普魯斯特）這樣寫道：

……我母親見我冷，替我倒了杯熱茶。平常我是不喝的。起初我婉拒了，後來不知為何改變主意。她拿來一塊瑪德蓮小蛋糕，就是那種扁扁鼓鼓的、彷彿以扇貝貝殼壓成形的蛋糕。度過了沉悶的一天，萎靡的我想到明天又更消沉了。我挖了一點蛋糕泡進熱茶裡，不加思索用湯匙喝了一口。混著蛋糕碎屑的暖茶刺激了我的味蕾，我全身頓時為之發顫，停下所有動作，專心感受那一刻在我的體內發生的絕妙之事。

那件事就是，在那個滋味的刺激下，這一生的回憶瞬間湧上他的心頭。接下來唯一重要的是，將這一切寫下來。

普魯斯特的小說是畢生之作。如上述段落所暗示，普魯斯特的一生乏善可陳，但他以自己的人生來創作藝術，成就了世界文學最偉大的紀念碑之一。普魯斯特和王爾德彼此認識。王爾德離鄉背井時，這位法國作家盡力照顧這位受盡屈辱的作家夥伴。要是王爾德可以免受牢獄之災，能在那段期間以「奧斯卡」之名而非「編號C.3.3.」的囚犯身份正常地生活，也許會寫出像《追憶似水年華》的作品（畢竟他都寫出《深淵書簡》了）。頹廢主義運動曇花一現。留下的不只花朵，還有一地凋零。

· 22 ·

桂冠詩人

丁尼生

詩人。這兩個字會喚起什麼樣的形象？也許像我一樣，你的腦中也浮現一個男人，雙目炯炯有神，但表情若有所思，有一頭飄逸的長髮，身著鬆垮的衣服。又或者是個女人，站在岩石上或其他醒目之處，遙望著遠方。四周散發著雲、海、風和暴雨的氣息。兩個形象都十分孤獨，如華茲華斯所言：寂寞似雲。

可能還有一絲瘋狂。羅馬人說，詩人「喜怒無常」（furor poeticus）。許多偉大的詩人，例如約翰・克萊爾[77]和艾茲拉・龐德[78]，其實人生中有不少歲月是在精神病院度過。許多現代作家待在心理分析師沙發上的時間，多過在文學經紀人的辦公室。

評論家埃德蒙・威森[79]從古籍中挖掘出一種形象來形容詩人。威森說，詩人就像《伊里亞德》的菲羅克忒忒斯（Philoctetes）。他是世上最偉大的神箭手。他的神弓蓋世，戰無不克。特洛伊圍城之際，希臘久攻不下，情景不佳。他們需要菲羅克忒忒斯，但他們先前把他丟在一座島上了。為什麼？因為他有一道傷口發出惡臭，沒人能忍受。後來尤利西斯奉命去接他來攻打特洛伊。但如果希臘人想得到神弓相助，他們就必須忍受那臭味。威森心想，這就是詩人的形象。必要，但無法一起生活。

我們通常覺得詩人不光是寂寞，而且本質上是個「外人」（outsider）。他們是來自荒野的聲音。哲學家約翰・史都華・彌爾[80]的人生因為讀了華茲華斯的詩而轉變。他說，詩人之言沒有人傾聽，只是偶爾流入大家的耳裡。對詩人而言，

---

77 約翰・克萊爾（John Clare, 1793-1864），英國詩人，作品皆以英國鄉間和自然為題，後來陷入憂鬱，餘生在精神病院度過。

78 艾茲拉・龐德（Ezra Pound, 1885-1972），美國詩人，意象徵派代表人物，身為編輯和評論家，鼓勵了不少有潛力的作家，在現代文學具相當影響力。

79 埃德蒙・威森（Edmund Wilson, 1895-1972），美國作家暨評論家，專門探討馬克思和佛洛伊德思想。

最重要的不是人際關係，而是和「繆斯」（muse）的關係。繆斯是個壞老闆；她讓詩人充滿靈感（inspiration，原義為「神聖的呼吸」），卻口袋空空。說到窮，沒人比得上弄文舞墨的詩人了，由此催生了「詩人閣樓」（poet's garret）的說法，而且還不是尋常的閣樓，專指淒涼、昏暗的閣樓。誰聽說過「醫生閣樓」或「律師閣樓」呢？

菲利普・拉金[81]曾說，詩人有如傳說中的畫眉鳥，只要將尖刺插入胸口，插得愈深，歌聲愈婉轉。然而，重點也不光是給詩人多點錢或是將刺拔出來而已。喬治・歐威爾提供了另一個生動的形象。歐威爾喜歡將社會比作鯨魚。這怪物天生就想吞噬人類，像《聖經》裡說的那樣，把約拿（Jonah）活生生地吞下肚。約拿不是被這頭巨怪（leviathan）吃了，而是被困在「鯨魚的肚子裡」。歐威爾說，詩人必須待在「鯨魚的體外」，要近到能觀察牠，或者像他一樣，用《動物莊園》（*Animal Farm*）等諷刺作品來「獵捕」，但絕不能像約拿一樣被吞噬。詩人是必須和事物保持一段距離的藝術家。

・不名譽的榮耀：桂冠詩人

詩從遠古時便已存在，早於任何書面文學。我們在歷史、地理上所知的每一

80 約翰・史都華・彌爾（John Stuart Mill, 1806-73），英國哲學家暨經濟學家，十九世紀最具影響力的哲學家，並提倡功利主義。

81 菲利普・拉金（Philip Larkin, 1922-85），英國作家暨詩人，被譽為英國戰後最偉大的詩人。

個社會都有詩人。吟遊詩人、史迦爾德（skald）、樂人（minstrel）、歌者或作詩者（rhymer）——不論怎麼稱呼他們，詩人與社會之間一直存在著同樣棘手的「外／內」關係。

封建社會中，貴族喜歡擁有個人的樂人和弄臣，以娛樂自己和賓客。華特・司各特最傑出的詩作〈最後一位樂人之歌〉（*The Lay of the Last Minstrel*, 1805）便是描寫這件事。十七世紀起，英國開始有了「桂冠詩人」。王室會欽點一位詩人為王室內務府的一員。美國後來也開始選出自己的桂冠詩人。一九八六年之前，他們尷尬地稱之為「國會圖書館詩學顧問」。「桂冠」一詞可追溯到古希臘和羅馬時代，意思是指「以月桂葉為冠」。桂冠詩人一直是男性，和其他詩人以文字死鬥，贏得頂上「桂冠」（饒舌歌手是我們現代的詩人，仍然會進行即興饒舌戰）。英國第一位正式的桂冠詩人是約翰・德萊頓。他在查理二世統治下，頂著這頭銜度過一六六八到一六六九年，不過他似乎不曾意識到身上的重責大任。自此之後，好幾世紀以來，桂冠詩人便一直是個笑話。例如，其中一人是亨利・詹姆斯・派依（Henry James Pye, 1744-1813），從一七九〇年到一八一三年都擁有桂冠詩人頭銜。我鑽研文學已經數不清多少年，但說到派依，我記憶中沒有任何一句他的詩作。對此我一點也不感到羞愧。

桂冠詩人往往會受人嘲笑，還必須背負著這可疑的榮耀，拿那點不值一哂的獎金——傳統上是幾枚金幣和一桶葡萄酒。羅伯・騷塞是一八一三至一八四三年的桂冠詩人，為逝世的英王喬治三世寫了首詩，內容描述他被聖彼德迎入天堂。詩裡的聖彼德非常諂媚，詩作名為〈遙想神之審判〉（*A Vision of Judgement*, 1821），拜倫馬上寫了一首〈遙想那場神之審判〉（*The Vision of Judgement*）——注意到那一點點差別了嗎？——被視為英語中最厲害的諷刺詩。當時拜倫因違背善良風俗，正在義大利流亡。哪位詩人被牢記不忘至今呢？圈內的，還是圈外的？華特・司各特爵士（詳見第十五章）原本有機會取代騷塞，但他拒絕了桂冠詩人的榮譽，因為覺得這頭銜到了他手上會使他無法自由書寫。司各特希望他的詩能自由。

在「官方詩人」的職位上，也就是歐威爾所說的，完全在鯨魚肚子裡，卻依舊成功寫出偉大詩作的人是阿佛烈・丁尼生（Alfred Tennyson, 1809-92）。在那時代，丁尼生罕見地活到八十歲，比狄更斯多活了二十年，也比濟慈多活五十年。如果他們和丁尼年一樣長命，他們會有什麼成就呢？

・浪漫派傳人

丁尼生二十二歲時便出版了第一本詩集，裡頭有許多他留傳至今的名詩，例如〈瑪麗安娜〉（*Mariana*, 1830）。丁尼生視這時期的自己為浪漫派詩人，是濟慈的傳人。但浪漫主義運動在文學上的力量於一八三〇年代完全褪去，沒人想再重提濟慈。他的創作生涯出現一段休耕期，評論家稱之「失落的十年」。那段時間他離開了文學圈。後來他突破瓶頸，一八五〇年復出，以四十一歲之姿寫出維多利亞時代最有名的詩《悼念A．H．H》（*In Memoriam A.H.H.*）。這首詩是為了最好的朋友亞瑟．亨利．賀萊姆[82]逝世所寫。據猜測，兩人關係親密，甚至暗藏情慾。這也可能子虛烏有。可以確定的是，兩人在未違背維多利亞時代道德風俗之下可謂「死黨」。

全詩以短句結構而成，記錄十七年來的喪友之痛。維多利亞時代，服喪哀悼往往為期一年。他們會身著黑衣，用鑲黑邊的信紙寫信；女人都要披紗，不能配戴閃亮亮的珠寶。在這首哀悼詩中，丁尼生省思這年代最令人折騰的問題。十九世紀後半葉，對宗教的質疑如疾病般蔓延全歐。丁尼生的困惑更勝於常人。如果真有天堂，當有人死了上天堂，為何我們不歡欣鼓舞？畢竟他們去了更美好的地方，不是嗎？但《悼念A．H．H》一詩主要內容仍是關於個人的哀傷。它雖然充滿悲傷，但最終的結論是：「愛過並失去／好過從未有機會愛過。」當人失去愛人，誰會希望他們不曾存在？

一八六一年，亞伯特（Albert）親王染上傷寒而死，維多利亞女王痛失夫君，在接下來四十年的餘生裡都身著守寡的黑紗袍。她坦承，自己在丁尼生失去摯友的哀歌中得到安慰，因此詩人和女王彼此欽慕。丁尼生不只是維多利亞時代的詩

82 亞瑟．亨利．賀萊姆（Authur Henry Hallam, 1811-33），丁尼生的好友，曾被稱為「致命少年」（jeune homme fatal）。

人，他是維多利亞女王的詩人。她在一八五〇年封他為桂冠詩人，而他也擁有這頭銜直到人生最後一刻，長達四十二個年頭。

・形象完美的詩人

他晚年的野心大作《國王之歌》（*Idylls of the King*）是一部大長篇詩作，內容是關於理想英國王室的本質，記述亞瑟王和圓桌武士的王國興衰，顯然是藉此間接向英國王室致敬。所有桂冠詩人，包括自一九八四年獲頒頭銜、生氣蓬勃的大師泰德・休斯[83]，都寫過非常無趣的作品。丁尼生也不例外。但身為桂冠詩人，他也寫下了英國文學中最美的公開詩作，最著名的作品是〈輕騎兵衝鋒〉（*The Charge of the Light Bridgade*，1854），紀念克里米亞戰爭時，六百名英國騎兵在絕望中進攻俄羅斯炮台，結果血流成河，傷亡慘重。一名在場目睹的法國將軍說：「英勇壯烈，但那不是戰爭。」丁尼生讀了《泰晤士報》關於此戰役的報導，迅速寫好這首詩，詩中捕捉了如雷的馬蹄、飛濺的鮮血，以及其中的「壯烈和瘋狂」：

炮火落在右側
炮火落在左側

83 泰德・休斯（Ted Hughes, 1930-98），英國詩人暨兒童文學作家。評論家往往認為他是該時代最好的詩人，也在二十世紀偉大作家之列，一九八四年獲桂冠詩人頭銜。

炮火落在身後
萬彈齊發，轟雷震天
槍林彈雨，迎頭而來
戰馬和英雄一一倒下
驍勇善戰如是
直搗死亡谷
殺出地獄門
那些未倒下的
六百名驃騎的僅存

丁尼生晚年的詩人形象塑造得很完美：留著一頭飄逸的頭髮，蓄一臉蓬亂的鬍子，身著西班牙披肩，戴著一頂帽子。但在打扮和姿態下，丁尼生是最講求實際的作家，熱中金錢和地位一如所有人。他從寸步難行的文學界竄升為阿佛烈・丁尼生男爵，並藉由寫詩，成為英國文學史上最富有的詩人。

・真正的詩人

丁尼生是否出賣了自己？那是他審慎衡量後的選擇嗎？許多在乎詩的人都覺得傑拉德・曼利・霍普金斯（Gerard Manley Hopkins, 1844-89）才是維多利亞時代「真正的」詩人。霍普金斯是耶穌會神父，在閒暇之餘寫詩。據說他和維多利亞的英國之間的關係，僅止於他活在那個時代。霍普金斯欣賞丁尼生，但覺得丁尼生的詩是「高蹈派」[84]（帕納塞斯山〔Parnassus〕是古希臘詩人的聚集之地）。他毫不諱言地表示，他覺得丁尼生為了「走向大眾」而妥協太多。霍普金斯寧死也不願出版像《悼念A・H・H》這樣的詩作，讓世人關注自己的悲傷。

霍普金斯燒掉了許多他極具實驗性的詩作。他所謂「不堪入目的十四行詩」內容極為私密，充滿他對宗教的懷疑和掙扎。除了最親近的好友羅勃特・布里治[85]之外，他大概不打算讓任何其他人看到（諷刺的是，一九一三年，命運捉弄下，布里治得到了桂冠詩人的頭銜）。霍普金斯死後三十年，布里治決定出版霍普金斯交給他的詩作。它們被視為幾年後出現的現代主義先鋒之作，英詩的方向將因此而改變。

所以，究竟誰才是真正的詩人，是「大鳴大放」的丁尼生，還是「私下潛修」的霍普金？其實，詩的世界向來能同時容納兩者。

---

84 高蹈派（Parnassianism）為法國後浪漫主義詩派，重視詩歌的純形式成分、美學理論和「為藝術而藝術」。但霍普金斯所謂的「高蹈派」帶有貶義，指講究形式卻不動人的詩作。

85 羅勃特・布里治（Robert Bridges, 1844-1930），英國詩人，晚期才在文學界成名，並獲得桂冠詩人頭銜。藉由他的推崇，霍普金斯死後才得以成名。

· 23 ·

新大陸

美國和美國之聲

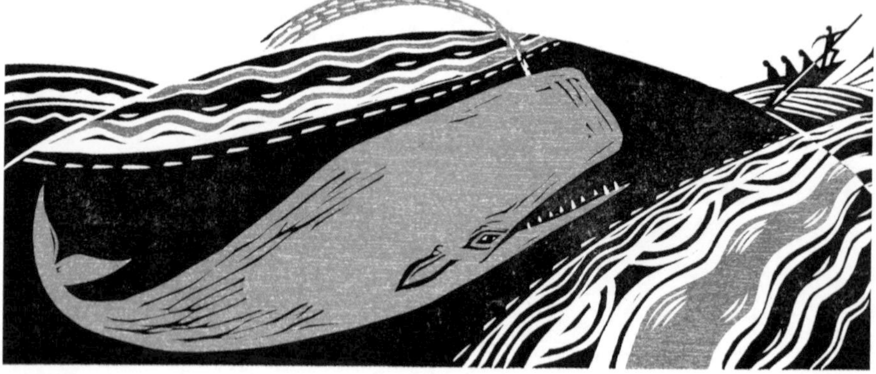

美國文學常被外行人侮辱，其中最常聽到的是根本沒有所謂美國文學，只有在美國寫的英國文學。這麼說不只無知、不得體，而且簡而言之，根本是無稽之談。喬治・伯納・蕭[86]曾說「英國和美國是被共同語言分隔開來的兩國」。這句話在所有不同的英語系國家都成立，但在英美之間更是如此。即使藕斷絲連，美國文學和世界各地任何文學，或歷史上有記載的文學一樣豐富偉大。研究美國漫長的歷史和其中一些文學大作，能幫助我們了解該國文學的特色。

美國文學之始為安・布萊斯翠（Anne Bradstreet, 1612-72）。每一本名詩選集都記載著這項事實。現代詩人約翰・貝瑞曼（John Berryman）說，所有美國文學都向「布萊斯翠夫人致敬」。英美文學分野在此：美國文學建立新世界的代表人物是女人，但沒人會說英國文學是自艾芙拉・班恩開始。

布萊斯翠夫人在英國出生，並在此受教育。她的家人是清教徒「大移民」時，因宗教迫害而來到美國東岸稱為「新英格蘭」的地方。安在十六歲結婚，兩年後遠渡重洋，再也沒有回去。她父親和丈夫後來都成為麻州州長。當家中男人都在管理大事，安負責經營家裡的農場。她無疑做得很好。她是個能幹的農場主婦，也是眾多孩子的好母親，但她不只如此。

啟蒙時代後的清教徒相信女兒和兒子一樣，應該接受良好的教育。安聰明伶俐，閱書無數（她對同時代的玄學派作品特別有興趣，詳見第九章），本身也是極具野心的作家。這在清教徒之間不會受到反對，但在英國恐怕不行。她寫了大

86 喬治・伯納・蕭（George Bernard Shaw, 1856-1950），愛爾蘭劇作家，又譯「蕭伯納」，一九二五年獲諾貝爾文學獎，代表作品為《賣花女》，對西方戲劇、文化和政治都具深遠影響力。

量詩作，但單純為了陶冶心靈，奉獻上帝，完全不是為了生前或死後的名聲。她最好的詩作不長，因為她生活繁忙，無法寫長詩。她哥哥發現她才思敏捷，獨樹一格，於是極力推廣，讓她詩作在英國出版，因為當時美國殖民地尚未有「書市」。

・生命的真相超越日常的表相

雖然清教徒自我放逐，但他們對於祖國有無法切割的情感。因此才會有像「新」英格蘭、紐約（New York，直譯為「新約克」）等地名，但除此之外，他們心中也有強烈的獨立精神。安・布萊斯翠的詩便是書寫新世界的典型作品，反映了清教徒如何看待美洲，以及他們在這裡的地位。以她尖銳的〈一六六六年七月十日房子焚毀記事詩〉（Verses upon the Burning of Our House July 10th, 1666）為例：

主不但賜予也索取，我讚誦祂的名
今日祂讓我的家當化為塵土
是的，如此而已，公平公正
一切都屬於祂，不屬於我……

詩的最後尖銳地以這兩句結尾：

逝去的世界已不容我愛，
我真正的希望和財富不在地上，而在天上。

這是典型清教徒的傷感。眼前的世界沒有真正的重要性，重要的是未來的世界。但我們在詩中聽到的是全新的聲音，不只是美國的聲音，更是美國人「打造」新國家的聲音。安和她丈夫建的房子如今化為灰燼，但當然，他們會重建起來。美國是一個不斷重建的國家。

清教徒文化是美國文學的基石。十九世紀，清教徒思想滲透進新英格蘭文學中，在所謂的超驗主義（Transcendentalism）文學作品中開花，代表人物如赫爾曼．梅爾維爾、納撒尼爾．霍桑[87]、亨利．大衛．梭羅[88]和拉爾夫．沃爾多．愛默生[89]。超驗主義聽起來很驚人，其實只是早期殖民地居民的信念：他們相信，關於生命的真相「超越」日常世界的表相。梅爾維爾的《白鯨記》（*Moby-Dick*, 1851）內容敘述亞哈（Ahab）船長獵捕大白鯨的故事，一般被視為美國小說的典型。原因何在？因為當中描繪了無止境的追尋、自然平息一切的力量（即使最終代表毀滅），以及為了滋養這不斷成長、不斷更新自己的新國家，人貪求自然資源的樣貌。為什麼是捕鯨？不是當成運動，也不是為了吃牠。白鯨之所以被獵捕到差點

87 納撒尼爾．霍桑（Nathaniel Hawthorne, 1804-64），美國小說家，代表作品為《紅字》。

88 亨利．大衛．梭羅（Henry David Thoreau, 1817-62），美國作家暨詩人，代表作品為《湖濱散記》，一生致力於廢奴，並著有《公民不服從》一書影響後世。

89 拉爾夫．沃爾多．愛默生（Ralph Waldo Emerson, 1803-82），美國文學家，超驗主義作家，散文作品主題探討個人和社會關係，代表作為《論文集》。

滅絕，是因為牠們身上的鯨脂。當時鯨脂能用於照明、機器或所有製造活動。

華特・惠特曼（詳見第二十一章）自稱師法愛默生。他是超驗主義傳統另一面向的化身。超驗主義面貌豐富，其中「自由」是美國所有思想的本質，包括詩的意識形態。以惠特曼來說，他採用「自由詩」的形式，從此詩從韻腳解放，如同美國在一七七五年至一七八三年間，在獨立戰爭中對抗英國，擺脫殖民地的桎梏。

在美國，自由權就預設了識字能力。美國識字率一直都比英國高。美國以一紙「獨立宣言」建立其認同和身份。十九世紀，美國能自豪地說，國內閱讀大眾的素質世上第一。但美國以自由貿易之名，在一八九一年以前拒絕簽定國際版權協議，使得美國在地文學受到打擊。那段時間，英國的出版品能自由在美國出版，而且不需支付作者版稅。像華特・司各特爵士和狄更斯的作品就被大量「盜印」，並以低價販售。當你能免費看《匹克威克外傳》，為何還要付錢閱讀有潛力的年輕作家呢？（美國盜印狄更斯的作品令他怒不可遏，但他在《馬丁・翟述偉》中對美國報了一箭之仇）

這個時期，其實仍有土生土長的美國作品。包括亞伯拉罕・林肯在內，不少讀者對哈麗葉・碧綺兒・史托[90]讚譽有加，認為這場「偉大的戰爭」（南北戰爭）便是由她的反奴小說《湯姆叔叔的小屋》（*Uncle Tom's Cabin*, 1852）推動的。這本書在困擾重重的十九世紀中期賣出上百萬本。即使它沒有引發戰爭，也確實改變了大眾的思想。

---

90 哈麗葉・碧綺兒・史托（Harriet Beecher Stowe, 1811-96），美國作家，提倡廢奴，作品《湯姆叔叔的小屋》揭露了黑奴遭受殘忍虐待的處境。

91 艾德格・愛倫・坡（Edgar Allen Poe, 1809-49），美國作家暨詩人，以懸疑驚悚小說著稱，是美國浪漫主義主要人物，代表作為〈烏鴉〉一詩。

92 威廉・福克納（William Faulkner, 1897-1962），美國小說家、詩人暨劇作家。美國文學最具影響力作家，一九四九年獲諾貝爾文學獎。

・對創新的渴求

十九世紀和二十世紀，美國文學有一股強大、獨特並自我定義的推動力，稱為「開拓主題」（frontier thesis）：美國的核心特質與價值，最清楚展現在將文明向西推進的掙扎裡，也就是所謂「此洋至彼洋」的過程。《最後的摩希根戰士》（*The Last of the Mohicans*, 1826）作者詹姆士・菲尼莫・庫柏（James Fenimore Cooper）是早期其中一位敘述大西進的作家。基本上，所有牛仔小說和電影都源自「開拓主題」。當文明遇上野蠻（最初指的是白人遇到印第安人），美國人的決心才得以彰顯。至少美國神話是如此描述的。

除了西部小說，其他小說種類多半始於艾德格・愛倫・坡[91]之手，他是科幻小說、「恐怖」和偵探故事之父，最著名的作品為〈莫爾格街兇殺案〉（The Murders in the Rue Morgue，兇手是紅毛猩猩）。一八九一年，美國除了出現「類型」的概念，也設立了第一個暢銷榜。第一個小說榜上的十本著作裡，有八本出自英國作家。等到美國文學界接受國際版權協議後，榜上才出現成熟精進的美國文學作品。

美國錢幣上刻印著：「E pluribus unum」，意為「合眾為一」。人口學是如此，文學亦如是。美國是地方文學和各異其趣的都市文學並存的織錦掛毯，其中有南方文學（例如威廉・福克納[92]和凱瑟琳・安妮・波特[93]）；還有紐約猶太小說（好比菲利普・羅斯[94]和伯納德・馬拉默德[95]）；西岸文學（「垮世代」）。廣泛探索

93凱瑟琳・安妮・波特（Katherine Anne Porter, 1890-1980），美國普立茲獎作家，以短篇小說著稱，擅於描述人物個性和心理。

94菲利普・羅斯（Philip Roth, 1933-）美國小說家，作品具自傳性質，探討猶太人和美國人身份認同，代表作為《波特諾伊的怨訴》。

95伯納德・馬拉默德（Bernard Malamud, 1914-86），美國小說家，作品多描寫美國猶太人的日常生活，代表作為《修配工》（*The Fixer*）。

美國文學，就像在那龐然的大陸上進行一場公路之旅。

「要創新。」艾茲拉．龐德（Ezra Pound, 1885-1972）這麼告訴其他美國詩人。他們也照他的話做了，比起英國詩人，他們更加大膽、熱情地擁抱現代和後現代主義。所有詩選都表現出這一點，從龐德自己的詩，到羅勃．洛威的《生命研究》（*Life Studies*，詳見第三十四章），再到「L=A=N=G=U=A=G=E」詩派皆然。這群詩人名符其實，將語言（Language）如柳橙剖開，分成各個部分。從另一個角度來看，對於新東西的渴求反映了對舊有事物的不耐煩。經常訪美的人都會發現，美國常將自己的摩天大廈拆除，建造更新的摩天大廈。文學上也是如此。

艾茲拉．龐德的立場親英，而美國作家做到的創新之一，就是以微小卻重要的方式，令「舊國家」的文學煥然一新。在美國出生長大的作家，例如亨利．詹姆士、T．S．艾略特和希薇亞．普拉斯[96]，他們不只在英國生活工作，也死在英國。他們為英國文學注入本質上屬於「美國」的重要新思維，並以此角度書寫和觀看世界。眾人稱為「大師」的亨利．詹姆士「改正」了英國小說。他認為英國小說變得毫無章法，以他的話來說便是「鬆垮」。他是個嚴厲的文學大師。T．S．艾略特讓現代主義被確立為英詩主軸。普拉斯的詩則掌握住情感暴力，狠狠砸向某位評論家所謂的「文雅原則」。當時溫文爾雅之風已使得英詩寸步難行。英國文學啟發了美國文學，但也獲得不少回饋。

龐德若要建議小說家，可能得換個說法：「要有野心。」每年都有愈來愈多小

96 希薇亞．普拉斯（Sylvia Plath, 1932-63），美國詩人，以當代前衛的自白詩為名，死後詩作獲普立茲獎肯定。

說問世，爭奪「偉大美國小說」頭銜，而許多英國作家都如珍．奧斯汀，能滿足於「兩吋寬的象牙」。相較之下，可以合理地說，美國作家較受雄偉龐大的主題吸引。

．獨特的聲音

美國文學還有一股力量與其他國家不同，而且屬於美國專有，幾乎可說具有侵略性。例如，鮮少有小說能比約翰．史坦貝克（John Steinbeck）的《憤怒的葡萄》（*The Grapes of Wrath*, 1939）更憤怒，或者說，更能有效地靠著怒火帶來社會變革。故事是關於約德（Joad）一家人，他們受到一九三〇年代的「黑色風暴」沙塵暴影響，農場乾涸，決定離開奧克拉荷馬州，前往美國樂土加州生活，到了那裡卻發現，那是個假的伊甸園。在西部蔥綠的農場和果園中，他們發現自己像二百年前從非洲運來美國的奴隸一樣被剝削。一家人在緊張的關係間分崩離析。

雖然時代背景已不同，但史坦貝克的小說仍受廣大讀者喜愛，因為這本書不光是對農場工人受到無情剝削進行社會抗爭。《憤怒的葡萄》中約德一家人的遭遇，違背了美國代表的價值，也違背了當初建國的原則。幾世紀前，安．布萊斯翠來到新世界便是為了更好的生活。當然，所有文學都有令人憤怒的小說（像法國的埃米爾．左拉[97]，當然還有狄更斯），但在《憤怒的葡萄》中突顯的是一種

97 埃米爾．左拉（Émile Zola, 1840-1902），法國詩人、小說家暨劇作家，自由主義文學和政治上自由主義運動的推手。曾獲兩次諾貝爾獎提名。

美國特有的憤怒。

總而言之，美國文學的特色為何？是清教徒傳統嗎？是不斷擴張「邊界」的掙扎嗎？是地域和種族多樣性嗎？是對於「新」和「偉大」的渴求嗎？還是不斷的創新？抑或是史坦貝克據以譴責美國的那份信念和認同？

是的，以上皆是。但除此之外，還有更重要的一點。海明威（Ernest Hemingway, 1899-1961）明確指出：「所有現代美國文學都源自馬克·吐溫的《頑童歷險記》。」海明威所主張的關鍵是書中的「聲音」，馬克·吐溫自己稱之為「方言」。書中從哈克的第一句話就聽得出來：

> 要是沒看過《湯姆歷險記》，你肯定不認識我，但那不重要（that ain't no matter）。

只有美國文學能完全掌握美國式的慣用語法。與其說那是「口音」，不如套句詩人威廉·卡洛斯·威廉斯[98]的說法，比較像「美國紋理」。偵探故事作家雷蒙·錢德勒[99]曾仔細思考這個主題，稱之為「節奏」。海明威的小說證實了他自己對美國慣用語法的觀點，但對我而言，最完美、最清楚掌握現代獨特美國聲音的小說，是J·D·沙林傑[100]的《麥田捕手》（*The Catcher in the Rye*, 1951）。去讀（並豎耳「聽」）書中漂亮的第一句話，感受一下「你真的想聽我說故事嗎」的挑釁，再看你同不同意我的看法。

---

98 威廉·卡洛斯·威廉斯（William Carlos Willaims, 1883-1963），美國詩人，風格平易近人，採意象主義，題材往往取自庶井小民，一九六三年獲普立茲獎。

99 雷蒙·錢德勒（Raymond Chandler, 1888-1959），美國推理小說作家和影視劇作家，他被認為是冷硬派偵探小說的創立者，對大眾文學具相當大的影響力。

100 J·D·沙林傑（J. D. Salinger, 1919-2010），美國作家，代表作為《麥田捕手》，獲得巨大成功之後生活便變得十分孤僻。

· 24 ·

偉大的悲觀大師

哈代

想像你創造了一把「文學快樂量尺」，上端是最樂觀的作家，沐浴在陽光中，底下是最悲觀的作家，沉沒在陰鬱中。那你會把莎士比亞、約翰生博士、喬治．艾略特、喬叟和狄更斯，各放在哪個位置？

大多數人會同意，喬叟反應了生命中最快樂的畫面。騎馬前往坎特伯里的朝聖者一行人是個歡樂的隊伍，他們的故事也很滑稽有趣，所以喬叟當然在那把尺的最上頭。莎士比亞也挺歡樂的，當然，某幾部悲劇除外（尤其是《李爾王》），那些似乎都是在他痛失獨子哈姆涅特後所寫。有個評論家統計，他的戲劇中好壞角色比為七比三。莎士比亞的世界整體而言不是個糟糕的地方。十個人裡有七個值得認識。

人如小說。喬治．艾略特相信，雖然未來一路顛簸，但世界會漸漸變得更好——她用的詞是「改進」（ameliorating）。她的角色中，有人付出了代價，例如《米德鎮的春天》（*Middlemarch*）中的朵蘿西亞（Dorothea）就付出很大的代價，但對作家來說，整體而言，未來比過去光明不少。艾略特的小說世界都擁有些許的希望，事情終會雨過天晴。她所有小說不論開頭多悲傷，最後都有個快樂的結局。她認為人類要抵達陽光明亮的高處還要很久，但他們有一點一滴向上爬。

狄更斯該放在哪裡不大好決定，因為他早期作品非常活潑，像是《匹克威克外傳》。但他在「黑暗時期」所寫的小說，有些相當陰暗悲觀，例如，當你闔上《我們共同的朋友》那一刻，心情很難感到高興。因此，有兩個狄更斯，分別位於快樂量尺的兩處。

約翰生博士很悲觀，但懂得苦中作樂。在他眼中，「人生要忍受的不少，能享受的不多」。但他相信如果你夠幸運，人生有些所謂的「調劑」（sweeteners），像是朋友、一段投機的對話、一壺好茶、美食等，尤其是透過書頁和過去偉大的思想家交流（他不喜歡看戲，視力也不足以讓他欣賞藝術）。約翰生的世界烏雲密布，但雲間透出陽光。

湯瑪士．哈代（Thomas Hardy, 1840-1928）大概會在快樂量尺的最底部，甚至呈負數的地方。哈代總愛提起自己出生的故事：他生在朵塞特郡（Dorset）的一間鄉間小屋裡——他後來將多塞特郡化為他自創的地方，「威塞克斯」（Wessex）——而且他是在一張餐桌上出生的。他來到這世上時，醫生朝眼前乾巴巴的小東西瞧一眼，便宣布他還沒活就死了，是個死胎。他被放到一旁，等著接受合乎基督徒儀式的處置。這時他哇哇大哭。此舉救了他一命，而且湯瑪士．哈代這一哭大概一輩子從沒停過。

．低潮的專家

讀者大概可以像小傑克．霍納[101]一樣，隨便用大拇指插進哈代的小說和詩集

101 小傑克．霍納（Little Jack Horner），英國童謠的角色，歌詞描述他坐在角落，用大姆指插起聖誕派的李子，並稱讚自己很棒。

裡，便能抽出一顆悲觀的大李子，例如〈啊，你在挖我的墓嗎？〉（Ah, Are You Digging on My Grave?）這首詩。這問題是一具躺在棺材裡的女屍問的。你可能覺得這畫面很淒涼，但後面更淒涼。她聽到上方有人在掘土。是她的愛人嗎？不，是她的狗。於是她認為狗忠心耿耿，比人類更高尚。後來狗向她解釋：

> 主人，我挖妳的墓
> 是為了埋根骨頭，以免
> 我白天四處散步，
> 走到這附近時剛好肚子餓。
> 真是對不起，我已經忘記
> 這是妳的安息之地。

哈代主要小說的大綱，就是一部部低潮史。有人曾說，他的每部小說都該附贈一把割喉刀。以《黛絲姑娘》（*Tess of the d'Urbervilles*, 1891）為例，裡頭那位精神高貴的年輕女主角，躺在巨石陣獻祭的石板上，等著警察來逮捕她，等著法院宣判她有罪，等著處刑手將她處死，等著掘墓人將她的屍體沾上生石灰、丟入亂葬崗。有誰想到黛絲的命運時，不會朝天揮拳，痛罵蒼天不公？畢竟，她只是愛得不聰明而已。

哈代的詩和小說中的悲觀，我們該視為他個人對人生不幸感受的獨特反思，抑或更嚴肅的主題？如果他只是發了一輩子牢騷，誰會想看他的作品？而且，即使他的觀點陰鬱，我們仍視他為英國文學巨擘，為什麼？

・世界被顛覆了

這幾個問題有個簡單的答案。哈代作品中表達的不只是湯瑪士・哈代個人的意見，而是代表一種「世界觀」（文學評論家通常會用德文的「Weltanschauung」，這樣聽起來比較哲學）。哈代出生時，主流的世界觀是這個世界在「進步」，生活愈來愈好。出生於一八四〇年的維多利亞時代年輕人，可以很有信心地期待自己會過得比父母和祖父母更好。對這時期出生的大多數人來說，這的確是他們的人生經驗。哈代的父親是石匠，白手起家，母親則讀了不少書。回想過去一兩代，他們的家族都還是農夫，所以兩人當然望子成龍。哈代也的確從原本的社會地位向上攀升。他死時受英國文學界封為「元老」，骨灰和偉人一同葬在西敏寺詩人之隅。他的心臟則另外埋在他鍾愛的朵塞特郡，和他筆下的農夫葬在一起。

其他人即使生涯不像哈代如此光榮，也都能在社會崛起，享受比父母更舒適的生活。維多利亞時代中期，當哈代長大成人時，社會已有乾淨的水源、瀝青路面、新的鐵路網和更好的學校教育。英國教育在一八七〇年代《教育法》通過時達到高鋒，保障英國十二歲以下、蘇格蘭十三歲以下孩童的受教權。社會流動慢慢增加。狄更斯的生涯便是由貧轉富、獲得名聲的好例子。他若早生了一百年，恐怕就辦不到了。他可能會一生貧困，沒沒無聞。

但維多利亞時代這鍋湯裡也是有老鼠屎。哈代筆下的「威塞克斯」西南部各郡，在一八〇〇年代仍是英國的「麵包籃」，靠著向全國銷售穀物而繁榮。後來，英國在一八四六年廢除了所謂《穀物法》，這表示從此之後，國際商品能進入市場自由交易，而進口的大麥和各式穀物，價格更為低廉。哈代所愛的故鄉陷入長年經濟蕭條，元氣大傷。社會經濟蕭條影響了哈代和他寫出的每一個字。

還有其他老鼠屎。哈代十九歲時，有一本書將「他的」世界掏空了。那是達爾文的《物種起源》（*On the Origin of Species*, 1859），書裡主張進化論，並提出了可靠證據。英國人一直都相信他們是「上帝之下的國度」，但要是世上真的沒有神呢？或要是神不如創世紀所說的仁慈博愛，而只是一股神祕的「生命力」，並不特別在意人類呢？要是過去關於生命起源的信仰全是謊言呢？

哈代被達爾文說服了，但他感到痛苦。他將痛苦形容得很美。他早年曾受過建築師相關訓練，熱愛古老教堂，現在卻發現自己只能在教堂牆外聽聖歌。他憑良心的話進不了教堂，因為達爾文將他的信仰毀了。他說，他像永遠在外歌唱的鳥兒，無法進到安慰人心的教堂牆內，加入「誠心相信的人群」。

對維多利亞時代的人來說，達爾文的學說推翻了多數人過去深信不疑的事。我們現代人已經和達爾文共處了一百五十年，因此他們的痛苦我們其實難以想像。哈代的文學（及其背後的世界觀）表達了該時代之人的痛苦，而他也以優美的文筆將一切化為文句和詩。

・冰山在等著我們

哈代也對「進步」存疑，尤其是工業革命帶來的各種好處。英國鐵軌和道路網率先完成，一八四〇年之後也有了電報網，但各種「網絡」完成後，就代表每個地區一切都更好了嗎？哈代懷疑這種樂觀的歷史觀點。不列顛群島有著奇妙多樣性的地區各有特色，擁有各自的口音、儀式、神話和習俗等，這些都是形塑「生活方式」的要素，如今卻因全國交流而統一，變得一致而乏味。「威塞克斯」一詞源自盎格魯撒克遜，他藉這個詞提出反抗。他不願意叫自己從小到大成長的地區為「英格蘭西南部」。威塞克斯有別於其他地方，獨樹一格。

哈代的第一本威塞克斯小說是《綠蔭下》（*Under the Greenwood Tree*, 1872），書中對一般所說的「改善」提出批評。小說描述在教堂中，教區居民原本是一起演奏樂器，後來卻被新樂器取代的故事（今日在古老的教堂，你仍能看到留給樂隊的樓廊）。管弦樂團被簧風琴取代了。簧風琴是新樂器，但粗俗無比。這叫做進步嗎？

工業革命的壞處在《黛絲姑娘》描述得最為鮮明生動。小說前幾章，身為擠奶女工的女主角彷彿田野上的青草，屬於自然秩序的一部分。後來出現了蒸氣驅動的收割機。當機器噗噗收割著田中作物，辛勤工作的黛絲馬上變成機器裡的一顆人類齒輪。哈代認為「進步」可能造成破壞。如小說所述，機器表面上讓世界變得更好，並將威塞克斯拖入十九世紀，但黛絲漸漸被這股力量連根拔起，取而代之，無以維生。

工業革命確實很美妙，但哈代堅信人類不該太過自滿。大自然可能會反擊。這份警告全寫在〈二者的交聚〉一詩中。哈代喜歡用華麗複雜的字，若用「兩兩撞一塊」（The Crunch of the Two）可能就失去煞有其事的味道了。如我們在第二章所見，鐵達尼號是有史以來最令人驕傲的工業結晶，也成了那個世紀最大的一場災難。這首詩中描述：

這艘時髦的客輪日益精進
不論規模、氣派和色彩
幽暗無聲的遠方，冰山也日益茁壯。

讀著這首詩，不禁會納悶自己的世界中，究竟是什麼樣冰山在等著我們。哈代要是活在今日，一定會將「悲觀」的目光投向氣候變遷、人口過剩、文明衝突。天性樂觀的我們，總會將這些事情拋在腦後。

哈代的「悲觀」思想告訴我們，應該從所有角度看待每一件事。我們也不該因為真相看來嚇人而退縮。我們的救贖，可能全憑一念之間。他在一首詩中清楚地解釋了這一點：

若真有通往更善的道途
它必索求極惡的全貌得以顯現。

也許，未來世界會更好。但不論有多痛苦，除非我們先老實自省，否則永遠無法向前。悲觀嗎？不。實際嗎？沒錯。

我們所認為的進步不見得是進步。我們認為更有效率的世界，也許正一步步走向自我毀滅。哈代的悲觀，能讓我們反思自己的世界觀。簡而言之，這正是我們認為他是偉大作家的原因。而且，他的文筆也不辜負作家之名，能將他的悲觀包裝得如此優美。

· 25 ·

危險書籍

文學和審查制度

無論世界各地，無論在歷史上任何時代，政府對於書都戒慎恐懼，認為裡面自然都帶著反動思想，對國家有潛在的危險。例如，眾所周知，柏拉圖為了鞏固他的理想國，將詩人逐出其外。

如是，歷史不斷重演。偉大作家在發揮頂尖創意的同時，隨時可能惹惱當權者，危及作者自己的職業生涯。若要列出為文學理想犧牲的烈士名單，恐怕有一長串。如我們在第十二章所見，約翰·班揚的《天路歷程》有大半是在貝德福德（Bedford）監獄裡所寫。更早之前，塞萬提斯也是在獄中受苦時想出《唐吉訶德》的故事。丹尼爾·笛福（詳見第十三章）因為諷刺詩而站上處刑台（根據傳說，旁觀者沒有朝他扔臭雞蛋，反而同情地扔上鮮花）。在現代，薩爾曼·魯西迪（詳見第三十六章）因為大膽寫了一本諷刺小說，整整十年都得躲在不為人知的祕密場所。亞歷山大·索忍尼辛[102]一九四五年被逮捕之後，在蘇聯古拉格集中營關了八年，他也利用這段期間，在腦中構思出他的偉大作品。一六六〇年王政復辟之後，約翰·彌爾頓（詳見第十章）便被迫展開逃亡生涯，作品也都被下令焚毀。當然，彌爾頓在他的大作《論出版自由》（*Areopagitica*, 1644）中表示：

> 殺好書幾乎就像殺人。殺人者，殺的是有智性的生命，也是神的形象；
> 但摧毀好書的人，殺的是理性本身……

102 亞歷山大·索忍尼辛（Alexander Solzhenitsyn, 1918-2008），俄羅斯作家，曾公開批評蘇聯和共產主義，一九七〇年獲諾貝爾文學獎，代表作為《癌症病房》。

這句話一般來說解讀為：「書被燒了，人也難逃一劫。」

・國家向文學宣戰

不同的社會，面對「危險」書籍有不同作法，我們可以拿法國、俄羅斯、美國、德國和英國為例來比較。每個國家都曾以各自獨特的方式向文學宣戰，或限制其自由。

法國的方式，受到該國歷史上的決定性事件所制約，那就是一七八九年的法國大革命。革命前的政府（舊政權）對於出版限制非常嚴格，每本書都需要「授權」，必須經國家認可才能出版。沒有授權便是所謂的「私印書」，被革命者視為武器，例如伏爾泰[103]的《憨第德》（*Candide*, 1759）。那些身在國外的啟蒙作家——經「自由思想」洗禮——的作品更是如此，猶如一顆顆思想手榴彈，翻過邊境高牆擲入法國，《憨第德》是其中之一。這本小說全名經翻譯後，叫做《憨第德：一切都有最好的安排》（*Candide: or, All for the Best*），述說一個天真年輕人的故事，相信從小到大所聽到的一切——這樣的人正符合政府期待，而伏爾泰對此不以為然。

法國革命之下，人民要求自由表述和持有任何意見的權利，也藉由這些權利，

103 伏爾泰（Voltaire，原名 François-Marie Arouet, 1694-1778），法國思想家，啟蒙運動公認的領袖，主張言論、宗教自由和政教分離，一生著作無數。

迫使政府頒布了《人權和公民權宣言》（Declaration of the Rights of Man and of the Citizen, 1789）。後來拿破侖接管法國，限制了部分權利，但比起鄰國夙敵英國，仍然自由不少。

一八五七年，法國出版了兩本著作，作者也馬上受到迫害、接受審判，審判結果衝擊了世界文學。古斯塔夫・福婁拜[104]的《包法利夫人》（*Madame Bovary*）和夏爾・波特萊爾的詩集《惡之華》（*Les Fleurs du mal*）被控「敗壞社會善良風俗」。福婁拜觸怒了大眾，因為他的小說支持通姦；至於波特萊爾，從詩集名就知道問題出在哪裡，當然那也是詩人本意。簡而言之，以法文來說罪名是「épater le bourgeiois」，意謂「醜化中產階級」。福婁拜後來無罪開釋，波特萊爾則繳了一小筆罰金，書中有六首詩被禁，不過那本書仍倖存了下來。

這兩本著作如今都是法國文學經典，而這兩場判決也為法國文學開拓出一片新領域。埃米爾・左拉等其他作家，自此能自由發揮文學的潛力，而他們也沒辜負這份自由。但他們的小說譯本，當時在英語系國家受到嚴格壓制，違法者將被關入監獄。

這份自由並非唯獨法國作家所有。許多英美作家於兩次世界大戰之間都在巴黎出版書籍（例如D・H・勞倫斯、海明威和葛楚・史坦[105]），他們出版的書當時在自己的國家根本無法上市。詹姆斯・喬伊斯[106]的《尤利西斯》（*Ulysses*）是最顯著的例子。這本小說一開始是一九二二年在巴黎出版，十一年後經法院判決，

104 古斯塔夫・福婁拜（Gustave Flaubert, 1821-80），法國小說家，寫實主義代表人物，講究風格和美學，代表作為《包法利夫人》。

105 葛楚・史坦（Gertrude Stein, 1874-1946），美國作家暨詩人，現代主義作家和藝術家的核心人物，經常舉辦沙龍聚會。

106 詹姆斯・喬伊斯（James Joyce, 1882-1942），二十世紀最重要的愛爾蘭現代主義詩人暨作家，代表作為《都柏林人》和《尤利西斯》。

才終於在美國出版（怪異的判決宣稱，此書並非「淫穢」，而是「令人作嘔」）。一九三六年，英國也解除了《尤利西斯》的禁令。它在愛爾蘭從未真正被禁，但你就是沒辦法在市面上買到。

第二次世界大戰期間，法國大作家如尚－保羅．沙特、阿爾貝．卡繆、西蒙．波娃[107]，以及尚．惹內[108]，皆努力用比喻作品來攻擊德國占領法國，其中最著名的是卡繆的《異鄉人》（*L'Étranger*, 1942）、沙特的《密室》（*Huis Clos*, 1945，又譯《無路可出》）。卡繆的小說題名意為「陌生人」或「外國人」，也可以視為在反映占領國家的可憎外國人。沙特的戲劇《密室》有三個角色，死後和其他人永遠困在一起，而他們發現地獄就是「他人」。他書寫時是在另一種牢籠中：德國人的占領。

第二次世界大戰後，傳統的法國自由風氣便已確立。諷刺的是，英文世界是直到一九五九年和一九六〇年將小說《查泰萊夫人的情人》（*Lady Chatterley's Lover*）送上法庭之後，才漸漸開放自由，而三十年前這本小說在法國巴黎出版時，根本沒人抗議和抨擊。

・審查愈嚴格，文學愈偉大

107 西蒙．波娃（Simone de Beauvoir, 1908-86），法國作家暨詩人，雖然不認為自己是哲學家，但對女權運動理論具相當大的影響。

108 尚．惹內（Jean Genet, 1910-86），法國小說家、劇作家暨詩人，早年生活困苦，甚至淪為小偷，後來走上文學之路。

109 尼古拉．果戈里（Nicolai Gogol, 1809-52），俄羅斯作家，現實主義推手，也是自然派創始人，《欽差大臣》改變了俄國喜劇藝術。

110 費奧多羅．杜斯托也夫斯基（Fyodor Dostoevsky, 1821-88），俄國作家，內容多半描寫小人物心理，代革命思潮很晚才來到俄羅斯。雖然沙皇以官方審查刻意壓迫，但某些最偉大的世界文學傑作依舊在此構思問世。文學史上經常看得到這樣反常的例子；正因為局勢艱困，作家反而卯足全力，設法閃避笨拙審查員的刁難（尼古拉．果戈里[109]一八三六年的戲劇《欽差大臣》〔*The Inspector-General*〕便諷刺地形塑了這樣的角色）。他們對於社會的批判，全是以藝術的手法，藏在間接和隱晦之中。例如在費奧多爾．杜斯妥也夫斯基[110]的小說《卡拉馬助夫兄弟》（*The Brothers Karamazov*, 1880）中，三個兄弟共謀要殺死他們可憎的父親。沙皇通常被比喻為人民的什麼人呢？答案是「小老爹」（Little Father）。安東．契訶夫[111]的戲劇同樣描述了統治階級內部的腐敗，只是帶有較多懷舊情感。在他的《櫻桃園》（*The Cherry Orchard*, 1904）中，果園象徵美麗的一場徒勞，最後樹都被砍倒了，換來的不是更好的世界，而是更醜惡的新世界。契訶夫是文學界的「感傷」大師。是的，世事一定要改變，順應歷史潮流。但一定要變得更糟嗎？

做了一些文字修改後，契訶夫充滿煽動性的喜劇從審查員眼皮下溜過，成功搬上舞台。但在一九一七年革命後不久，俄羅斯作家變成了蘇聯作家。隨著史達林上任，審查變更為嚴格。就這樣，審查維持著差不多的鬆緊度，偶爾會有「解凍」，一直沿續到一九八九年。詩人安娜．艾哈邁托娃[112]和葉甫根尼．葉夫圖申科[113]，小說家鮑里斯．巴斯特納克[114]和亞歷山大．索忍尼辛等對政權有異議的作家，繼承了先賢作家狡詐的技巧，在審查制度下設法創作偉大的作品，但付梓出版的

表作為《罪與罰》、《卡拉馬助夫兄弟》。

111 安東．契訶夫（Anton Chekhov, 1860-1904），俄國小說暨劇作家，以現實主義風格為主，內容忠實反映社會現況。

112 安娜．艾哈邁托娃（Anna Akhmatova, 1889-1966），俄國現代主義詩人，在俄國文學界廣受推崇，曾被政府禁止發表詩作。

113 葉甫根尼．葉夫圖申科（Yevgeny Yevtushenko, 1933-2017），俄國詩人，但各類型作品都有所涉獵。

114 鮑里斯．巴斯特納克（Boris Pasternak, 1890-1960），俄國作家，以《齊瓦哥醫生》聞名，一九五八年獲諾貝爾文學獎。

機會少之又少。例如索忍尼辛《癌症病房》（*Cancer Ward*, 1968，書中諷刺史達林是俄羅斯心臟上的毒瘤）這一類作品，是以「地下出版」（samizdat）方式流通。這些書是私下打字印製的，不禁令人想起早期在羅馬的基督教徒，他們的長袍下也藏有具煽動性內容的手抄本。一九五八年和一九七四年，巴斯特納克和索忍尼辛分別獲得了諾貝爾文學獎。沒有嚴格審查制度的俄羅斯，會再出現如此偉大的作品嗎？這點有待未來驗證。今天我們便目睹著這場偉大的文學實驗。

・控制思想，道德至上

美國是由清教徒所建立，他們尊崇表達自由與讀寫能力。到了一七八七年，《憲法第一修正案》更以法律將言論自由神聖化。只是這自由不曾完整，也並非所有人共享。美國由眾多州所組成，關係複雜，多年來彼此寬容和抑制。文學作品可能「在波士頓被禁」（後來這變成諺語了），但在紐約大紅大紫。尤其是就公共圖書館和地方教育課程來說，這種板塊式的道德標準（「共同道德標準」）仍是美國文學環境的一種古怪美式特色。

歷史上來說，作家在德國面對的政權多半相對自由，尤其是一九一九至一九三三年間的威瑪共和國。當時的戲劇家貝托爾特・布萊希特[115]寫出《三便士歌

115 貝托爾特・布萊希特（Bertolt Brecht, 1898-1956），德國劇作家暨詩人，一生研究劇本和理論，發展出「辯證劇場」。

劇》（*The Threepenny Opera*）這類傑作，當中的歌曲〈小刀麥基〉（*Mack the Knife*）至今仍然很受歡迎。在當時獨特政治氛圍下，像他一樣的作家能在戲劇結構上有所創舉，並在世界留下永恆的一筆。一九三三年，納粹黨統治德國，嚴格的壓迫隨之而來。納粹紐倫堡黨代表大會的戲劇性策略之一，便是焚燒書籍。目的是為控制人民的「思想」，不讓他們有機會吸收任何未經黨審查的內容。此舉成效昭然，接下來十二年的文學作品沒有絲毫歷史價值。更慘的是，希特勒政權在一九四五年結束時留下了遺毒。如鈞特・葛拉斯[116]所形容，戰後作家面臨的是像慘遭轟炸過的文學廢墟。

英國在十八世紀前，審查都是政治因素，而且是國家的武器。作家如果稍有差池，可能馬上被抓到倫敦塔，不會經過正常法律程序，又或是像笛福一樣直接交給地方治安官處置。所以，作家最好謹言慎行，例如莎士比亞的戲劇場景不曾設在當代英國。為什麼？因為他不只是天才，更是小心的天才。

在英國，戲劇審查制度尤其行之有年。為什麼？因為觀眾「聚集」之後，容易成為「暴民」。戲劇審查一直到一九六〇年代才解除。由於宮務大臣機關負責核准戲劇，喬治・伯納・蕭長年來都在與之來回戰鬥。「蕭式」戲劇機智風趣，例如《華倫夫人的職業》（*Mrs Warren's Profession*, 1895），故事中故意把妓院描寫為合法行業，因此難以公開登上舞台。喬治・伯納・蕭自稱是挪威劇作家亨里克・易卜生[117]的支持者。當時，多次有人嘗試將易卜生劇作搬上舞台，例如《群鬼》（*Ghosts*）（劇中

116 鈞特・葛拉斯（Günter Grass, 1927-2015），德國作家，一九九九年諾貝爾文學獎得主，歐洲魔幻寫實代表人物。

117 易卜生（Henrick Ibsen, 1828-1906），挪威劇作家，被尊稱為「寫實主義之父」，並視為現代主義戲劇的創始人，代表作為《玩偶之家》。

涉及高度危險的主題：性病），結果引發醜聞，免不了被禁演。即使到了一九五〇年代，山繆．貝克特[118]《等待果陀》（*Waiting for Godot*）首演時（詳見第三十三章），也必須經過宮務大臣點頭同意。官方要求做一些小更動，劇本也只好配合。

英國在一八五七年將審查制度寫入法律中，（《包法利夫人》也是那一年鬧上巴黎法院）。議會的第一版《淫穢品出版法》內容完全是英國式胡言亂語。裡頭寫到，若文學作品有意「玷汙和敗壞易受這種不道德行為影響的心靈」，便是「淫穢」的作品。狄更斯諷刺地解釋，這代表任何讓「年輕人臉紅」的東西都算違規。亨利．詹姆士稱之為「年輕讀者的暴政」。不論是走法律程序，或是單就「當代精神」來說，終究是道德至上。一八九五年，威克非主教（Bishop of Wakefield）同樣以寬宥通姦為由燒了湯瑪士．哈代的《無名的裘德》後，哈代從此放棄小說，接下來三十年的歲月只出版不具爭議的詩。「玷汙和敗壞」規則之下，他無法寫出他想寫的小說。

一九一五年，哈代的追隨者D．H．勞倫斯，其小說《彩虹》（*Rainbow*）初版依法遭到燒毀。書中包括極具詩意但（在今日）不會令人反感的性描述，完全不帶髒字。戰後勞倫斯離開英國，再也沒有回來，留在英國的作家則繼續步步為營。E．M．福斯特創作出版了許多偉大的小說（詳見第二十六章）。他大約於一九一三年寫下小說《墨利斯的情人》（*Maurice*），只有私下流通，並未公開出版，內容忠實地談述他自身的同性戀經驗。直到一九七一年他死後，這本書才純粹基

118 山繆．貝克特（Samuel Becket, 1906-89），愛爾蘭作家暨劇作家，荒謬劇場代表人物，代表作為《等待果陀》，一九六九年獲諾貝爾文學獎。

於歷史意義公開出版。

機靈的英國作家和出版商會進行「自我審查」，像E・M・福斯特那樣。喬治・歐威爾一九四四年想出版《動物農莊》，卻找不到出版商願意幫忙，因為這個寓言故事抨擊了英國當時的戰友蘇聯。歐威爾後來罵文學出版商全都「沒種」。要出版商來形容的話，他們會說自己「明智」。

一九六〇年，《查泰萊夫人的情人》判決案一舉改變了風氣。一九五九年，新的《淫穢品出版法》訂立。法條規定，只要對社會有益，本質上違反道德的作品也能出版：「為了科學、文學、藝術或教育上的益處。」D・H・勞倫斯已經死於一九三〇年，企鵝出版社決定拿他的小說來挑戰新法。勞倫斯說這本小說是為了替文學「消毒」。它提問，為何我們寧可用委婉的拉丁文，卻不用古老的盎格魯撒克遜文字，來敘述個人生命中最重要的行為呢？《查泰萊夫人的情人》說的是一名貴族的妻子愛上獵場管理人的故事。和當時法國對待福婁拜一樣，法院的理由是同一句老話：此舉形同鼓吹通姦。結果，各領域的「專業證人」（當中包括多位德高望重的作者）為其辯護，最後也打贏了這場官司。

世界上對抗文學審查制度的戰鬥尚未結束，每一期在倫敦出版的期刊《查禁目錄》（*Index on Censorship*）都是證明。這是一場無止境的戰鬥。文學史一再證實，文學在受迫、束縛或放逐時，都能完成偉大的事。文學甚至也能像鳳凰，從自己的灰燼中浴火重生。文學能有此能耐，正是對人類精神的光榮辯護。

· 26 ·

帝國

吉卜林、康拉德、福斯特

前幾章有提到，偉大的文學作品通常是偉大國家的產物——換言之，就是會靠征服、侵略甚至明擺的侵占來擴大領土的那些國家。「帝國」和「帝國主義」是文學中最敏感的主題，尤其是這些帝國會聲稱有權占領、掠奪，甚至摧毀其他國家。又或者，他們有時會說，他們「帶來文明」。

文學上討論帝國的對與錯時，情況相當複雜而令人不安，有時會陷入爭執。過去兩世紀間，討論的本質不斷隨著全球局勢改變。在某一時代舉足輕重的作品，在下個時代就變得過時、不值一哂。和其他文學相比，閱讀這類文學更需要意識到作品寫在哪個時代，以及為誰而寫。

了解歷史大局能幫助我們理解這一切。十九、二十世紀，英國雖然只是歐洲北方的一小群島嶼，但英國人四處征戰，統治世界各地；在維多利亞時代，大英帝國版圖達到巔峰，從本初子午線延伸至大半非洲、巴勒斯坦、印度次大陸、紐澳和南太平洋諸島，還有加拿大。十八世紀時，英國領土甚至包括未來獨立為美利堅合眾國的十三個殖民地。大英帝國「擁有」廣大的領土，就連古羅馬帝國也望塵莫及。

二十世紀下半葉，大英帝國驟然聲勢大跌，元氣大傷。各國相繼贏得了獨立。英國最後一次捍衛海外領土是在一九八二年，捍衛的是南大西洋的福克蘭群島，土地狹小，人口約為英國一個鄉鎮。這算不上史詩之戰。

面對社會和歷史變遷，文學是最為敏感的紀錄。它不但能記載國際間發生的史實，更能寫下國家對於事件的複雜、多變反應。從歷史角度來看，英國原本奉行高度帝國主義，轉眼間風雲變色，跌入後帝國階段，全國心情因此上下波動，五味雜陳，同時充滿驕傲和羞辱。這一切全都反應在文學上。

・帝國染血的善行

我們來看魯德亞德・吉卜林（Rudyard Kipling, 1865-1936）當年受人推崇的名詩〈白種人的天職〉（The White Man's Burden, 1899）。開頭這麼寫著：

擔起白人的天職——
派出你們最優秀的子孫
讓孩子們成群離鄉背井
去替你們的俘虜服務；
像馬匹一樣操勞
伺候那些躁動不停又粗野——
你們新俘獲的陰沉民族
半似惡魔，半似孩子

魯德亞德・吉卜林是英國人，但〈白種人的天職〉是寫給美國人讀的（值得注意的是，吉卜林的妻子是美國人）。他見到美國鎮壓菲律賓獨立起義、並在同一時期陸續將波多黎各、關島和古巴納入領土，心有所感而寫下此詩。菲律賓獨立運動特別血腥，估計將近二十五萬菲律賓人喪生。白種人的天職總是染上鮮血。

這首詩馬上在美國風行，標題變成了諺語。我們仍不時聽到這句話，但通常帶著諷意。十九世紀（「英國的世紀」）結束，吉卜林相信世界第一強國將由美國接手，歷史也證明如此。二十世紀注定成為美國的天下。吉卜林殷殷期待英國會成為美國的夥伴，或至少也是個幫手。兩個國家將如慈祥的長老，聯手掌控全世界。

吉卜林出生於殖民時期的印度，他的小說《金》（*Kim*, 1901）反映了他童年在孟買的經驗，當中以更有同理心的方式，描寫他所謂「東西方」的關係。吉卜林這首詩的基礎思想相當清楚。帝國為一群現在是、將來也永遠是「半似惡魔、半似孩子」的人帶來白人文明；帝國純粹本著善意而來。那是白人的「天職」，帝國不追求獲利，而且最辛酸的是，帝國也不需要那些運氣好才能被白人殖民的劣等種族表示謝意。今天，吉卜林這首詩根本是文學的恥辱，但它在一八九九年時廣受人稱道。時代變了。

・帝國的貪婪，黑暗之心

同一年，一八九九年，另一本關於白人帝國主義的作品出版了，那是康拉德的《黑暗之心》（*Heart of Darkness*）。這本書裡有更深刻的反思，大多數人也認為這是一本更偉大的文學作品。康拉德（Joseph Conrad, 1857-1924）在烏克蘭出生，父母是波蘭人，本名約瑟夫．提亞多．康拉德．可倫尼歐斯基。他的父親是波蘭愛國主義詩人，也是對抗俄羅斯占領的反叛份子。他一生致力於波蘭獨立事業，因此年輕的約瑟夫無法待在波蘭。他注定漂流四方。他後來去當水手，一八八六年拿到英國籍，在英國商船隊（Merchant Navy）擔任軍官，並更名為約瑟夫．康拉德。他三十多歲時不再航海，投入文學創作。

《黑暗之心》算是本自傳小說，題材出自康拉德個人經驗。他於一八九〇年被任命為一艘受損的蒸汽船船長，奉命沿剛果河駛入內陸貿易站。貿易站管理人叫做克萊茵，當時已身受重病（德文中，克萊茵〔Klein〕意謂「小」，小說中將他的名字改為「庫茲」〔Kurtz〕，意謂「矮」）。以康拉德年紀和階級來看，他可能免不了有種族偏見，但為人相當正直。他曾為一間殖民公司工作幾個月，那間公司叫做「上剛果商貿比利時股份有限公司」，歐洲應該永遠以此公司為恥。

一八八五年，歐洲殖民列強之中規模較小的比利時，創立了所謂的剛果自由邦。所謂「自由」，意思是自由掠奪。比利時國王利奧波德二世（Leopold II），當時將本國「擁有」的百萬平方英里土地，出租給出價最高的公司。之後，承租人便能隨心所欲開發殖民地，結果造成了現代第一起種族大屠殺。康拉德稱之為

「強占掠奪，醜態畢露，有史以來，人類良心最扭曲的一次」。

循河上溯這一趟航程，對康拉德造成深遠的影響。「剛果之行前，我只是一匹野獸。」他後來這麼說。花了八年時間，那種「恐怖」（這部小說的關鍵字）才在他心中塵埃落定，讓他得以寫出《黑暗之心》。故事很簡單。桅杆間落日低垂，奈麗號（Nellie）在泰晤士河河口靜靜浮沉。這艘船的船長馬洛（Marlow）——康拉德好幾本小說的主述者——在船上招待幾位朋友。在對話暫歇的片刻，他的目光投向倫敦市景，耐人尋味地說：「這裡也曾是世上最黑暗的地方。」他遙想著羅馬人和古英國。我們明白，帝國史背後都充滿犯罪。

馬洛回想起他三十歲出頭時被指派的工作。他受招募到「金玉其外、敗絮其中」（whitened sepulchre）的布魯塞爾，計畫前往心形的黑色非洲大陸，然後深入剛果到比利時殖民地。那裡的貿易站管理人庫茲在採象牙過程中發瘋了（當時象牙能做成撞球和鋼琴鍵等用品，歐洲和美國對象牙需求頗高）。那趟旅程帶著馬洛目睹世界的黑暗真相，包括資本主義、人性和他自己，尤其是帝國本質的真相。

某方面來說，康拉德對他歸化的第二母國英國忠心耿耿，覺得比利時的帝國主義比英國更殘酷貪婪。但馬洛「世上最黑暗的地方」一席話，暗示所有帝國在本質上都一樣。根本沒有好帝國和壞帝國之分。所有帝國都很邪惡。《黑暗之心》是一本令人不寒而慄的小說，因為作者去過非洲最黑暗之處後，也為自己所見所聞感到不寒而慄。

・神祕的印度之旅

眾所周知，印度是大英帝國的「冠上珍珠」。大家也都同意，書寫印度殖民最精心的代表大作是E．M．福斯特（E. M. Forster, 1879-1970）的《印度之旅》（*A Passage to India*, 1924）。這部作品的想法出自福斯特自己遊歷印度次大陸的旅程。他愛上那個國家和人民，心中絲毫沒有吉卜林對殖民的優越感。福斯特本質上便是自由主義者，屬於擁抱自由思想的布隆伯利派（Bloomsbury Group，詳見第二十九章）。

這古怪的書名值得解釋一下。表面上書名是在講搭乘海線從英國前往印度的旅程，畢竟它提到了「航道」（paasage）。小說主軸述說年輕的英國女子阿黛拉（Adela）來到印度，準備嫁給一名英國官員，結果在當地具有古老宗教意義的洞穴中，「疑似」被年輕的穆斯林醫生艾斯（Aziz）侵犯。她起初只是天真地想結交當地朋友而已。艾斯的事幾乎引起暴動，後來在審判中宣判無罪。阿黛拉這一趟「印度之旅」和原本的婚姻毀於一旦。沒有人確切知道馬洛巴洞窟（Marabar Caves）內到底發生什麼事。殖民印度的情況向來「神祕莫測，撲朔迷離」。

E．M．福斯特的書名呼應了華特．惠特曼（詳見第二十一章）一八七一年出版的同名詩。在帝國主義核心下，E．M．福斯特的小說意在探究，惠特曼的詩則可謂明白點出問題：面對複雜的殖民關係和種族差異，英、印兩地能否發展出完整的人類關係？惠特曼是這麼說的：

航向印度！
喔，靈魂啊，你看不出上帝打一開始的旨意嗎？
大地四下延伸，由網絡連結一氣，
各個種族、鄰國子民彼此聯姻，
跨海越洋，天涯變咫尺，
四方土地相連為一體。

惠特曼是同性戀，E·M·福斯特也是。在《印度之旅》的核心，存在著一段英國男校長和穆斯林醫師的關係。小說中暗示兩人情誼緊密，幾近激情。但正如吉卜林所寫：「東方是東方，西方是西方，永遠不會結合。。。」

E·M·福斯特發現他的小說根本無法收尾。它沒有所謂「適合」的結束。這不是因為他陷入寫作困境。福斯特面臨的困境是，這本小說在本質上無法「解決」帝國的問題。《印度之旅》是開放式的結局，但描寫得格外優美，兩個永遠無法在一起的男人，卻如惠特曼所說的「結合」了。他們最後騎著馬，橫越雨季濡溼的印度大地：

但馬兒不希望如此，牠們分道而行；土地不希望如此，岩石四立。兩人不得不一一依序前馳。他們從岩壁騎出，毛縣（Mau）在下方伸展無遺，寺廟、池溏、監獄、皇宮、鳥兒、腐屍全映入了眼簾。它們全都不希望如此，眾聲喧嘩說著：「不，還不行」，然後天空也說：「不，那兒不行。」

E・M・福斯特的「還不行」延續了半個世紀。印度在一九四七年獨立。薩爾曼・魯西迪之後將以小說《午夜之子》（*Midnight's Children*）為它慶祝，這是最偉大的後殖民作品（詳見第三十六章）。《印度之旅》是反殖民小說。E・M・福斯特暗示它在書寫時便是反殖民作品，不作他想。

帝國主題啟發了獨立的文學體系，從莎士比亞的《暴風雨》到像保羅・斯科特（Paul Scott）的英屬印度四部曲（*The Raj Trilogy Quartet*）、V・S・奈波爾[119]的小說、威廉・高汀的《蒼蠅王》（書中是英國公學學生變成了「一半惡魔、一半孩子」）。我們在下一章將看到殖民關係另一端的視角。但即使殖民關係無法以小說「解決」，要討論帝國核心的道德複雜性，沒有作品比康拉德和福斯特的小說更能敏感地深入探索。書中驕傲、罪惡與困惑的奇異混合，我們今日仍能好好閱讀，享受其中故事。不過，還是先好好了解背後的歷史吧。

119　V・S・奈波爾（V. S. Naipaul, 1932-），英國作家，二〇〇一年獲諾貝爾文學獎，代表作為《大河灣》（*A Bend in the River*）。

· 27 ·

劫數難逃的詩歌

戰爭詩人

戰爭和詩總是形影不離。我們所見第一首偉大詩作《伊里亞德》，便是關於兩國間的戰爭。莎士比亞非喜劇的作品大多都有戰爭角色，少數喜劇也有。說到「戰爭的恐怖」（西班牙畫家哥雅如此稱之），《凱撒大帝》的描述最為鮮明：

血腥和毀滅習以為常，
恐怖的事物不足為奇，
母親們只一笑置之，看著戰爭的毒手，
將自己的嬰孩撕裂。

不過，激發最多英詩創作的戰爭莫過於所謂的「大戰」，也就是一九一四到一九一八年間發生的第一次世界大戰。

那是英國史上最血腥的戰爭。一九一七年的帕斯尚爾（Passchendaele）戰役中，英國士兵在泥濘中戰鬥數月，死了二十五萬人，獲勝後只多前進了八公里。有不少英國公學出身的人上了前線（許多人更仍在就學），五人中有一人有去無回。他們的名字出現在學校「榮譽榜」。這些年輕人不但是「軍官階級」，也是「寫詩階級」。

英國幾乎每個鄉鎮在顯眼之處都會有個紀念碑，現在多半被苔蘚覆蓋，難以辨識了。上頭記載著當地年輕人被可怕的「大戰」斬斷的青春。如果看得清楚，名單下會刻著諸如「他們將名垂千古」等文字。

第一次世界大戰有別於其他戰爭，原因不僅在於其規模空前、武器致命的程度（其中最厲害的是機關槍、飛機、毒氣與坦克），更因為這場戰爭中的衝突不光是國家之間，也在國家之內。換句話說，雙方許多士兵都不得不問自己：「敵人究竟在前方還是後方？」描寫一戰最知名的小說《西線無戰事》（*All Quiet on the Western Front*, 1929）便問了這個問題，作者是德國人埃里希・馬利亞・雷馬克（Erich Maria Remarque）。他曾經上戰場，並在戰壕中受了傷。當時離他不到一公里半之處，另一個名人也在那場戰役存活下來，那人叫阿道夫・希特勒。

・敵人是誰？為何而戰？

在那可怕的四年戰事中，我們欽佩的幾位詩人內心都在掙扎著面對這個事實：他們真正的敵人可能不是身為英國喬治五世表兄弟的德皇，也不是他麾下穿著軍用長靴的德國人，而是英國社會。英國社會不知為何失去了方向，捲入毫無意義的戰事，無緣無故葬送國內大量菁英人才。

當中最憤怒的詩人是席格弗利・薩松（Siegfried Sassoon, 1886-1967），雖然他有個德式名字，卻是道道地地的英國人，而且屬於把獵狐當成運動的上層階級。他在短詩〈將軍〉（The General）中描述「英國對抗英國」的處境：

「早安，早安！」將軍說，
我們遇到他，在上週前往戰場的半途中。
如今他微笑以對的士兵們已大半喪生，
我們咒罵他的幕僚是無能蠢豬。
「這老傢伙倒是挺討人喜歡。」哈利對傑克嘀咕，
他們整裝持槍，朝阿拉斯（Arras）跋涉而去。

兩人依計畫進攻，終也栽在他手裡。

這首詩中，誰是敵人呢？回想一下丁尼生的〈輕騎兵衝鋒〉（詳見第二十二章）。那場交戰中，一位將軍莽撞進攻，損失半數兵力，造成幾乎三百名騎兵喪命。但丁尼生沒有批評指揮官和國家，他進一步讚揚勇敢赴死的士兵（「他們只需聽令，不需理由」）全力衝向俄羅斯大炮。他們的死十分「光榮」。

薩松的態度不同，更為複雜。在他眼中，戰爭沒有「光榮」可言。〈將軍〉一詩寫於一九一六年，發表於一九一八年，「我們為何打這場仗？」仍是火熱的議題。當時，懦夫會被稱為「白羽毛」，但他不是懦夫。薩松是勇猛的戰士，同袍都稱他為「瘋狂傑克」（諷刺的是，「席格弗利」在德文的意思是「勝利的喜

悅」），但他終其一生都不懂這場戰爭有何意義。當他因為表現英勇獲頒十字勳章時，可能就直接把勳章扔進梅西河裡了。

英國一戰士兵當時被通稱「湯米」（Tommy）。史上最後一個「湯米」是哈利・帕契（Harry Patch），死於二〇〇九年，享年一百一十一歲。他也同意薩松的立場。帕契在帕斯尚爾戰役九十週年時踏上那塊土地，形容那場戰爭是「一場經過算計又被默許的人類大屠殺，不值得賠上任何生命」。一九一八年十一月戰爭結束，總計奪走逾七十五萬英國人的性命。據估計，雙方總共死了九百萬士兵。

〈無用〉（Futility）這首詩寫得比薩松的更好，出自他的同袍威弗雷德・歐文（Wilfred Owen, 1893-1918）。歐文是戰功彪炳的英勇軍官。他望著雪地中士兵的屍體，想著自己必須為家屬寫一封正式的哀悼信：

將他搬到太陽下吧——
它曾輕柔將他喚醒，
在他的家鄉，未播種的田野颯颯。
它日復一日喚醒他，哪怕遠在法蘭西；
直至今日早晨，今日這場雪。
如今該如何喚醒他
也唯有這亙古不變的仁慈太陽知曉。

想一想陽光是如何喚醒種子——
它曾一度喚醒這顆冰冷星球的泥土。
莫非是血肉過於細膩珍貴，腹脇
神經密布，且仍透著溫度，才難以復蘇？
因此泥土才層層堆高？
——喔，為何陽光如此昏庸蹣跚
遲遲敲不開這沉睡的枯槁？

這首詩明顯受到濟慈影響，充滿肉體的暗示，帶有溫暖的感情。陽光能夠像在春天讓土壤中的種子發芽那樣，令這不知名的戰士復活嗎？不行。他的死值得嗎？不值得，全然無用。白白浪費了。

歐文在技巧上比薩松更具實驗精神，憤怒也較和緩。〈無用〉是一首精心結構的十四行詩，語句不對稱，還有押半韻，例如原英文韻腳為「once」和「France」）。他的創作靈感隱約來自傳統葬禮的詩句，隱含「塵歸塵、土歸土」的意思。大多數人認為，若歐文活下來，將對二十世紀的英詩造成巨大影響。但他在戰爭結束前一週喪命。宣布他死訊的電報送到家人手中時，教堂的鐘也正好為和平而敲響。

〈無用〉被寫下時，戰爭漸漸陷入血淋淋的僵局。壕溝和刺網不斷延伸，遍布全歐，像是縫得很糟的傷口。兩方軍隊都無法突破，每週有數千人喪命。這場血戰始於一起真相撲朔迷離的街頭犯罪：在巴爾半幹島的塞拉耶佛，奧匈帝國法蘭茲．費迪南大公遭到刺殺。奧匈帝國是由眾多邦國組成，刺殺後馬上分崩離析。繼承問題出現，並扯進複雜的國際聯盟關係，接著便是一場骨牌效應。到了一九一四年八月，在英國國勢正強、迎向這光榮的夏天時，戰爭已無可避免。

・捐軀和獻祭

當時大多數人覺得戰爭在聖誕節就會結束。那種精神能以「極端愛國主義」（Jingoism）稱之（一九六三年音樂劇《喔，多美好的戰爭》〔*Oh, What a Lovely War!*〕對此有最完美的演繹）。在極端愛國主義時期的早年，最有名的一首詩是魯伯特・布魯克（Rupert Brooke, 1887-1915）寫的〈士兵〉（The Soldier）：

若我將葬身於此，請這樣記得我：
異鄉原野的一隅
將有一方土永遠屬於英國。肥沃的泥土
之下，埋藏著一把更饒沃的白灰。

這把白灰，由英國孕育、形塑、賦予意識，
憐惜過她的春花，在她的路上徜徉；
一具英國的身軀，呼吸英國的空氣，
在她的河流沐浴，受家鄉的陽光賜福。

還要想到，這顆心的所有邪惡皆已滌蕩，
成為永恆的靈智（the eternal mind）的一次脈動
帶著英國所賜的回憶前往天上之境；
她的美景和聲音；那些和白日時光同樣幸福的好夢；
笑語、友誼，還有她的高貴敦厚，
盡在我們得到安寧的心裡，永生於英格蘭的天堂

詩人情操高貴，了解這位詩人後，更是令人折服。布魯克是個非常英俊的年輕人，也是雙性戀。他和E・M・福斯特、維吉尼亞・吳爾芙和其他布隆伯利派作家（詳見第二十九章）關係良好。他是個才華過人的詩人，但和威弗雷德・歐文相較，他在技巧上較為傳統。這也反映了他傳統的愛國情懷。大戰發生時，雖然年紀稍大了一些，他還是馬上自願從軍，結果在大戰第一年便不幸喪生，不是死在敵軍子彈下，而是因蚊蟲咬傷而感染疾病。他確實葬在「異鄉原野」之中，

他的墳墓在希臘的斯基羅斯島（Skyros）。

布魯克的詩一發表，戰爭宣傳部門馬上採用。聖保羅大教堂禮拜時朗誦了此詩，全國神職人員布道時也會唸。學校兒童朝會時必須聽人朗誦此詩，藉此鼓勵較年長的學生一起成為愛國志士，戰死異鄉。當時的英國第一海軍大臣溫斯頓・邱吉爾最喜歡這首詩，親筆在全國第一大報《泰晤士報》替布魯克寫了篇光榮的訃文。但在三年死了無數人之後，布魯克的愛國情操之詩變得異常空洞。戰爭不光榮，也不壯烈。許多士兵都相信，戰爭毫無意義。

幾乎所有偉大的戰爭詩人都是上層「軍官」階級，但最偉大的一位詩人背景截然不同。艾薩克・羅森堡（Isaac Rosenberg, 1890-1918）是猶太人，出身勞工階級。他的家人從俄羅斯移民到英國，逃離沙皇的迫害。艾薩克從小在倫敦東區長大，當時那裡是猶太貧民窟。他十四歲離開學校，成為雕刻師學徒。從兒時開始，他便展現了不尋常的藝術和文學天賦，但他長期受肺病所苦，身材也格外瘦小。儘管有這些障礙，體能又明顯不適合，他仍在一九一五年自願從軍，而且是如士兵所戲稱的「上前線送死」。他最後於一九一八年四月，在近身戰中喪命。

羅森堡最知名的詩〈壕溝天破曉〉（Break of Day in the Trenches）是所謂的「晨詩」（aubade）。天光乍現往往是愉快的一刻，但對一九一七年在法國的士兵來說並非如此。軍令規定士兵在黎明必須堅守崗位，因為這是一天中最容易遭受攻擊的一刻：

黑暗漸漸崩毀。
又到了一貫的獻祭時刻，
唯一的活物跳上我的手
一隻詭異奸笑的老鼠，
在我摘下矮牆上的罌粟花，
插到耳後時。
傻老鼠，若他們知道你的博愛
他們的子彈可不會留情，
現在你碰了這隻英國人的手，
想必不久也會碰德國人的手，
如果你有這個興致
橫跨兩軍間沉睡的綠野。

當然，對老鼠來說這是一場「美好的戰爭」，雙方士兵屍橫遍野，四處都能讓牠大快朵頤。

我們在這一章讀的四首詩，無疑都是偉大的詩詞。能讀到它們，是我們三生有幸，但真的值得為此付出三條生命嗎？

· 28 ·

改變一切的一年

一九二二年和現代主義作家

文學史上所有的美好時刻，都比不上一九二二年。這是作品大豐收的一年。但使它如此美好的理由，不在於數量，也不在於種類的多樣性，而是因為那一年與那一年前後所出版的作品，改變了大眾對於文學的概念。正如詩人W．H．奧登[120]所說，「風氣」就此改變。文學出現了全新、強勢的「風格」，也就是現代主義。

歷史上，現代主義源頭可以追溯到一八九〇年代，以及第二十一章提到的「世紀末」。當時全世界的作家似乎全都拋開陳規，破格創作，例如亨里克．易卜生、華特．惠特曼、喬治．伯納．蕭和奧斯卡．王爾德。簡而言之，作家那時意識到他們最重要的義務是忠於文學——即使這意味著像王爾德那樣身陷囹圄，或像哈代那樣，讓最新作品被主教燒毀。權威者總是對現代主義百般刁難。但現代主義從不乖乖聽話。我們可以說，現代主義自立自強。

如果說現代主義始於一八九〇年代、茁壯於愛德華時期（一戰之前），這個文學新浪潮達到頂峰，便是在一九二二年。我們可以指出，有多股力量和因素為之推波助瀾。一次世界大戰造成的創傷，永遠打破了以前觀看世界的方式。一九一八年的世界和一九一四年已截然不同。戰爭可說是一場巨大的嚴重衝撞，讓大地一片荒蕪，卻也清出生成新事物的空間。拉丁文稱這種狀態為「空白石板」（tabula rasa）。

所以，哪些作品能算是先鋒，代表這偉大創新的一九二二年？第一個躍入我們腦中的作品是詹姆斯．喬伊斯小說《尤利西斯》和T．S．艾略特的詩《荒原》（*The Wasted Land*）。維吉尼亞．吳爾芙的《戴洛維夫人》（*Mrs. Dalloway*）也可以

120 W．H．奧登（W. H. Auden, 1907-73），英裔美國詩人，風格和技巧特殊，詩作內容多樣，包含政治、愛、宗教和道德，為二十世紀重要作家。

算上一筆（這是她在「意識流」技巧上藝術成就最高的作品，第二十九章會談到更多）。吳爾芙的小說出版於一九二五年，但構思設計於一九二二年。威弗雷德．歐文關於戰爭的詩在他死後出版於一九二〇年，W．B．葉慈的作品在一九二三年贏得諾貝爾文學獎，對這一年的偉大成就來說是錦上添花。一般公認葉慈是最偉大的愛爾蘭詩人，長久的創作生涯令人驚嘆。他早期以「凱爾特的微光」（Celtic Twilight）——愛爾蘭的神話過往——為主題揮灑，後來轉變為書寫此刻的現代主義詩人，尤其是一九一六年後讓他的國家四分五裂的民間叛亂。他的某些最高傑作，收錄在一九二二年出版的《晚期詩作》（*Latter Poems*）中。

・浩劫之後，無根的文學

在閱讀一九二二年左右出版問世的大作之前，我們先重新看看一些整體的特色。之前已經提到，此時人民元氣大傷，出現反動的力量。基本上，幾乎所有作品都是歸零重新出發。例如《戴洛維夫人》寫的便是兩場浩劫後的故事。首先是一次世界大戰，有彈震症（shell-shocked）的主角塞普提姆斯．史密斯（Septimus Smith）從未復元，長期承受心靈折磨（現在稱為創傷後壓力症候群），逼得他從高樓窗口跳下自殺，身體被鐵欄杆刺穿，死狀悲慘。塞普提姆斯是戰後的戰爭犧牲者。

另一場浩劫是「西班牙流感」大流行，一九一八至一九二一年間橫掃全世界，比戰爭奪走更多條人命。吳爾芙筆下的女主角戴洛維夫人自己便曾染上流感，差點死去。

現代主義另一個普遍的特色是，作品來源不是文學主流管道。《荒原》和《尤利西斯》都是分段公開刊在「小雜誌」上，讀者是一小群「圈內人」。如我們在第二十五章所見，喬伊斯的作品寫完之後是在巴黎出版。兩大英語市場的出版社，有好幾十年都不願與之有任何牽扯。喬伊斯的故鄉愛爾蘭，則要等半世紀之後才出版。

放逐和缺乏歸屬也是特色之一。現代主義文學中，許多我們今日認定的創新巨作，都出自「失落的一代」（lost generation）。這個詞出自美國知名現代主義作家葛楚．史坦，代表在「家鄉」市場毫無根基的作家。但現代主義不是「國際」文學運動，更精確來看，可以說是「超越國族」的活動。T．S．艾略特（1888-1965）在美國土生土長，就讀哈佛大學，像星條旗一樣百分之百屬於美國。《荒野》的手稿顯示，這首詩中未出版的早期詩節，是以波士頓為背景（接近哈佛大學）。艾略特一九二二年住在英國，後來會成為英國公民，但詩中重要的部分都是在瑞士完成，當時他因精神崩潰在那裡休養。所以我們該說這首詩的作者是美國人嗎？還是英國人？還是在英國的美國人？

《尤利西斯》也是類似的「無根」小說。詹姆斯．喬伊斯（1882-1941）一九一二年離開都柏林，再也沒有回國，但小說背景便設在都柏林。他離開純粹是為了追求藝術。他相信偉大的文學應該要在「沉默、放逐與機巧」的狀態下出版。小說內容也暗示了作者必須離開都柏林，才能書寫都柏林。為什麼呢？喬伊斯以另一部作品的畫面來解釋。《一個青年藝術家的畫像》（*A Portrait of the Artist as a Young Man*）書中主角斷言，愛爾蘭是「吃窩裡小豬的老母豬」。換言之，愛爾蘭身為母親，不但孕育你，也會毀了你。

D．H．勞倫斯的巨作《戀愛中的女人》（*Women in Love*）出版於前一年，也就是一九二一年。本書和他一九二二年出版的《亞倫杖》（*Aaron's Rod*）都表現出「起身離去」的需求。勞倫斯相信，英國的偉大生命之樹（Ygraddisil）已死。他，一個礦工之子，離開了故鄉的「荒原」，前往他方找尋他對生命的追求。他說自己是個「野蠻的朝聖者」。

・未料路上死人如此之多

現在我們來看看一九二二年的兩部傑作。在這之後，文學真的完全改頭換面。《荒原》的故事正如標題所示，始於一塊不毛之地，時節荒涼（艾略特稱之為最殘酷的一個月）。創作這首詩的目的，在艾略特幾個月前發表的文章〈傳統和個人才能〉（*radition and the Individual Talent*）中有所解釋。他開宗明義問道：如何修補破碎的文化？這不單純是將落葉貼回樹上。過去留下的「傳統」如今已受損、破碎，他們必須從這些材料裡找出「現代」的新生活形式。艾略特的詩進行著「將一切重組」的工程，最清楚描繪這點的是〈埋葬死者〉（The Burial of the Dead）這段，內容關於冬天冰冷早晨中，濃霧裡的倫敦大橋。敘事者說：「不真實的城市」，又說：「未料路上死人如此之多。」這裡敘述的是日常場景，通勤的人從鐵路終站越過泰晤士河，走向城中的辦公室。城市是世界財政樞紐，他們則要各善其職，讓全球資本主義運作。大多數人都是「職員」，他們頭戴圓頂高帽，手持長傘和公事包，身著和職業相稱的服裝，儼然昏暗早晨的一道黑色浪潮。但如果讀者熟悉文學，看到對於「不真實城市」的感嘆，肯定會發現它是在呼應波特萊爾《惡之華》中的〈七個老人〉（The Seven Old Men）一詩：

> 不真實的城市，充滿幻夢，
> 光天化日，鬼魂纏住過路人！

艾略特的詩中，勞工是「行屍走肉」，後面一句話「……死人如此之多」更加強了意象。這句話直接引用了但丁《神曲》（*Divine Comedy*）的〈地獄篇〉（*Inferno*），他來到地獄時，看到面前一排排下地獄的人，驚訝地說出：「未料路上死人如此之多。」除了莎士比亞之外，艾略特認為但丁也是文學巨擘。但丁的創作獨特，將文學提升至哲學層次，其《神曲》是世界文學經典。但《荒原》全詩中，艾略特不只引用名家來顯示自己博學多聞，而是靠著舊典的絲線，編織出全新的格局。這首詩展現的是艾略特「個人才能」，但材料都取自偉大文學「傳統」。

喬伊斯的《尤利西斯》一如書名所示，和西方文學之始荷馬史詩互相連結，但表面上看來，所有連結關係都一團亂。若要勉強一言以蔽之，小說是關於一個猶太職員在都柏林一天的生活。那天是一九〇四年，六月十六日。如同倫敦橋上的行人，《尤利西斯》主角是另一個穿黑西裝、成天坐困辦公桌的奴隸。他叫做李波．布倫（Leopold Bloom），妻子是莫麗（Molly）。他很愛她，但他知道她在肆無忌憚搞外遇。那天一如往常，沒發生什麼大事。特洛伊沒被攻打，海倫沒被誘拐，也沒有發生偉大的戰役。但《尤利西斯》在文學上，各方面都有所創舉。某方面來說，它打破了小說舊有「合宜的」價值觀（此書在愛爾蘭被禁多年，大半拜此之賜），例如書裡有寫到布倫上廁所，有時還用到髒話，還有描述生動的性幻想。《尤利西斯》最後一章〈潘妮洛普〉（Penelope），題名出自《奧德賽》裡忠貞且至死不渝的妻子，內容寫著莫麗沉沉睡去前腦中的想法，好幾頁都沒有標點符號。那是某種潛意識流。喬伊斯的小說堅稱，心靈是我們真正生活的地方；小說的每一個階段，都在探索所有人類——不論多平凡的人類——應對人生各種詭異處境的新方法。

像艾略特一樣，喬伊斯對讀者的要求很高。你必須飽讀詩書，或需要一本註釋本，才能意會《荒野》用典細膩的才思，或深入《尤利西斯》語言和風格的層層迷宮。但沒有作品比它們更值得付出時間了。

・小文化圈的燦爛遺產

現代主義輝煌的一九二二年背後有個推手，那人是艾茲拉・龐德。艾略特在《荒原》的獻詞中稱他為「卓越不凡的詩匠」（Il miglior fabbro）。龐德當初拆解了艾略特《荒原》的初稿，大膽創造出不連貫的全新結構。龐德身為現代主義導師，一手將W・B・葉慈拉出早、中期「凱爾特的微光」鄉愁，讓他以強悍的新風格衝擊現代愛爾蘭，寫出〈一九一六年復活節〉（Easter, 1916）這種詩，描述愛爾蘭的血腥起義和英國殘忍的鎮壓。

龐德詩作的靈感來自異地情懷。他著迷於東方文學和語言，以及其圖象和文字結合一體的特色。詩能夠像中文象形字一樣，將文字「具像化」嗎？他在這方面比所有人都成功。在創作〈地鐵站之中〉（In a Station of the Metro）一詩時，他一開始先細膩描述巴黎地底下的情境，後來將文字凝鍊，濃縮成一段精采、意象鮮明的短句，就像十四字的日本俳句。這首詩短到可以塞進一個聖誕拉炮裡。

一九二二年，讀者不只有現代主義作品可以欣賞。這股風潮頂多在小圈子中形成強大的力量，外頭仍有一個壓倒性的巨大文化圈，他們完全漠視，甚至激烈排擠艾略特、龐德、吳爾芙和葉慈這類作家。但經過時間沖刷，便能篩選出其中好壞。現在誰記得一九二二年的桂冠詩人羅勃特．布里治呢（他從一九一三至一九三〇年都保有這個頭銜）？他在一九二九年出版了暢銷長詩《美的遺書》（*The Testament of Beauty*），和幾乎同時在英、美小雜誌上發表的《荒原》相較之下，後者的讀者只有它的千分之一。但布里治的詩集今天已經被丟進文學的字紙簍，《荒野》則留存下來了，而且只要有人讀詩，它便會是書架上的巨作。二〇二二年將是它偉大的百年紀念。

· 29 ·

她自成一格的文學

吳爾芙

眾所周知，維吉尼亞．吳爾芙曾半開玩笑說：「一九一〇年十二月左右，人類性子變了。」吳爾芙說的其實是一場辦在倫敦的後印象派藝術展覽開幕式，展覽內容極具爭議。從那時起，「維多利亞主義」終於宣告結束，全新的現代主義時代開始了。吳爾芙絕對是個「後維多利亞時代」作家，但維多利亞時代的價值和偏見仍冥頑不靈地穿越時空，成為後維多利亞時代的負擔。

維吉尼亞．吳爾芙（Virginia Woolf, 1882-1941）寫作生涯都處在知名的布隆伯利派的環境中。簡而言之，就是一群志同道合的知識份子。她是核心成員，強勁而清晰地表達了團體的許多軸心概念。她知識能力充足，自成一格。但要是沒有這環境支持，她永遠不會成為她那樣的作家。首先，「布隆莓果派」（Bloomsberry，外人總是如此戲稱他們）以當時而言，對「女性問題」的觀點較為進步。一九一〇年「人類性子變了」之後，英國女性還要再過八年才有投票權（在美國則稍微早一點）。而且即使如此，女性仍備受歧視。他們認為年輕女性情緒不穩定，無法承擔投票責任，因此只有三十歲以上的女人能投票。其實一九一〇年，維吉尼亞．吳爾芙也才二十八歲，還不夠資格在投票紙上劃叉叉。至少，當時世上的男人如此認為。

要認真討論吳爾芙，我們不能忽略兩個元素。一是前面提到的一九二〇年代布隆伯利派，二是文學上的批判思維有了巨大的變革，隨著一九六〇年代中期的「女性運動」開端而來，而吳爾芙在這個風潮中被選為代表作家，作品銷售量因此一飛衝天。吳爾芙一生中，作品只賣了數百本。要不是她有自己的印刷出版社——霍加斯出版社（Hogarth Press）——可能連那幾百本都沒辦法出版。她的作品如今通行全世界，銷售好幾十萬本，英語系世界裡處處有人研究她。

・女人要有自己的房間

女性運動影響的不只是銷售數字。女性主義評論，尤其有助於改變我們今日閱讀和評價吳爾芙作品的角度。她寫下了可謂奠定文學女性主義基礎的文本：《自己的房間》。在這本專著中，她認為為了創作，女人需要自己的空間和金錢。她們不可能替男主人煮完晚餐、哄孩子入睡後，順理成章在廚房裡書寫（維多利亞小說家伊麗莎白・蓋斯蓋爾〔Elizabeth Gaskell〕，世稱「蓋斯蓋爾夫人」，便是這樣寫出她的小說。順便一提，現代沒有人稱吳爾芙為「吳爾芙夫人」）。《自己的房間》中充滿熊熊怒火，還有一股決心：明顯性別不平等造成的不公，令文學界維持數千年來的不平衡發展，應該被糾正。女人不能再沉默了。吳爾芙是這麼說的：

> 每次一讀到哪個巫女被淹死，哪個女人被魔鬼附身，哪個聰明的女人在

賣草藥，甚至哪個偉人也有個好母親，我腦中便不禁浮現一個文學家的身影，也許是被埋沒的小說家，也許是受迫害的詩人；也許是個不敢出聲、沒沒無聞的珍·奧斯汀；也許是艾蜜莉·勃朗特，只能在荒野狂奔，在路邊發愁，因不得志而心靈受盡折磨。

「不敢出聲、沒沒無聞的珍·奧斯汀」呼應湯瑪斯·格雷（Thomas Gray）的〈墓園輓歌〉（Elegy Written in a Country Churchyard）。格雷望著墳墓，徘徊思考。他在想有多少埋在這裡的人和他一樣有天賦，卻因為沒有社會優勢，無法好好發揮才能。吳爾芙說，是啊，但像湯瑪斯·格雷的作家還是能熬出頭。若她是「湯瑪斯娜」·格雷，除非她特別幸運，否則她也一樣會「不敢出聲、沒沒無聞」。

·布隆伯利派

布隆伯利派中最知名的人士包括小說家E·M·福斯特（詳見第二十六章）、藝術評論家羅傑·福萊[121]、詩人魯伯特·布魯克（詳見第二十七章），以及二十世紀最具影響力、思想最前衛的經濟學家約翰·梅納·凱因斯[122]。他們之中產生的「點子」，幾乎沒別的小圈子能及得上。

121 羅傑·福萊（Roger Fry, 1866-1934），英國畫家暨評論家，布隆伯利派成員，主張形式主義，並主導了現代藝術思想。

122 約翰·凱因斯（John Maynard Keynes, 1883-1946），英國經濟學家，著名資本主義思想家，「凱因斯派」在二十世紀大大影響了世界經濟走向。

布隆伯利派主要的宣傳者是立頓・斯崔奇[123]。他們創立的宗旨也是由他宣布：他們不是，絕對不是，維多利亞時代的人（雖然他們所有成員都是在漫長的維多利亞時代出生長大）。對布隆伯利派來說，一如斯崔奇的戲謔書名，「維多利亞時代才俊」（Eminent Victorians）這詞只能拿來嘲弄和批判。最重要的是，他們已經過時了。

布隆伯利派認為一次世界大戰是維多利亞時代臨死前的掙扎。上百萬人死亡確實很悲劇，但那是一場「了結」，如此才能讓文學和世界思潮重新開始。

那麼，「布隆伯利派」究竟代表著什麼？他們可能會回答「文明」，另一個答案可能是「自由主義」。他們信奉的哲學思想源自約翰・史都華・彌爾（John Stuart Mill），後來他的想法由劍橋哲學家G・E・摩爾[124]重新整理。主要的根本概念是，你有自由可以做任何事，只要這麼做不傷害、侵犯他人的同等自由。這原則很理想，但極難付諸實行，有人更說根本不可能。

吳爾芙的一生，一方面十分幸運（她有自己的房間，一直由僕人清掃，二〇一〇年也有一本關於這位僕人的有趣傳記問世），另一方面又長期受心理疾病折磨。她是名作家萊斯里・史蒂芬（Leslie Stephen）之女，母親也同樣知書達理。維吉尼亞・史蒂芬小時候在倫敦市中心長大，家裡在倫敦布隆伯利廣場附近有一棟豪華的房子。那廣場是城中美景。吳爾芙尤其喜愛雨天。她說，雨天中，黑色、彎曲的樹幹像一隻隻「溼海豹」。布隆伯利地區也是倫敦知識份子的重地，有好

---

123 立頓・斯崔奇（Lytton Strachey, 1880-1932），英國作家暨評論家，布隆伯利派創立者之一，以創立新的傳記風格聞名。

124 喬治・愛德華・摩爾（G. E. Moore, 1873-1958），英國哲學家，分析哲學學派的創立者，雖不是布隆伯利派，但對他們影響深遠。

幾間大學學院和大英博物館，在吳爾芙的時代，那裡還開了好幾間大出版社。

吳爾芙沒有上大學，也不需要。她長大後已飽讀詩書，和該時代最聰明的人素有來往。她一能拿筆便開始寫作。但就算是小時候，她也有些心理問題，第一次精神崩潰時才十三歲。她一生中發作許多次，最後也害死了她。

・人生是一團明亮、半透明的光暈

三十歲時，為了彼此方便，她和一位布隆伯利派中的社會思想家李納・吳爾芙（Leonard Woolf）結婚。布隆伯利派推崇自由主義，因此能夠接受以前禁止的關係。E・M・福斯特和凱因斯都是同性戀，這在當時是犯罪行為。吳爾芙的情感留給了同性的維塔・薩克維威斯特（Vita Sackville-West）。她是個作家，在鄉下老家肯特郡西辛赫斯特（Sissinghurst）也是個頗具創意的園藝家。布隆伯利派相信，「藝術」能在各方面發揮，園藝也不例外。

吳爾芙和薩克維威斯特的關係不是祕密，甚至連她們各自觀念開放的丈夫都知道。吳爾芙以她最多人閱讀的大作《歐蘭朵》（*Orlando*）為這段戀情留下紀念，它是維塔家族的虛構傳記，時間跨越數個世紀，書中主角在漫長的生命中也變換了性別。薩克維威斯特的兒子奈吉爾（Nigel）稱這本書為「文學中最長也最吸引人的情書」。這封情書的收信人可不是李納。

不論是關於傳統道德觀、社會限制或倫敦文學界，獨立對吳爾芙來說至關重要。她和丈夫於一九一七年成立霍加斯出版社，辦公室離布隆伯利廣場僅咫尺之遙。在那之後，她便能自由寫作和出版。她在一九一五年開始出版長篇小說，第一本是《出航》（*The Voyage Out*）。接下來，她的小說定期問世。這些作品裡巧妙地灌輸女性主義的原則，但最重要的是，它們都是「實驗性」小說，做的是在英文文學中前所未見的事。她的作品中最著名的寫作技巧，通常被人稱為「意識流」（這名詞並非出自她）。

一九二五年的文章中，她如此敘述（「馬車燈」是馬車晚間點亮的車頭燈）：

> 生命不是馬車上那一組左右對稱設置的車燈；人生是一團明亮、半透明的光暈，從意識的開端到結束，緊緊包裹著我們。

吳爾芙小說的主要目的便是捕捉那「光暈」。我們來看看她在《戴洛維夫人》一書開頭的嘗試。故事是關於克萊麗莎人生其中一天的故事，她是一位保守派國會議員的妻子，已經步入中年。當天晚上她要辦一場宴會。她家就在國會大廈和大笨鐘附近，她從家裡出門，要買幾束夏天的鮮花來布置客廳。那是個美好的六月早晨，她在路口等著過馬路。她感到異常快樂，因為她之前感染了致命的流感，現在已經康復。她站在倫敦一條最繁忙的大道旁，有個鄰居經過她身旁，但她完全沒注意到：

她在路緣停下腳步，挺直身子，等著德諾公司運貨車駛過。真是個迷人的女人，斯可羅．波維斯心想（他對她的了解，僅止於彼此都是西敏居民的鄰誼之交）。她有點像鳥，或像隻松鴉，藍藍綠綠的，姿態輕盈，充滿生氣，不過她其實已年逾五十，大病之後皮膚更顯蒼白。她直挺挺地佇立路邊，只想著要過馬路，沒看到他。

克萊麗莎住在西敏已經——多少年啦？有二十多年了吧——在大笨鐘敲響之前，不論置身車水馬龍之中，或半夜醒來，她很肯定四下會突然安靜下來，或者說是一種肅穆的感覺；一種無以言表的暫停，一種揪心的停頓（但人們說這可能是她的心臟受流感影響所致）。聽！鐘聲轟然響起。首先是一個警告，旋律性的；接下來是報時，無法挽回了。沉重的音波一圈圈消散在空氣中。我們真是一群傻瓜，她心裡一邊想，一邊穿越維多利亞街。

不過是一個人在路旁等著過馬路，還有誰能寫得這麼鉅細靡遺？當然，這正是克萊麗莎腦中的思緒，中間還穿插了一段鄰居的想法（書中包含「數段」意識流）。注意，在此敘述會隨著心靈運作的動向跳來跳去。克萊麗莎的思緒是文字、畫面，還是兩者兼並？記憶（二十年前發生的事）和當下的感官印象（大笨鐘的鐘聲）又有什麼相互的作用？

吳爾芙的敘事中從來沒有「發生」多少事情。那不是重點。對戴洛維夫人來說的大事也毫不特別，只是邀請沉悶政客出席的另一場宴會。《燈塔行》（*To the Lighthouse*, 1927）是她最偉大的著作，內容講述一家人（顯然是作者少女時期的史蒂芬一家人）在海岸享受暑假。他們訂好計畫，要搭船去燈塔，但故事中這件事從來沒有發生。她最後一本小說《幕與幕之間》（*Between the Acts*, 1941）如書名所示，是關於等待某件事發生。

她的最後一本小說是在二次世界大戰期間最早的幾個月內寫的。吳爾芙認為這場戲的下一「幕」對她和丈夫都是一場災難（他們沒有孩子）。因為德軍勢如破竹攻下法國。在一九四一年春天，所有人都害怕德軍也將迅速征服英國。她丈夫是猶太人，兩人也都是左派份子，吳爾芙夫妻肯定會是蓋世太保的頭號通緝犯，因此兩人慎重地擬定了自殺計畫。維吉尼亞那時才剛經歷完一場精神崩潰，害怕自己會永遠發瘋，於是從薩塞克斯（Sussex）的住處走到附近一條河，將外套裝滿石頭，於一九四一年三月二十八日投河自盡。

英國存活了下來，並孕育出更多文學，英國現代主義時代最偉大的女小說家卻就此長眠了。

· 30 ·

美麗新世界

烏托邦和反烏托邦

「烏托邦」（Utopia）是個古希臘字，字面上的意思是「好地方」。不過，如果你和索福克勒斯或荷馬聊天用到這個字，他們可能會覺得你怪怪的。這個詞是十六世紀的英國人湯瑪斯・摩爾[125]爵士發明的，他以此字作為故事標題，描寫了一個一切都很完美的世界。摩爾在幾年後因為質疑亨利八世的婚姻而被處死，這表示他住的英國一點都不完美。

文學具有上帝般的能力，它能靠想像力創造一個全新的世界。想更了解的話，我們可以把這世界放到一把尺上，尺的一端是「現實」，另一端是「幻想」。文學中的世界，若是和作家所在的世界愈靠近，這作品便愈真實。據此，我們可以合理推想《傲慢與偏見》描繪的世界，和珍・奧斯汀生活寫作的世界非常類似。反之，《蠻王柯南》（*Conan the Barbarian*）系列作品所描述的世界和作者勞勃・E・霍華[126]的世界完全不同。他生活在一九三〇年代的德州，當時那裡不但髒亂，更是一灘死水。他想像出他的超級英雄柯南，並在虛構的「辛梅里亞」（Cimmeria）中冒險犯難。

和《蠻王柯南》系列一樣，烏托邦在這支尺上偏向「幻想」，因為我們從未見過完美或接近完美的社會。有些作家認為雖然我們進步緩慢，但社會會漸趨完美。他們的烏托邦具有「預言性」。H・G・威爾斯[127]的《未來的樣貌》（*The Shape of Things to Come*, 1933）是個好例子。威爾斯相信十九世紀末和二十世紀初所見的科技大躍進，會帶來「科技烏托邦」。許多科幻小說都運用了同樣的主題。

---

125 湯瑪斯・摩爾爵士（Sir Thomas More, 1478-1535），英國政治家暨作家，著作《烏托邦》對社會主義思想具極大影響。

126 勞勃・E・霍華（Robert E. Howard, 1906-36），美國奇幻文學作家，「劍和魔法」派創始人，代表作為《蠻王柯南》、《所羅門傳奇》。

127 H・G・威爾斯（H. G. Wells, 1866-1946），英國小說家，創作無數，但最受歡迎的是科幻類作品，被尊稱為「科幻文學之父」，代表作為《時間機器》、《世界大戰》。

也有人覺得我們已經背離實現美好世界的道路，而我們如今生存的世界並未更好。中世紀的生活被都市化和工業革命取代。到了十九世紀，社會大眾將過去浪漫化，興起回歸中世紀簡樸生活的渴求。這種化繁為簡的烏托邦純粹是一種懷舊的心情。其中最知名且最具影響力的，是威廉．莫里斯（William Morris）的社會主義寓言《約翰．伯爾的夢》（*A Dream of John Ball*，1888），書中他歌頌中古社會具有蓬勃的「生命力」，都市化和工業化卻將其毀了。

不論是向前或向後看，所有社會對於現在、過去、未來的「好地方」是什麼樣子，都有自己的宏觀願景。古希臘時期，柏拉圖的《理想國》（*Republic*）想像了一座完美的城市，像他一樣的「哲學之王」將統治四方，理性決定一切。在猶太和基督教是主流文化的社會中，《聖經》中的伊甸園（過去）和天堂（未來）也啟發並影響文學中的烏托邦觀點。古羅馬時期，他們有「伊利西昂」（Elysium），意思是樂土平原，也就是完美自然的世界。穆斯林的社會中也有天堂。對維京人來說，那個地方是瓦爾哈拉（Valhalla），意思是英靈神殿，所有英雄會在那裡慶祝他們的戰功。馬克斯以降的共產主義則相信，在遙遠的未來，他所謂的「國家消亡」將會來臨，社會之中人人完全平等。

這些理想系統以各種不同的方式啟發了後來的作家，創造出他們想像的世界和人類的「快樂大結局」。但文學中的烏托邦（包括摩爾的故事）最大的問題是劇情通常沉悶乏味，令人直打哈欠。文學要批評、懷疑或直接站在對立面，才能夠引起最大的閱讀興趣。所謂「反烏托邦」的觀點讀起來有趣多了，對照過去、現在和未來的社會也更能發人省思。我們來看看幾本著名的反烏托邦文學，一切便昭然若揭。如果你還沒讀過，這些作品絕對值得一讀。

・他們預言的未來，我們的現在

雷・布萊伯利[128]的《華氏四五一度》（*Fahrenheit 451*）書名耐人尋味。這溫度是紙的燃點（你也許會覺得這是一種文學的隱喻手法）。這本小說寫於一九五三年。布萊伯利當時是因為電視這種大眾媒體的問世而受到啟發。在他眼中，電視興起便宣布書本死亡。

布萊伯利覺得這是壞事。他相信書本能讓人思考，很有刺激效果；電視則恰恰相反，具有麻痺感官的作用。而且電視邪惡之處是擁有影響全人類的力量，在這之前，連獨裁者都辦不到，可稱之為「軟性暴政」。全面性的思想控制。

《華氏四五一度》的主角是個「消防員」，他的工作不是要滅火，而是要焚毀現存的書籍。布萊伯利顯然是受一九三〇年代納粹焚書所啟發。主角在工作時，隨意從他要燒毀的書堆裡拿起一本，後來成了讀者和叛軍，最後淪落到在樹林中流亡，遇到一群志同道合的人。他們將偉大文學作品背誦下來，每個人都成為活

128 雷・布萊伯利（Ray Bradbury, 1920-2012），美國科幻、奇幻小說家，創作多元，是將科幻小說推向主流的重要推手，代表作為《華氏四五一度》、《火星人紀事》。

書本。他們的生命之火將繼續燃燒下去……也許吧。

《華氏四五一度》最迷人的一點是，和其他反烏托邦文學一樣，書中的描寫同時有對有錯。布萊伯利對電視的悲觀看法徹底判斷錯誤。電視不僅沒有破壞文化，反而豐富了文化。布萊伯利的反烏托邦警世故事，是社會對於新科技感覺錯綜複雜的例子之一。例如電腦顛覆了現代生活，我們大多數人會說是件好事。但在像《魔鬼終結者》（*The Terminator*）這樣的反烏托邦幻想電影中，電腦「天網」（Skynet）化為人類的死敵。原始人無疑對火也是五味雜陳。如同諺語所說：「水能載舟，也能覆舟」。

但布萊伯利有一點分析百分之百正確。他指出了現代施行暴政最有效的方法。不是靠斷頭台，也不用像史達林或希特勒那樣消滅（「淨化」）一整群人。只要藉著思想控制，一切便能有效進行。

這一章的標題「美麗新世界」呼應莎劇《暴風雨》（*The Tempest*）的情節，米蘭達在（Miranda）見到費迪南（Ferdinand）和他年輕的朋友時，不禁如此感嘆歡呼。米蘭達從小在島嶼上長大，唯一見過的人類是年老的父親。當她見到年輕英俊又品格高尚的男人，像費迪南這樣，誤以為外頭的世界每個人都英俊瀟灑、年輕又高尚。真是這樣的話就好了。

阿道斯·赫胥黎[129]以米蘭達口中的「美麗新世界」作為反烏托邦小說的書名，雖然書出版於一九三二年，今日仍十分熱門。故事設在二千年之後。根據月曆，書

129 阿道斯·赫胥黎（Aldous Huxley, 1894-1963），英國作家，人道、和平主義者，曾被諾貝爾文學獎提名七次，代表作為「反烏托邦」小說《美麗新世界》。

中的時間是「福特紀元六三二年」（AF632）。「福特紀元」（After Ford）也同時代表「佛洛伊德之後」（After Freud）的歲月。若是人類能像亨利．福特的T型車一樣靠生產線大量製造呢？心理學家西格蒙德．佛洛伊德認為，人類心理病症全源自家庭感情衝突，要是核心家庭能被取代呢？赫胥黎想到了「人工繁殖」，將胎兒放在瓶子裡，在「孵化所」（工廠）生產，像T型車一樣，孩子不需要雙親，只要一支穿白袍的實驗團隊就好。

成果便是一個完美穩定的社會，每個人依次被分配到上層或下層階級，全部人口都必須注射鎮定劑「索麻」（soma），以維持人造的快樂。世上沒有政治、戰爭、宗教、疾病、飢餓、貧窮、失業（請記得，赫胥黎寫本書時，正值一九三〇年代的經濟大蕭條）。最重要的是，那世界裡沒有書和文學。

《美麗新世界》創造出一個烏托邦的景象，但不論多舒適，我們大多數人都不會想活在那樣的世界。故事中有個「野蠻人」約翰（這名字令人想起盧梭的「高貴野蠻人」），從小在美國印第安人保留區長大，身邊只有一本莎劇作品能讀。這新世界不適合他。他起身反叛，但慘遭毀滅。美麗新世界如常繼續「快樂」下去。這世界不需要高貴野蠻人和莎士比亞。

和布萊伯利一樣，赫胥黎的預測有對有錯。只要看看人類歷史，就可以發現《美麗新世界》中穩定的統一世界永遠不可能發生；這種幻想遠遠超過量尺範圍了。但赫胥黎預測生物科技的干預可能以令人擔憂的方式改變社會，這點倒是驚人的準確。人類基因組圖譜、試管嬰兒（換言之，真的在「玻璃管」中孕育生命）和其他新的生物科技，讓「瓶中嬰兒」的景象化為可能。正如赫胥黎預言，人類已快要能「製造」人類。擁有這力量之後，人類會創造出什麼樣的美麗新世界呢？

・使女的過去和未來

近五十年內，最具爭議的反烏托邦小說是瑪格麗特・愛特伍的《使女的故事》（*The Handmaid's Tale*）。這本書出版於一九八五年，當時美國總統為隆納・雷根。有些人認為，他掌權是因為「宗教右派」支持，指的是基督教基要主義派。這是愛特伍關於女性主義、未來主義者反烏托邦的起點。

《使女的故事》背景設於二十世紀晚期核子戰爭後。基要基督徒統治了美國，並更名為基列共和國。非裔美國人（含姆[130]的子孫）都被消滅了。女性再次屈居下位。同時，男女生孕率大量下滑。少數能生育的女人被指派為「使女」，換言之是任憑男人處置的繁殖者。基列人的使女沒有權利，沒有社會生活，而且都被冠上「屬（主人名）」的奴隸之名。女主角叫屬弗列德（Offred），意思是「弗列德的財產」。她和丈夫、孩子在想逃到自由的加拿大時被抓（這設定算有一點過份愛國，因為愛特伍本人是加拿大人）。屬弗列德被分配給一個勢力強大的男

130《聖經》和《古蘭經》中的人物，相傳為非洲人和亞述人的祖先。

人「司令」（the Commander）。讀到故事結局，屬弗列德似乎逃跑了，但寫法令讀者無法確定她是否成功，留下無限遐思。

要吐嘈愛特伍陰森的預言不難。二〇〇九年起，白宮就出現了一位「含姆的子孫」。你若稱呼蜜雪兒．歐巴馬或希拉蕊．柯林頓為丈夫的「使女」，那我不知該說你是勇敢還是愚笨。但愛特伍的反烏托邦有部分非常正確。舉例來說，美國的宗教壓力團體一再嘗試控制女性生育權利。愛特伍那一代的人，是靠著一九六〇年代中期開始確立的女權運動，才贏得她們今天享有的大多數權利。她在二十五年前提出的問題，至今仍和社會息息相關，因此她的小說依然能引起共鳴。

．喬治．歐威爾錯了嗎？

現代最具影響力的反烏托邦小說，莫過於喬治．歐威爾的《一九八四》（*Nineteen Eighty-Four*）。影響力之大，英文中還多了「歐威爾式」（Orwellian）一字。這部小說構思於一九四八年。有些人說，它的內容不只是關於書名所指的未來，也關於作者寫作的時空。當時英國剛走出第二次世界大戰，元氣大傷，人民生活困苦。艱苦的日子彷彿無止無盡，永遠無法翻身。但歐威爾觀點中有更大的目標。那場大戰對抗的是「極權主義」國家和他們大權在握的獨裁者，包括德國、義大利和日本。最後勝出的聯軍都是「民主國家」。但聯軍的東方夥伴「蘇聯」正如戰前的德國，也是個極權國家。在戰爭如火如荼之際，這不重要。邱吉爾說，要是路西法反希特勒，他也不介意和惡魔聯手。但戰爭之後呢？

歐威爾預言未來世界將出現數個極權超級大國，施行蘇聯式獨裁。小說中，英國是「機場跑道一號」（Airstrip One），屬於超級大國「大洋國」（Oceania）的一省。國家採極權統治，由一個像史達林的獨裁者統治（像到甚至連著名的鬍子都一樣），那人叫做「老大哥」（Big Brother），他到底真實存在，還是純屬虛構，沒有人能確定。歐威爾小說的原標題為「歐洲最後一人」（The Last Man in Europe）。這最後一人是小說主角溫斯頓・史密斯（Winston Smith）。他被「再教育」之後，注定要被社會清算。國家富強一如過往，將萬世流芳。

《一九八四》預言的未來全都錯了。他預言未來社會生活將持續困苦難熬。但和他寫小說的一九四八年相比，一九八四年社會一片富饒，最後的極權超級強國蘇聯（小說裡稱之為「歐亞國」）也在一九八九年瓦解了。歐威爾簡直大錯特錯。但從另一個角度來看，「歐威爾式」的未來漸漸實現了。

我們來看一個「歐威爾式」精準度的範例。歐威爾像布萊伯利一樣，深受電視所吸引。但他心想，要是電視能監視你呢？這種雙向的電視正是《一九八四》中「黨」控制人民的主要方式。這世上哪個國家閉錄電視監視器最多呢？你已經猜到了，正是「機場跑道一號」。如他所料，我們正活在「歐威爾式」未來之中。

· 31 ·

魔術箱

以複雜敘事挑戰讀者

虛構故事除了娛樂之外，也有其他功用，例如指導的功能。我們許多人所知的科學，一開始可能是從閱讀科幻小說而來的。小說能啟發並改變思維，例如《湯姆叔叔的小屋》便改變了美國人對奴隸的想法。小說能宣傳政黨的核心概念，例如現在英國保守黨的中心信念，在一九四〇年代便曾由班傑明．迪斯雷利（Benjamin Disraeli）寫成一系列小說。如果找對標的，小說也能促成迫切的社會改革，例如二十世紀初，厄普頓．辛克萊[131]的小說《魔鬼的叢林》（*The Jungle*, 1906）述說的是肉品加工業的可怕故事，最後促成了肉品檢疫的立法。除了作為搭飛機或床前熄燈前的消遣，小說的作用其實數也數不清。

安東尼．特洛普[132]被人問到，他所有的小說有什麼用時（他出版了近五十本小說），這位偉大的維多利亞小說家回答，他的書能指導年輕女孩，當愛她們的男人求婚時，她們該怎麼接受。表面上，特洛普的回答好像很隨便，事實上不然。我們閱讀小說時，確實會學到不少能幫助生活的事。在最崇高的層次上，文學甚至能闡明何謂人生中最重要的事物。小說家要是功力至此，通常有可能贏得諾貝爾文學獎（詳見第三十九章）。

例子著實不少，但虛構故事最有趣的地方，包括探索故事本身，跟故事玩遊戲，測試故事的界限和技巧。虛構故事是文學類型中最有自我意識，也最有趣的一種。在這一章，我們將一窺虛構故事的「魔術箱」。你可稱之為關於小說的小說。

---

131 厄普頓．辛克萊（Upton Sinclair, 1878-1968），美國作家，作品多元，著名作品為《魔鬼的叢林》，《石油》一作也被改編成電影《黑金企業》。

132 安東尼．特洛普（Anthony Trollope, 1815-82），維多利亞時代英國小說家，著名作品為一系列的《巴塞特郡紀事》（*Chronicles of Barsetshire*），巴塞特郡是個虛構的地點。

‧如何將一切裝入行李箱

我們認為，小說技巧的探索是現代才發展出來的。一般而言的確如此，但我們也能在十八世紀，小說剛成為主流文學形式時找到例子。最具代表性的作家是勞倫斯‧斯特恩。評論家形容斯特恩寫的虛構故事為「自我指涉」。彷彿作家不斷在問自己：「我現在到底在寫什麼？」

勞倫斯‧斯特恩的偉大作品《項狄傳》（*The Life and Opinions of Tristram Shandy, Gentleman*, 1759）有如泥鰍一般難以捉摸。一旦你陷進去，便會無可救藥地深受吸引。斯特恩的小說不斷自我調侃，並設下無數謎題給讀者解謎，當中最高明的就屬今天我們常說的諺語：要如何將一公升的酒裝入一品脫的杯子裡？（答案是無解）

斯特恩寫作時，小說仍是名副其實的新東西，才剛開始踏上這條一路通往後現代階段的漫漫長路（後現代主義，大概可以說是現在小說實驗的最先端）。但《項狄傳》的作者預先看到所有人寫小說的基本問題：究竟要如何把一切都納入小說中？答案是根本辦不到。斯特恩書中的敘事者是崔斯壯（Tristram），他是斯特恩本人比較俏皮的版本，娓娓道出自己的一生。虛構故事中，這算典型的方式。崔斯壯一開口，自然打算細說從頭。但崔斯壯發現，要說明他如何成為現在的他，他必須不斷往前追溯。於是他一路從兒時、受洗（為何他的名字怪里怪氣的？他在受洗那一段聊了好久），從出生追溯到受孕，也就是精子遇上卵子那一刻。等到他好不容易回到生命的原點，發現小說篇幅已經寫了大半。再無奈，也就這麼回事。他的小說之路一起步便摔了個筋斗。他感傷地作結：

到這個月，我又老了一歲，離去年此時又過了十二個月。如你所見，我已經幾乎寫了兩本半（本書出版時多達十二冊）。講到這裡，連我人生的第一天都還沒說完。這代表從我提筆那一刻起，現在我又多了三百六十四天的人生要寫。

換言之，崔斯壯度日的速度，比他記錄的速度還快三百六十四倍。他永遠趕不上。

小說之旅即將開始，小說家必須趕緊將必要元素全打包進小說裡，卻發現得有十個行李箱才裝得下所有衣服。聰明狡黠的斯特恩把玩的這個問題從來沒被解決——他其實也不想解決。為了娛樂我們，他不斷和「不可能」嬉戲。其他小說家若是對藝術抱持雄心壯志，無不絞盡腦汁擬定各種進行篩選、設計象徵、刪節濃縮、組織結構、呈現表述的方案，設法解決「如何將一切裝入行李箱」的問題。總而言之，這是虛構故事的藝術。更精確地來說，是虛構故事的技術。當然，這正是斯特恩的重點。

・說故事的是誰？

這一章叫作「魔術箱」。讓我們來看看幾本小說家為求好玩、逗弄讀者的腦袋，進而創造出的虛構小設計。我們可以從另一個基本的問題著手。書本的敘述中，通常都有個敘事者來「說故事」。那人是誰？作者嗎？有時是，有時顯然不是。有時我們不確定。例如，簡愛不是夏綠蒂・勃朗特，但不論生平或心理上，作者和女主角兩人之間有明顯的連結。

但是像J・G・巴拉德[133]《超速性追緝》（*Crash*, 1973）這樣的現代小說呢？書裡主角叫詹姆士・巴拉德（James Ballard），生性變態，熱愛車禍和車禍中肉體的暴露和傷害。這算是自白嗎？不。作者不是在「和」讀者玩一場非常高明的文學遊戲，而是用它來「挑戰」讀者。它其實很像兩個朋友在下一盤旗鼓相當的棋。

巴拉德最有名的虛構故事作品是《太陽帝國》（*Empire of the Sun*, 1984），全多虧了史蒂芬・史匹伯的改編電影得了奧斯卡金像獎。故事描述一個小男孩於二戰爆發時在上海和父母失散，最後來到了集中營。這段可怕的經歷將形塑（扭曲？）他的個性，影響一生。主角也叫作詹姆士，而他的經歷正和作者詹姆士・巴拉德自傳中所寫的不謀而合。所以，這是虛構故事嗎？我們現在讀到的「詹姆士」便等於作家「詹姆士」嗎？是，也不是。小說暗示，別試圖釐清兩者。所見即所得。

133　J・G・巴拉德（J. G. Ballard, 1930-2009），英國作家，一九六〇年代新浪潮科幻代表人物，著名作品為《太陽帝國》、《衝撞》。

布雷特・伊斯頓・艾利斯[134]在他的小說《月亮公園》（*Lunar Park*, 2005）做得更絕了。書中主角叫布雷特・伊斯頓・艾利斯（書裡他是個卑鄙的傢伙），正被作家早期聲名狼藉的小說《美國殺人魔》（*American Psycho*）中的性愛殺人狂追殺（懂嗎？沒關係，我也不懂）。作者艾利斯進一步設計，讓小說中的艾利斯娶一個虛構的電影明星珍・丹尼斯，並為她架設了一個寫實的網頁，結果害許多讀者上當。馬丁・艾米斯[135]也和他一般狡猾，在他的小說《錢：自殺遺書》（*Money: A Suicide Note*, 1984）運用同樣的技巧：書裡主角叫約翰・自我（John Self），他和馬丁・艾米斯交了朋友，結果馬丁好意勸「自我」，如果他繼續這樣我行我素，下場會很慘。可能會自殺。

多年來，好幾位作家從狗的角度敘述故事。朱利安・巴恩斯技高一籌，在他應該是小說的《十又二分之一章的世界歷史》（*A History of the World in 10½ Chapters*, 1989）第一章中，敘述者是諾亞方舟上的一隻蛀蟲，相當荒唐古怪。

・戲耍小說結構

小說家現在個個都是小說結構專家。他們熱愛拆解一切，用各種不同的方式將著作重新拼裝。有時他們會把拼裝的工作全交給讀者。例如約翰・符傲斯[136]在

134 布雷特・伊斯頓・艾利斯（Bret Easton Ellis, 1964-），美國作家，小說內容常會和其他小說連結，風格以諷刺為主。

135 馬丁・艾米斯（Martin Amis, 1949-），英國作家，風格荒謬諷刺，作品內容主要表達西方社會過度資本化下的情況。

136 約翰・符傲斯（John Fowles, 1926-2005），英國作家，繼承現代主義，又開創後現代主義，作品受沙特和卡繆影響，著名作品為《法國中尉的女人》。

他新維多利亞風格的「新浪潮」小說《法國中尉的女人》（*The French Lieutenant's Woman*, 1969）中，給了讀者三種不同的結局。伊塔羅·卡爾維諾[137]的《如果在冬夜，一個旅人》（*If on a Winter's Night a Traveller*, 1980）給了讀者十種不同的開頭，考驗讀者敏不敏銳。他們是否和說故事的他一樣敏銳呢？《如果在冬夜，一個旅人》開頭寫著：「你正要開始讀伊塔羅·卡爾維諾的新小說《如果在冬夜，一個旅人》。放輕鬆。」好笑的是，你看了根本無法放鬆，他在對你做的事，後現代評論家稱之為「陌生化」（defamiliarisation）。此舉令人不安。

卡爾維諾在開頭章節繼續為「你」設想，思考該用什麼坐姿看這本書比較理想。小說建議：「古時候的人會站在誦經台上讀。」但這次何不試試看坐在沙發上，墊著靠枕，桌上放一包香菸和一壺咖啡呢？你會需要的。你恍然大悟，在閱讀的這場戲中，「你」化為演員，而不是觀眾。卡爾維諾在小說最後，讓主要角色要讀者「關上床頭燈，上床睡覺」。再繼續讀下去也沒意義了。「等一下，」讀者（也就是你）會心想：「我快看完伊塔羅·卡爾維諾的《如果在冬夜，一個旅人》了。」但卡爾維諾真的寫完了嗎？不。某方面來說，他從未起筆。

美國的保羅·奧斯特（Paul Auster）也是卡爾維諾式巧思的大師。他的成名作《玻璃城》（*City of Glass*, 1985）是個背景設在紐約的「形而上偵探故事」。故事開始於一通半夜的電話：「一切都是從一通打錯的電話開始。寂靜的夜裡，電話響了三聲，話筒另一邊要找的人不是他。」我們後來發現，他要找的人是「奧

137 伊塔羅·卡爾維諾（Italo Calvino, 1923-85），義大利作家，風格充滿幻想，著名作品為《看不見的城市》和《如果在冬夜，一個旅人》。

斯特偵探事務所的保羅．奧斯特」。接電話的人是三十五歲的作家丹尼爾．昆恩（Daniel Quinn）。昆恩自己也搞不懂為什麼，但他心血來潮，決定假裝自己是保羅．奧斯特，接了這個案子。接下來，事情當然愈來愈棘手。

・不可能皆為可能

魔術師來到舞台，準備變魔術。他說：「我下一個魔術要化不可能為可能。」然後他做到了，他從帽子抓出十二隻兔子，或把助手鋸成兩半。愛看故事的人在具「巧思」的小說家作品中也能得到同樣的驚喜，但有時技法暗藏更深一層的重要性。湯瑪斯．品瓊（Thomas Pynchon）的後現代經典——瞧，「現代」和「經典」放一起，搞得我們語言多矛盾——《萬有引力之虹》（*Gravity's Rainbow*, 1973）中，故事設在二戰的最後幾個月，開場描繪一個寫實的倫敦，敘述生動，極為精準。除了一件事之外。雖然一九四四年末，德軍的V2火箭確實曾轟向倫敦，但書中美國大兵英雄斯洛羅普（Slothrop）不論身在何處，只要一性興奮，火箭便會炸向那裡。他的性欲居然能控制火箭的目標。當然，這是妄想症。當你腦袋出了這問題，便會覺得世上一切都偷偷針對著你。品瓊對妄想症十分著迷。簡而言之，那便是這本小說的「主題」。

除了品瓊之外，美國另一個作家唐納德·巴塞爾姆[138]的把戲便直接多了。他的眾多短篇故事，根本可以收錄進專門惡搞其他作品的《瘋狂雜誌》（*Mad*）中。其中一個故事裡，知名的大金剛受聘到美國大學當「藝術史助教」。巴塞爾姆最著名的故事，取材自白雪公主童話（源自德國，後來由華特·迪士尼做了非常著名的重新改編）。他將美麗的女主角變得非常不少女，內容令人捧腹大笑，但在此同時，巴塞爾姆也瓦解了我們傳統上對於文學的看法。其他小說家曾經真的將小說「瓦解」，例如B·S·強森[139]的《不幸者》（*The Unfortunates*, 1969）。這本書出版時是一盒分開的紙頁，讀者可以依個人喜好排列書頁順序。真是一個名符其實的魔術箱。《不幸者》把圖書館員都逼瘋了。讀者也是。

這種巧妙的小說非常聰明，也需要讀者的聰明才智。如果我們研究一下過去三百年來虛構故事讀者群的演變，會發現故事是如何加入了遊戲精神。小說能帶給人無數歡欣，這種巧思也不在話下。勞倫斯·斯特恩是對的。

---

138 唐納德·巴塞爾姆（Donald Barthelme, 1931-89），美國後現代主義小說家，作品多為短篇作品，風格破碎、片段，擅於拼貼，並提倡自由寫作。

139 B·S·強森（B. S. Johnson，1933-73），英國實驗性作家，作品橫跨小說和影視作品。

· 32 ·

書頁之外

電影、電視和舞台上的文學

如你所知，「文學」是文字所構成。換言之，是書寫或印刷的文字，讀者會以雙眼觀看，並由腦袋解讀。但文學往往以不同的形式，透過不同管道和感官「傳播」給我們，在現代尤其是如此。

我們再來假設一下。如果你跟H．G．威爾斯借了時光機，把荷馬帶到現代，給他看以他的史詩《伊里亞德》為本「改編」（電影標題與片尾字幕都這麼說）的電影，二〇〇四年由布萊德．彼特主演的動作史詩片《特洛伊：木馬屠城》，他會怎麼想？他會同意電影中的元素具有「荷馬風格」嗎？

如果你在十九世紀稍作停留，去接珍．奧斯汀（這變得有點像《阿比和阿弟的冒險》[140]，但我們繼續吧），這位《傲慢與偏見》的女作家會怎麼看以她的小說改編的眾多電視影集和電影？她一生只賣出幾百本書，她會開心自己死去兩個世紀之後，擁有上千萬讀者嗎？還是她會覺得受辱，氣呼呼回答：「先生們，別亂搞我的小說！」而時光機的主人H．G．威爾斯，當他知道自己一八九〇年代寫的時空之旅短篇作品，居然改編了三部電影（還有許多衍生作品），他會怎麼看待？他會說「未來終於來了」，還是「這根本不是我的意思」？

「改編」簡而言之，是文學被另一種科技回收再利用，從原始的文本（通常是印刷品）之中重生。現在喜歡用的字眼是「版本」（version）。文學史上，大家可以看到各式各樣成果豐碩的版本。回溯前幾章，我們可以說，仰賴馬車運輸系統的街頭神祕劇，「改編」了聖經的故事。狄更斯當年也快被它搞瘋，因為《孤雛淚》

140《阿比和阿弟的冒險》（*Bill & Ted's Excellent Adventure*），一九八九年電影，描述兩人穿梭時空了解歷史，並將古人帶到現代。

有十多部舞台改編作品，不僅壓縮了小說的市場，他從製作人那兒也拿不到一毛錢。「我們只是『改編』你的作品，狄更斯先生。」盜版戲劇製作人可能是這樣答覆他。大歌劇（Grand opera）也會將經典文學作品改編成完全非文學的娛樂（歌劇「版本」），例如董尼才蒂（Gaetano Donizetti, 1797-1848）的《拉美莫爾的露琪亞》（*Lucia di Lammermoor*），改編自華特．司各特的《拉美莫爾的新娘》（*The Bride of Lammermoor*），還有威爾第的《奧泰羅》（*Otello*，改編自莎翁的《奧塞羅》）。

例子舉不完。來到二十世紀時，改編市場瞬間變大，因為最具影響力的改編版本出現了——電影。電影曾被稱為「有感的夢」。打從一開始，電影便消化再吐出大量文學作品，投數百萬觀影者所好。例如，一八九七年，伯蘭．史托克（Bram Stoker）是當時的偉大演員亨利．歐文（Henry Irving）專屬劇場總監，決定寫一部關於吸血鬼和外西凡尼亞的哥德羅曼史。他從來沒去過那裡，但看過不少關於該地的有趣書籍。吸血鬼在民間傳奇故事中十分常見，哥德羅曼史在低下階層也一直有市場。史托克的小說《德古拉》（*Dracula*）銷量不怎麼好，直到它在一九三〇年改編成電影《不死殭屍：恐慄交響曲》（*Nosferatu*）。

從那時起，出現了超過一百部德古拉電影。德古拉成為「品牌」，吸血鬼羅曼史成為獨立類型。沒有史托克的小說，就不會有史蒂芬妮．梅爾（Stephenie Meyer）的《暮光之城》（*Twilight*）三部曲，或同樣暢銷的電視影集《噬血Y世代》（*The Vampire Diaries*）。有人說，改編有時可能會矮化文學原作（不是說史托克的小說在今日銷量不高，事實上它根本賣翻天了）。像《德古拉》這樣的虛構作品，足以構成一個跨國企業了。

・探索與發展

一般而言，改編文學有三項動機。首先是利用「好東西」順勢賺錢。動機不是追求藝術，而是利益。這是許多電視影集問世的原因，而在一百年前，改編狄更斯小說的劇作家也只是為了錢。第二個動機是要尋找、開拓新的媒體市場和觀眾。安東尼・特洛普覺得自己的小說賣一萬本便算很好了，但他的作品改編的電視劇，光在英國便有五百萬以上的觀眾。文學書要能達到這數字極為罕見。J・K・羅琳的銷量有成千上百萬本，但《哈利波特》電影有上億人看過。改編能幫助文學突破所有限制。

第三個動機是去探索和發展原始文本暗藏或遺漏的內容。詹姆士・菲尼莫・庫柏的《最後的摩希根戰士》從一八二六年出版後便一直是美國經典作品。它的一九九二年改編電影（第十部銀幕改編），由丹尼爾・戴路易斯主演「鷹眼」，內容更深入刻畫了何謂殲滅美國原住民「國家」。藉著改編和其中增添的面向，電影能讓小說變得更複雜和豐富。就這個例子來說，這部電影相當傑出。讀者再次回頭閱讀庫柏的作品時，思考會更深刻。

我們來看看珍．奧斯汀，她是現代最廣泛被改編的「經典」小說家，看完這個例子我們就能明白了。她的小說《曼斯菲爾德莊園》是描述一群貴族的故事，住在一棟巨大的鄉間莊園裡。那棟房子象徵著英國，好幾代以來，莊園都衣食無虞。但支持莊園的錢從哪兒來呢？奧斯汀沒有提供解釋，但我們知道主人湯瑪士．勃特朗爵士曾去西印度群島經營家族蔗田。奧斯汀這本小說的一九九九年電影版本，是由派翠夏．羅斯瑪（Patricia Rozema）執導，她特別強調了曼斯菲爾德莊園的財產是來自奴隸和剝削。法國小說家巴爾扎克曾說：「巨大財富背後必然隱藏著巨大的罪惡。」優雅、內斂、典型的「英國」曼斯菲爾德莊園，背後藏有泯滅人性的罪惡，這點確實值得討論，羅斯瑪的電影便提出了質疑。這是個極具爭議的論點，但話說回來，電影豐富了我們對原著小說的反應，而且令人大開眼界。（那是什麼聲音？奧斯汀小姐在溫徹斯特座堂的墳中翻身啊）

接下來看兩部關於奧斯汀的幻想作品。二〇〇八年電視影集《珍愛奧斯汀》（*Lost in Austen*）中，年輕的女主角亞曼達．普萊斯（Amanda Price）發現自己穿越時空，來到《傲慢與偏見》的世界，並介入了伊莉莎白和達西的關係，引發不少笑料。影集改編的手法輕快（我們合理懷疑，奧斯汀本人可能也會覺得很有吸引力），並且相信看這影集的人都知道這小說。

《珍愛奧斯汀》玩弄文學元素，是從網路上書迷的同人風潮中汲取靈感。例如「彭伯利共和國」（Republic of Pemberley）網站會邀請「珍迷」為自己最喜愛的小說寫支線或擴充（比方說，達西的結婚生活會是什麼樣子呢？）但《珍愛奧斯汀》背後有個較嚴肅的問題：經過了好幾世紀，小說中和我們現在過的生活（尤其是感情生活）還有多少相關？一九九五年電影《獨領風騷》（*Clueless*）天馬行空將愛瑪．伍德豪斯搬來現代，化身為面對種種兩難問題的南加州「山谷女孩」。這部喜劇電影提問：奧斯汀作品中有什麼是「普世共通、不受時間限制」的呢？

．再詮釋，還是扭曲原著？

文學改編有個核心問題，那就是改編對原作是否有幫助（我覺得前面舉的例子都是有幫助）。一九三九年，山謬．戈德溫公司（Samuel Goldwyn）製作了一部好萊塢電影版的《咆哮山莊》，票房極佳。希斯克里夫是由當時最偉大的舞台演員勞倫斯．奧立佛飾演，他的表演也堪稱經典。但電影大量刪節了原書的故事，並改成圓滿大結局。當然，電影讓許多人回頭找原著來看，閱讀了真正的故事，但對於許多不曾讀過、也永遠不會讀小說的觀眾來說，這難道不算糟蹋了一部偉大的文學，或是幫倒忙嗎？結論是，「忠實」在藝術中就跟在感情生活中一樣難以捉摸。

同一年，一九三九年，米高梅公司隆重出品了電影《亂世佳人》（*Gone with the Wind*，上百萬影迷會簡稱它為GWTW）。這部電影在投票中經常被選為史上最棒的電影，在商業上也仍是世上獲利最高的影片之一。電影是由瑪格麗特．米契爾[141]在三年前出版的原著小說所改編，是這位低調的女性出版的唯一小說，書中有一段浪漫的故事。米契爾出生於一九〇〇年，從小在喬治亞州的亞特蘭大市長大，家族住在那裡好幾代了。城裡一些老人仍能記得內戰的事，當年南軍悲慘大敗，甚至有更多亞特蘭大人記得所謂「戰後重建」的可怕餘波。

瑪格麗特是個年輕記者。她在工作時摔斷腳踝，躺在床上休養時開始寫起「內戰小說」。她的丈夫替她找來必要的研究資料，而她趁這幾個月在床上的時間完成了作品。康復後，她把手稿收到櫃子裡，這一放就是六年。要不是米契爾在一九三五年奉命招待一位出版商參觀她的家鄉，這部作品可能永遠不會問世。那位出版商在找新書，當她不經意提到自己的小說，他便說服她，讓他看看塵封的稿子。《飄》立即被採用並馬上出版，宣傳也鋪天蓋地。它一躍成為暢銷書，文宣上寫著「一百萬美國讀者不可能瞎了眼。快來讀《飄》！」小說在暢銷書榜待了兩年，並贏得普立茲獎。米契爾以五萬美元將電影版權賣給米高梅，改編成《亂世佳人》，由大衛．賽茲尼克（vid O. Selznick）執導，運用了特藝彩色的全新處理法，主角是費雯麗（Vivien Leigh），以及克拉克．蓋博（Clark Gable）。

雖然《飄》仍是非常熱門的作品，但一百個看過《亂世佳人》的人，只會有

141 瑪格麗特．米契爾（Margaret Mitchell, 1900-49），美國小說家暨記者，一九三七年獲普立茲獎，代表作品為小說《飄》。

一位讀過原著。電影「忠實」於原著嗎？不，沒有。米高梅有照著米契爾的大致劇情架構走，但認同三K黨的情節被簡單帶過。主角白瑞德原本因為一個自由黑人侮辱白人女人而殺了他，電影中也將這段劇情刪除。他們將這本敏感小說的「敏感處」去除了。對推崇這本書的讀者來說，那些情節非常重要。

反對改編還有一個合理的理由。不同於許多小說家，珍・奧斯汀（我們又來叨擾她）從未清楚描寫男、女角色的樣貌，例如我們只知道愛瑪・伍德豪斯有雙褐色的眼睛。這是奧斯汀文學技巧上的決定，任由讀者自己去打造主角形象。但若你看了一九九六年的改編電影《艾瑪姑娘要出嫁》，葛妮絲・派特羅的臉在你重看小說時可能會隱隱約約不斷浮現。那張臉很美，但不是奧斯汀的本意。

義大利有句諺語：翻譯就是背叛（Traduttore, traditore）。比起翻譯，改編勢必更扭曲原著嗎？還是一種補強？也許這是一種詮釋，能幫助我們補強對原有文本的理解？或是能讓我們回頭讀原著？當然，上述一切都可能是改編的功能。不過，最有趣的問題是：隨著科技進步，改編將走向何方？在不遠的未來，若我們能靠新科技進入以我們感興趣的文學所造就的虛擬世界，以感官體驗一切（包括眼耳鼻手），那會發生什麼事？若我們不只是旁觀，而是真的可以參與奧斯汀的世界呢？想到便令人興奮。但話說回來，奧斯汀小姐知道的話恐怕不見得開心。

· 33 ·

荒謬的存在

卡夫卡、卡繆、貝克特、品特

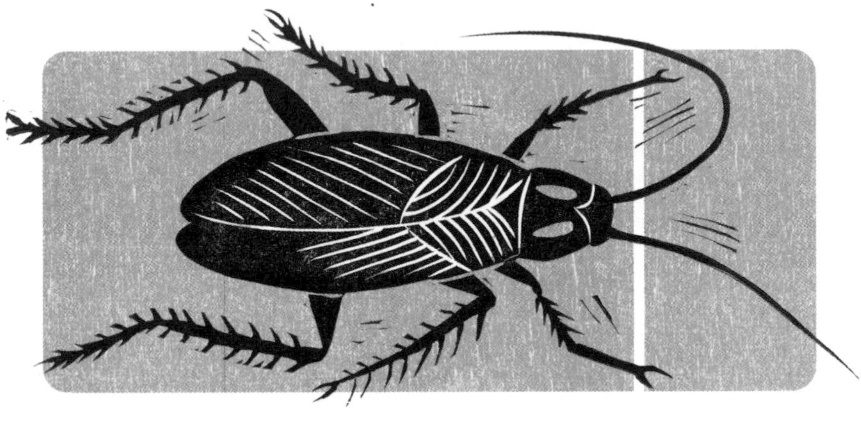

如果你要列一張清單，舉出文學作品中最扣人心弦的開場，以下這段一定會擠進前十名：

一天早上，格勒果．薩姆沙（Gregor Samsa）從一場不舒服的夢中醒來，發現床上的自己變成一隻大蟲。

這段是出自法蘭茲．卡夫卡（Franz Kafka, 1883-1924）的短篇小說《變形記》（*The Metamorphosis*）。我們看不看這句話，或看不看他作品，卡夫卡大概一點都不在意。他吩咐朋友兼遺囑執行人馬克斯．布洛德（Max Brod）在他死後把他的遺作全燒了，不想讓任何人讀到。他四十歲便早早死於結核病。幸好布洛德違背他的指示。即使卡夫卡不願意，卡夫卡仍向我們說話了。

對卡夫卡來說，人類的處境不只悲慘又令人難過——它還很「荒謬」。他相信人類是「上帝心情不好時」創造出來的，想為人生找出意義是「沒有意義」的事。矛盾的是，正是因為無意義，我們才更能進入他的作品，像是《審判》（*The Trial*，關於一場法律「程序」，但實際上毫無用處）或《變形記》，意義都能任個人解讀。例如，評論家曾經認為格勒果．薩姆沙變成蟑螂具反猶象徵，嚴肅預告世人將以犯罪的方式根絕這「害蟲般」的種族（卡夫卡是猶太人，比阿道夫．希特勒大幾歲而已）。作家通常能比其他人預先看出未來。《變形記》出版於一九一五年，有些人也認為，這本書在預示一九一八年第一次世界大戰結束後的奧匈帝國崩解。卡夫卡是偉大遼闊的奧匈帝國的子民，和同胞們一同生活在布拉格中心的波希米亞地區。某天他們醒來，發現自己的身份就這樣消失了。也有人認為故事是反應卡夫卡和身為粗鄙商人的父親之間的衝突關係。每一次他緊張地把作品給父親看，最後都會原封不動退回來。這名父親唾棄自己的兒子。

這些「意義」都不成立，因為卡夫卡的世界並未奠基於任何宏大或潛藏的道理之上。然而，荒謬文學仍有一項重大任務：堅持文學就跟其他一切事物一樣，毫無意義。卡夫卡的追隨者，劇作家山繆．貝克特說得好，他說作家「無所表達，無從表達，無力表達，無欲表達，也無義務表達」。

接下來，我們來看卡夫卡最後也是最好的一本小說《城堡》（*The Castle*）的開頭：

> K到的時候天色已黑。村莊陷入皚皚白雪之中。舉目看不到城堡座落的山丘，濃霧和黑暗包圍了它，那麼大一座城堡，卻連一絲稀微的光線也見不著。K在通往村莊大街的木橋上站了許久，朝上凝望著那看似空無一物的遠方。

每一句話都散發著謎團。「K」是個名字，但也不算名字（是「卡夫卡」的簡稱嗎？）。時間是夕暮，也就是白晝和黑夜的交界。K站在橋上，停在外面世界和村莊之間的空間。濃霧、黑暗和雪遮蔽了城堡。K的前方除了「茫茫一片」，真有什麼嗎？我們不知道他來自何處，也不知道他來這裡的原因。他永遠到不了那座城堡。他甚至不確定城堡是否在那裡，但那是他想去的方向。

卡夫卡是以德文創作，一生在文學界默默無聞。他身體孱弱，在故鄉布拉格的一家國家保險辦公室上班（據說他的工作表現很稱職）。他研讀法律，但就職業來說，他就是官僚。女人和家人關係都是他痛苦的根源。他在才華完全發揮之前便死了，他死後好幾十年，在德文文學史上也只是個無名的註腳。

一九三〇年代，他已死去多年，他的作品英譯本陸續出現（《城堡》是第一本）。他的作品啟發了一些作家，但大多數讀者看了只覺得一頭霧水。二戰之後，他的作品再次復活，並促成一股重大文學風潮，這次不是在布拉格、倫敦或紐約，而是巴黎。

・人生，徒勞無功

一九四〇年代，在法國存在主義者那個沒有神的宇宙裡，卡夫卡被賦予領頭人物的地位。這股哲學思潮引發了一九六〇年代的「卡夫卡革命」，當時大家發現世界不是走向歐威爾，便是走向卡夫卡，也可能同時並進。卡夫卡不再令人困惑，他說明了一切。他的時代來了。

阿爾貝・卡繆（Albert Camus, 1913-60）在他最為人熟知的文章〈薛西佛斯神話〉（The Myth of Sisyphus）裡，開宗明義表示「世上唯一重要的哲學問題是自殺」，呼應著卡夫卡陰沉的格言：「領悟的初兆便是想死的願望。」生命毫無意義，何不自殺呢？卡繆的文章將人類的處境比喻為神話中的薛西佛斯，他受神懲罰，要推一塊石頭上山，但那塊石頭快到山頂時一定會再滾下。徒勞無功。薛西佛斯面前只有兩條路：自殺或反叛。卡繆在〈薛西佛斯神話〉附上一篇很長的註釋，名為〈法蘭茲・卡夫卡作品中的希望和荒謬〉（Hope and Absurd in the Works of Franz Kafka），紀念啟發他的作家。

卡繆的傑作《異鄉人》顯然深受卡夫卡影響，這本書是在納粹占領和審查下完稿出版。故事發生在阿爾及利亞，名義上屬於法國。開頭十分無情：「母親今天死了。也可能是昨天，我不確定。」法屬阿爾及利亞籍的主角莫梭（Meursault）對此事毫不在意。他什麼都不在意。他坦承他「不習慣注意自己的感受」。他無緣無故射殺了一個阿拉伯人。即使性命攸關，他也根本懶得想個理由為自己辯護，於是他唯一的解釋是那天太熱了。他走上了斷頭台，就連此時，他也一點也不在意。他希望目睹處刑的群眾會嘲笑他。

卡繆的哲學同伴之中，尚—保羅・沙特最清楚卡夫卡對小說的陳規造成多強烈的衝擊。沙特在小說《嘔吐》（*Nausea*, 1938）中偏題時提到，一般而言，小說就是要合理，卻又完全明白人生毫無道理。這份「不誠實」便是小說「祕密的力量」。沙特說，小說是「將假造的意義偷渡到世界的機制」。小說必須存在，但本質上不老實。人生中除了我們發明的「假造意義」之外，我們還擁有什麼呢？

・不能動，去不了任何地方

荒謬的風潮花了很長時間才滲透盎格魯和美國世界。最初是一九五五年八月，山繆・貝克特（Samuel Beckett, 1906-89）的戲劇《等待果陀》第一次在英國倫敦一個小劇場上演。貝克特是愛爾蘭人，長年旅居法國。他會說兩種語言，法國戰後藝文界掀起存在主義風潮，他也沉浸其中。

《等待果陀》的開場是在路邊，角色有兩個流浪漢艾斯特崗（Estragon）和弗拉迪米爾（Vladimir）。我們不知道他們是誰，也不知道他們在哪裡。他們在劇中不停對話，但沒有任何事情「發生」。戲漸漸到尾聲，流浪漢看似做了什麼，卻什麼都沒做。他們在等著一個神祕的人或個體（entity），名叫「果陀」。果陀是「神」嗎？戲的尾聲，一名男孩來到舞台上告訴角色果陀今天不會來了。艾斯特崗問弗拉迪米爾他們要不要走了，弗拉迪米爾回答：「好，我們走吧。」劇本的最後一個舞台指示是「他們沒有移動」。

一九五〇年代中期，《等待果陀》對於英國劇場和文化的衝擊不容質疑。受這部戲影響最大的也許是一位演員，他曾在某地的定目劇場演出《等待果陀》。那名演員是哈洛・品特（Harold Pinter, 1930-2008），從演出貝克特的劇作，變成承認受貝克特影響的劇作家。他後來也像貝克特一樣，榮獲諾貝爾文學獎。

品特的生涯突破劇作是《看門人》（*The Caretaker*, 1960），場景是一間破爛公寓，主要角色有三人：一對兄弟，以及不相干的流浪漢麥克・戴維斯（Mac Davies）。兄弟檔的其中一位叫艾斯頓（Aston），腦子因為接受電療而受損。這一小群人打算做些事情：蓋一間花園小屋，做些修理房子的瑣碎工作。但他們成天爭吵，啥都沒做。麥克一直想去附近的政府辦公室拿他的資料，始終沒有拿到。他們沒有一個人達成計畫，就像艾斯特崗、拉迪米爾一樣離不開路邊。《看門人》的台詞處處有貝克特的影子，但品特也運用沉默，發展出獨特的表現方式。對話中的停頓不知不覺累積不安的氣氛。品特是「懸疑」藝術大師。

最喋喋不休的劇作家湯姆・史塔佩[142]，以創意和妙語如珠的劇作，呼應貝克特作品中胡鬧的部分。史塔佩第一部劇作是《君臣人子小命嗚呼》（*Rosencrantz and Guildenstern Are Dead*, 1967），對話精妙，令人驚豔。故事圍繞在《哈姆雷特》兩名背景角色身上，他們也像拉迪米爾和艾斯特崗一樣，沒在移動。其實他們是不能動。他們只是小角色，唯一能做的是聊天，而他們也確實說個不停。

142 湯姆・史塔佩（Tom Stoppard, 1937-），英國劇作家，劇作橫跨廣播、舞台和電影。

史達佩在本劇與後來其他作品中的玩鬧風格，在某些方面是乞靈於偉大的劇作家路伊吉．皮藍德羅[143]和其劇作《六個尋找作者的劇中人》（*Six Characters in Search of an Author*, 1921）。對史達佩而言，打諢插科的對話和心理遊戲等同於沙特對小說的主張，是「將假造的意義偷渡到世界的機制」。但在史達佩作品中，一切都很有趣，不會令人厭惡或不安。荒謬也有令人捧腹大笑的一面。

・憤怒青年丟石頭

無論何時何地，文學千變萬化，也無法一體適用。荒謬劇場是一項創舉，但也非常「前衛」（avant garde），而且發展在歐洲，只有少數作家和一小票觀眾。同一時間，英國劇場出現極端貼近現實的新風格，內容不荒謬，而是充滿憤怒，風潮一開始便吸引了大批觀眾，尤其是年輕人。在英國劇場界開啟這新一波浪潮的作品，是約翰．奧斯伯恩[144]的《憤怒的回顧》（*Look Back in Anger*）。它首演於《等待果陀》後一年（一九五六年），從非常不同的角度打動觀眾。

奧斯伯恩的主角吉米．波特（Jimmy Porter）不是薛西佛斯的角色，反而是所謂「憤怒青年」，對一九五〇年代的英國有諸多不滿——他不是在推石頭，而是在丟石頭。奧斯伯恩和他的朋友們也個個都是憤青。當時英國社會分崩離析。大

143 路伊吉．皮藍德羅（Luigi Pirandello, 1867-1936），義大利劇作家暨小說家，一九三四年獲得諾貝爾文學獎，為現代主義戲劇先河，作品探討人類內心衝突。

144 約翰．奧斯伯恩（John Osborne, 1929-94），英國劇作家，以作品對英國當時社會和政治情況作出批判，影響了劇場發展。

145 亞瑟．米勒（Arthur Miller, 1915-2005），美國劇作家，二十世紀美國戲劇界代表人物，《推銷員之死》贏得普立茲獎和三項東尼獎。

英帝國正在垂死掙扎。英國和埃及因為蘇伊士運河收為國有一事，展開殖民戰爭，最後卻以羞辱收場。英國社會階級像是死亡之手，緊扣住國家的命脈——至少，奧斯伯恩在劇中是這樣主張。他筆下的角色說，王室是腐爛下顎中的金牙。

該劇中，吉米和愛麗森（Alison）住在狹窄的閣樓。她的父親是位上校，在一九四七年印度獨立之前，是印度的殖民地官員。吉米是憤怒的化身。他讀過大學，不過是一間普通的學院（不是「牛橋」〔Oxbridge〕：牛津和劍橋）。他明顯是過著勞工階級的生活，但其實對政治漠不關心。他的憤怒全發洩在愛麗森身上，對她又愛又恨。他愛她的人，卻恨她的階級背景。吉米在怒氣沖天下會痛罵咆哮，卻句句打中人心。我們覺得它會成為革命的燃料，但會是什麼樣的革命呢？劇評家肯尼思・泰南（Kenneth Tynan）稱《憤怒的回顧》為一場「小奇蹟」，代表「戰後年輕人的真實樣貌」。它為一九六〇年代性、藥物和搖滾樂的年輕革命開闢了一條道路

荒謬主義在美國無法紮根，舞台上卻一直有許多憤怒。例如劇作家亞瑟・米勒[145]，他寫的《推銷員之死》（*Death of a Salesman*, 1949）追隨易卜生，抨擊中產階級在資本主義下的虛假生活。田納西・威廉斯[146]和愛德華・阿爾比[147]同樣鄙視婚姻，分別寫了《慾望街車》（*A Streetcar Named Desire*, 1947）和《誰害怕維吉尼亞・吳爾芙？》（*Who's Afraid of Virginia Woolf?*, 1962）。偉大的美國「表現主義」劇作家尤金・歐尼爾[148]留下《長夜漫漫路迢迢》（*Long Day's Journey into Night*），死後

---

146 田納西・威廉斯（Tennessee Williams, 1911-83），美國劇作家，二十世紀最重要作家之一，代表作品為《慾望街車》、《玻璃動物園》等。

147 愛德華・阿爾比（Edward Albee, 1928-2016），美國劇作家，早期是美國荒誕派戲劇家，內容忠實反映當代社會處境。

148 尤金・歐尼爾（Eugene O'Neill, 1888-1953），美國劇作家，風格採寫實主義，一九三六年獲諾貝爾文學獎。

才搬上舞台（首演是在一九五六年），劇中將家庭描繪成另一種地獄。美國劇場可說是找到了自己述說「毫無意義」的方式。

二十世紀文學有好幾件事值得驚奇。最不可思議的是一個微不足道的職員，原本只是在歐洲一灘死水的文化邊疆寫作，也不願將自己作品公開，死後多年卻搖身一變成為世界文學巨擘。當然，法蘭茲・卡夫卡一定會覺得我們大驚小怪，並鄙視我們。

· 34 ·

崩潰之詩

羅威爾、普拉斯、拉金和泰德·休斯

一八〇〇年十月初早晨，詩人威廉・華茲華斯在他鍾愛的湖區沼澤和山丘散步。前一晚狂風暴雨，現在陽光普照。如今是全新的一天，也是新的世紀。威廉三十歲，正值人生最精華的一刻。他開心地看到野兔向前跑，踩踏著晚上草叢間累積的水窪，濺起一陣水霧，反射出彩虹光暈；要到冬天，水窪才會乾涸。雖然不見鳥影，他卻能聽到雲雀鳴叫。他感到心中洋溢著他所謂的「喜悅」。他「如孩子般快樂」。

活著真好。但一如往常，華茲華斯又陷入憂鬱（他稱之為「黯黯的悲傷」）。他的心情為何忽然轉變？他想起了同時代的詩人，以及他們最終的遺憾下場。「我們詩人啊，」他反思：

> 年輕時起筆滿心喜悅
> 最後卻陷入頹喪和瘋狂。

他想起他的好友柯立芝（雖然天賦異稟，卻沉浸於藥物，只能寫寥寥幾行的短詩）；湯瑪斯・查特頓[149]雖然才華過人，但在被人發現偽造詩作之後，未滿二十歲就自殺身亡；還有羅勃・伯恩斯，因酗酒而早死。這難道是所有詩人都將面對的悲慘命運？這是才華所要付出的代價嗎？

華茲華斯的詩接下來提出關於詩的核心問題。偉大的作品究竟是在「喜悅」

149 湯瑪斯・查特頓（Thomas Chatterton, 1752-70），英國詩人，才華出眾，但終生窮途潦倒，最後自殺身亡，在浪漫派藝術家的畫筆下成為悲劇英雄。

和寧靜下構思創作（為了壓韻，華茲華斯用字是「高興」），還是在絕望、甚至瘋狂之下？

一時之間很難有個簡單的答案，要看你從哪個角度來看。例如，當今最多人背誦的詩，是有五億成員的歐盟盟歌：德國詩人席勒（Friedrich Schiller）所寫、貝多芬譜曲的《快樂頌》。這是從德文翻譯過來的詩（相當生硬的譯法）：

啊朋友，不要再唱這些了！
讓我們合唱更快樂的歌，
充滿更多喜悅！
喜悅是神威的燦爛火花，
是樂土的女兒
在火焰的激勵下
我們踏入祢殿堂。

祢的神力重新凝聚了
習俗所造成的所有分歧，
今後所有人皆為兄弟
在祢溫柔拍動的羽翼下。

・精神崩潰的探索家

生性沒那麼充滿喜樂的人，可能會覺得偉大的詩作不是源自喜悅，而是悲傷。例如，想想T．S．艾略特《荒野》中的詩人形象（詳見第二十八章）。特伊西亞斯（Tiresias）是生命的旁觀者，注定永生，但會不斷變老。他超越性別，雌雄同體。他在單調乏味的生命中看遍世事，而且注定一次次重新目睹。艾略特作品中的詩人形象並未充滿喜悅。詩作背後暗示著這就是人生。但如艾略特另一首詩所言，由於大多數人無法承受現實，所以詩人必須挑起這份責任。

心理學家佛洛伊德認為，偉大的藝術不會出自「正常」身心（如果真有所謂正常的話），而是來自精神官能症。這就好比牡蠣殼內一定要有沙石刺激，牡蠣才會產出珍珠。接下來半世紀中，許多詩人受此概念啟發，他們不只不想逃避，反而想去探索華茲華斯所說的「頹喪和瘋狂」，鑽入珍珠質的層層包覆，找到核心中充滿創造力的沙粒。

這些精神崩潰的探索家——小說家F．史考特．費茲傑羅（F. Scott Fitzgerald）說他們是「瘋子」——刻意逾越艾略特為寫詩設下的黃金法則：「藝術家愈完美，他心中那個受苦的人與創作的心靈之間就區隔愈徹底」。《荒原》的作者相信，詩必須以超然疏離來過濾，才能夠傳達。W．B．葉慈的規定意思差不多，他說詩人必須戴著面具，或者說是躲在「角色」（persona，假定的人格）後面寫詩。他一定不能讓自己沉浸到詩裡，否則就是要成為拉丁文所說的「另我」（alter ego），成為「另一個我」。關於詩（尤其是現代詩），最基本的錯誤便是認為敘述者是詩人。這也是最常見的錯誤。

崩潰鑑賞家以「受折磨的人」（也就是詩人自己）為主題，並在二十世紀晚期成為主流。這是沒有角色面具的詩潮。在這刺激、危險的全新領域中，羅勃·羅威爾（Robert Lowell, 1917-77）是公認的先鋒。他最好的詩作是〈憂鬱中蘇醒〉（Waking in the Blue），這是一首晨詩，也就是黎明之詩，講述他在新英格蘭瘋人院封閉病房的一天之始（主角不是類似特伊西亞斯的人物或面具角色，而是羅勃·羅威爾四世本人）。詩先從一個夜班男護士開始。他是波士頓大學學生，剛才在讀一本教科書，現在趁下班前巡一輪病房。他邊打瞌睡邊讀的書是I·A·理查茲（I.A. Richards）寫的《意義的意義》（*Meaning of Meaning*）。評論家理查茲和艾略特一樣，都支持寫詩必須全然疏離。這段極為諷刺，因為羅威爾這首詩完全是從個人角度書寫。他本人就在醫院裡，已經清醒，正從碧藍的窗戶目睹黎明。它為了遮陽而採用藍色玻璃，也都經過強化，以免病人打破窗來傷害自己。羅威爾環視病房，望了望同室的院友。詩的最後寫道：

我們全都是老手，
人人手中握著一把封起的剃刀。

剃刀被封了起來，因為不封的話，沒準兒病人會不會自殺。

羅威爾的另一首詩標題很簡單：〈夫與妻〉（Man and Wife）。羅威爾英俊瀟灑，個性卻很不穩定。他有過三次婚姻，全都亂糟糟收場。詩一開頭是一對早上躺在床上的夫妻，沐浴在明亮紅色的朝陽下（又是一首晨詩）。他們很寧靜，因為他們吃了藥力極強的鎮定劑「眠而通」。我們後來發現，這不是一對共度了浪漫夜晚的幸福夫妻。這對男女即將痛苦地分手。在這裡，紅色是指憤怒、暴力和恨。藥物是唯一讓兩人在一起的東西。

羅威爾在波士頓大學教授很有啟發性的創意寫作（〈憂鬱中蘇醒〉詩裡的夜班男護士便是波士頓大學的學生）。他最引人注目的學生是詩人希薇亞·普拉斯（Sylvia Plath, 1932-63）。她的詩將羅威爾所謂「生命研究」的概念帶到比他更極端之處，在她和丈夫分居造成精神創傷之後，一直到自己自殺前所寫的非凡作品尤其如此。〈拉撒路夫人〉（Lady Lazarus）是她生命最後幾個月的典型詩作，開頭寫道：

> 我又做了一次。
> 每十年一試
> 我這樣做——

「又做了一次」指的是自殺。《聖經》中的拉撒路是被耶穌復活的人。普拉斯寫詩時三十歲，她說自己已試圖殺自己三次了。她第四次成功了。這首詩在她死後才發表，與其說是研究「生」，不如說是研究「死」。讀者在閱讀時，靈魂勢必會感受到一股寒意。

普拉斯是美國人，和詩人泰德・休斯結婚後，便在英國生活和創作。英、美兩國都宣稱普拉斯是本國詩人。從丁尼生到哈代，英國詩的傳統通常充斥著無盡的憂鬱。比起羅威爾和普拉斯作品中的極端（華茲華斯稱為「瘋狂」），英詩向來比較柔，而且比較符合華茲華斯所說的「頹靡」。現代詩人的頹靡翹楚，公認是菲利普・拉金（Philip Larkin, 1922-85）。他的英式憂鬱在〈達克瑞和兒子〉（Dockery and Son）這首敘事詩中表露無疑。拉金在中年時期回到牛津大學他所就讀的學院。有人告訴他，和他同期入學的達克瑞有個兒子，現在也在這裡讀書。拉金從未結婚，也沒有子嗣。他淒涼地說，這代表他沒有「增生」，反而「稀釋」了社會。詩最後動人而憂鬱地反思無意義的生命。生命先是無聊，然後是恐懼，而且不論你做什麼，一切都將逝去。最後你死了，根本不知道這一切意義為何。

拉金後來也「崩潰」了（姑且稱之），他的轉變也相當符合自己的風格。他過世前，已好幾年不再寫詩。對他的數百萬詩迷來說，無疑十分感傷。有人問他為何放棄寫詩。「我沒放棄。」他回答。「詩放棄了我。」這可視為他的創作精神自殺了。

・不要溫馴地踱入那夜良宵

回到華茲華斯。他的詩作最後下了結論：詩人最需要的是「強悍」。他稱之為「決心和獨立」（這也是詩名）。英美詩中總是蘊含「我會活下來」的骨氣。即使知道最糟的下場是什麼，作家仍然不會放棄。如狄倫．湯瑪斯[150]所說，他們「不要溫馴地踱入那夜良宵」，每一步都必須掙扎。

約克夏出身的泰德．休斯（Ted Hughes, 1930-98）是這支強悍近代學派中最強悍之人。他認可「探究到最深處，詩的精神……本質上是痛苦的聲音，以各種形式被記錄下來」，但他相信，那聲音不該是投降或默從的聲音，甚至也不該對那份痛苦太感興趣。他的詩集《烏鴉》（*Crow*）命名簡單，卻生動地表達了這項哲思。烏鴉是不受歡迎的鳥（不像雲雀、畫眉或夜鶯，這幾種鳥類曾啟發濟慈、雪萊、哈代和華茲華斯）。烏鴉就是英國版的禿鷹。牠以吃腐肉為生，卻充滿韌性地積極存活下來（在英國，車水馬龍的車道旁經常見到烏鴉在垃圾中啄食）。若要打賭生存率，烏鴉存活的機率絕對比雲雀高。

要討論「痛苦的聲音」，以及這種聲音在詩中的應用，還能提到不少詩人。例如約翰．貝里曼[151]和安妮．塞克斯頓[152]，兩人分別是羅威爾的好友和學生，最終也都自殺了，詩作中也都明顯有自殺的徵兆。或是湯姆．岡恩[153]——他比較像休斯，在一首詩裡感謝了歷史上所有堅強的靈魂，從亞歷山大大帝到士兵和運動員，

---

150 狄倫．湯瑪斯（Dylan Thomas, 1914-53），威爾斯詩人，風格偏向超現實主義，最知名的詩為〈不要溫馴地踱入那夜良宵〉。

151 約翰．貝里曼（John Berryman, 1914-72），美國詩人，二十世紀下半葉自白詩派的代表人物，代表作品為《夢歌》（*Dream Songs*）。

152 安妮．塞克斯頓（Anne Sexton, 1928-74）美國自白詩派詩人，一九六七年獲普立茲獎。

甚至〈我父母不讓我接近粗野的孩子〉（My Parents Kept Me from Children Who Were Rough）一詩中被禁止跟史蒂芬·斯彭德[154]玩的粗野孩子。但岡恩的詩大致來說都反對束手就擒，有人更說他所有的詩都有此主張。岡恩認為，像菲利普·拉金的作品反映的是被擊倒的心靈，他也反對這種作品。拉金則認為休斯和岡恩只是在「吹噓」，想當「堅強的男人」，在私人信件和對話中對他們充滿輕蔑。他戲稱休斯為「無敵浩克」和大泰德（Ted Huge），並把他狂暴的詩改編成可笑的版本。不過，人們在拉金和休斯死後流出的資料中發現，他們會讀彼此的詩作，偶爾也會藉此發揮創意。

詩歌界中，存在著哲學家名為「辯證法」的現象：兩個信念截然不同的派別／相對勢力，既彼此衝撞又匯聚為一。一派是我所說的「崩潰鑑賞家」，像是羅威爾、普拉斯和拉金，他們挖掘心靈，採出深處的痛苦。另一派則相信積極與外在世界對抗才是一條合適的道路，岡恩稱之為「戰鬥關係」。這兩邊都創作出強烈、充滿力量的詩作，但不得不說，「崩潰鑑賞家」那一派裡沒有多少喜悅。

153 湯姆·岡恩（Thom Gunn, 1929-2004），美國詩人，詩作主題探索同性戀、藥物、性等。

154 史蒂芬·斯彭德（Stephen Spender, 1909-95），英國詩人暨小說家，主要探討社會不公和階級問題，文中的詩作〈我父母不讓我接近粗野的孩子〉即反映了階級差異。

· 35 ·

多彩多姿的文化

文學和種族

提起種族，便會引起不少脾氣——在文學上和文學討論時亦然。談論種族會讓我們心裡不舒服。莎翁對於夏洛克的刻畫是反猶嗎？還是它在核心裡其實是對種族歧視下的受害者表達同情？贊成他同情猶太人的學者會引用以下這段：

> 我是個猶太人。猶太人難道沒有眼睛嗎？猶太人難道沒有雙手、器官、人形、感官、情感和熱誠？和基督徒相比，我們吃的難道不是同樣的食物、受同樣的武器所傷、得同樣的病、以同樣的方式治療、感受同樣的冬夏冷暖嗎？你們刺傷我們，我們難道不會流血嗎？

認為《威尼斯商人》有反猶精神的人指出，劇末的夏洛克有一半的財產瀕臨被充公，女兒嫁給了一個基督徒，而他為了避免損失所有財產，忍痛改信基督教。這位威尼斯猶太人舉起刀，打算刺入基督徒的心臟，取出他「一鎊的肉」（這說法也成為了習語）——這形象總讓人認為劇作立場傾向反猶。我們也許能替莎士比亞緩頰，和當時的人相比，他的歧視沒有比較嚴重，他的立場可能還比許多人更寬容。確實如此，但仍令人心虛。

狄更斯《孤雛淚》中的費金（Fagin）顯示出作者在迎合粗俗的種族偏見，這點無從辯駁。他晚年後悔創造費金這個角色，小說再版時曾修改內容。他也在最後一本小說《我們共同的朋友》裡，寫出一個道德崇高的猶太角色里亞（Riah），藉此彌補。但是，許多讀者仍然無法原諒費金，甚至在適合闔家觀賞的電影版、改編後的音樂劇《奧利佛》（*Oliver!*）裡也一樣。

近幾年爭端沸沸揚揚，燒到了過世詩人T・S・艾略特的頭上。好辯的評論家（兼律師）安東尼・朱利葉斯[155]以一本書掀起話題，他以艾略特早年演講（因為後期他壓抑了）與他的詩句為證，說他是反猶份子，但許多客觀評論者認為這樣的證據不足。譴責艾略特和為他辯護的人勢均力敵。爭論掀起風風雨雨，至今仍未止息，也許會永遠吵不完。

要好好討論的話，首先必須承認文學是少數可以公開討論種族的領域，而且它所挑起的露骨話題可供大家辯論或爭吵。社會大眾可以在文學中摸索出自身的立場。不論個人意見為何，是否敏感或被激怒，我們大多數人覺得這是一件好事。

・驅不走的幽靈

文學能夠進入其他形式不敢涉足之處，以菲利浦・羅斯的小說《人性污點》（*The Human Stain*, 2000）為例，主角是個古典文學教授，已步入晚年，德高望重，在知名大學任教。他是猶太人，在課堂上犯下無心之過，「失言」冒犯了兩名非裔美國學生，大學裁決委員會要他去參加「敏感訓練」。他秉持個人原則拒絕了，

155 安東尼・朱利葉斯（Anthony Julius, 1956-），英國學者，以反對新反猶主義聞名。

並為此辭職。最後大家發現，他根本不是猶太人，而是非裔美國人。他隱藏了自己真實的身份，因為在當年，那是唯一能在高等教育擁有教職的方法，而另一條路是發揮他的另一個專長，成為黑人拳擊手。他決定成為白人古典文學學者。這本小說旨在強調「世上只有一個種族，那就是人類」，還有一點是：我們必須忽略政治正確，積極開口談論種族。身為小說家，羅斯不支持壓抑。

美國和歐洲文學處理種族有截然不同的作法。美國的建設從無到有，基本上便是倚靠奴隸，也就是從非洲強運入國的非洲勞工（當然，他們首先要能活過所謂的「中央航線」）。現在看來，那是人類違反人道的重大犯罪。例如童妮．摩里森在小說《寵兒》（*Beloved*, 1987）開頭的題詞寫道：

他們有六千萬人以上

這引起巨大的爭議。一般認為這句話影射納粹大屠殺中（「僅」）死六百萬猶太人，暗示美國人選擇忽略另一起規模更大的屠殺。摩里森故事的核心是一個源自奴隸時代的「幽靈」，它永遠無法被驅離，也不該被漠視。

為了廢止美國的奴隸制度，美國打了一場血腥的戰爭。大家覺得亞伯拉罕．林肯在見到《湯姆叔叔的小屋》作者哈麗葉．碧綺兒．史托時，應該有說他希望能和興起這場大戰的小婦人握手。史托是個謙虛的女人，她有可能回答，其實戰爭是勇敢的廢奴主義者發起的，若真要向哪本書致敬，也應該是向比她的小說早七年問世、一八四五年出版的自傳《弗德里克．道格拉斯：一個美國奴隸的生平記述》（*Narrative of the Life of Frederick Douglass, an American Slave*）。道格拉斯獲得自由後，把他的生命和他非比尋常的文學能力，都投入廢除奴隸制的理想中。它的開頭段落刻意以不帶情緒的語言娓娓道來，至今讀來依舊令人震撼：

> 我父親是個白人。對於我父母的事，至少我聽到的是這樣。我也聽人偷偷說，我的主人是我的父親；但這事是不是真的，我什麼都不知道；我沒有方法可以知道。我的母親和我分開時，我還只是個嬰兒——在我聽說關於她的事之前。對我逃離的馬里蘭（Maryland）那一帶地區來說，趁孩子還小時拆散母子是很尋常的慣例。

・帝國的枷鎖

英國關於種族的文學，連結到其帝國的創建和數百年後隕落的歷史（詳見第二十六章）。一九五〇年代起，大英帝國被「改變之風」吹翻了，討論種族的脈絡

156 莫妮卡．阿里（Monica Ali, 1967-），孟加拉英國作家，著名小說為《磚巷》（*Brick Lane*）。

157 查蒂．史密斯（Zadie Smith, 1975-），英國小說家，代表作品為《白牙》（*White Teeth*）。

以「後殖民」為主軸，完全改頭換面。現在的英國作家，置身全世界文化上最多元的文學界裡，秉持著懷疑精神檢視整個帝國大業，有時還心存內疚。有人說，多元文化主義為近代英國文學打開一層豐富的礦脈，培育出包括魯西迪、莫妮卡·阿里[156]和查蒂·史密斯[157]等作家，也關注起像奈及利亞小說家班·歐克里[158]（布克獎得主），以及來自於西印度群島的小說家威爾森·哈里斯[159]和詩人德瑞克·渥卡特[160]（諾貝爾文學獎得主）等人。

英屬西印度群島出身的另一個作家，V·S·奈波爾在諾貝爾頒獎典禮上發表得獎感言時，傳達了像他這樣身為後殖民作家有多複雜。他祖父那一代是「契約工」，被人從當時的英屬印度帶到千里達島，主要從事職員的工作。奈波爾小時候是在「島上被殲滅的『原住民』骨骸」中長大，生活周遭還有非洲來的黑奴後裔。聰明過人的他申請到牛津大學的獎學金，並以英國為「家」，成為他所謂的「模仿者」（mimic man）。他是英國人，又不是英國人；是印度人，又不是印度人；是千里達人，又不是千里達人。

英國處於後殖民時代，但殖民「統治」真的完全廢除了嗎？不是每個人都同意。許多人公認奈及利亞最偉大的小說家是奇努瓦·阿契貝（Chinua Achebe, 1930-2013）。他受洗時的教名是亞伯特·阿契貝，以維多利亞女王的丈夫之名所命名。他第一本出版的小說《分崩離析》（*Things Fall Apart*），書名引自愛爾蘭詩人W·B·葉慈的詩，至今仍是他在國際間最知名的作品。它最早在一九五八

158 班·歐克里（Ben Okri, 1959-），奈及利亞小說家，代表作品為《花與影》（*Flowers and Shadows*）、《飢餓之路》（*The Famished Road*）。

159 威爾森·哈里斯（Wilson Harris,1921-），蓋亞那作家，作品以抽象和饒富比喻著稱，代表作品為《孔雀宮》（*Palace of Peacock*）。

160 德瑞克·渥卡特（Derek Walcott, 1930-2017），聖露西亞詩人暨劇作家，一九九二年獲諾貝爾文學獎。

年於英國出版，後來的作品也全都先在英、美出版。阿契貝晚年主要是在美國大學任教。德瑞克・渥卡特是最著名的後殖民詩人，一生大半也受雇於美國知名大學。當小說或詩如此根深蒂固在殖民國，或作者受雇於殖民國，文學真的能獨立嗎？還是說背後仍有殖民時期留下的枷鎖？

・看不見卻真實存在

以種族主題為中心的文學，最有趣的作品出現在美國。經典的作品為拉爾夫・沃多・艾里森的《隱形人》（*Invisible Man*, 1952）。不像其他非裔美國人，例如詹姆斯・鮑德溫[161]和理查・賴特[162]，艾里森的風格不是寫實主義，而是寓言。他的小說寫法輕鬆活潑，但內容無比嚴肅。他一開始是打算寫個篇幅精簡的短篇小說，在一九四七年發表了〈殊死戰〉（A Battle Royal），內容講述為了娛樂在一旁叫囂的白人觀眾，兩名黑人蒙住眼、全身赤裸地和彼此在拳擊場上搏鬥，贏的人可以獲得毫無價值的獎勵。這則短篇成了《隱形人》的核心元素。後來這本小說出版時，建立在另一個奇想上：「我是隱形人……我能隱形，你知道，因為大家不願看到我。」小說裡說，美國以蓄意無視「解決」了種族問題。

《隱形人》是一本充滿爵士精神的小說。艾里森熱愛非裔美國人偉大藝術形

161 詹姆斯・鮑德溫（James Baldwin, 1924-87），美國作家，作品關注二十世紀中葉的種族問題和性解放運動。

162 理查・賴特（Richard Wright, 1908-60），美國作家，哈林文藝復興運動參與者，作品主要關注種族議題，評論家認為他的作品對二十世紀中葉的美國種族關係有所幫助。

式中的即興自由——這是他的同胞能主張的少數自由之一。歌手路易斯・阿姆斯壯的《（我做了什麼）遍體鱗傷？》（(*What Did I Do to Be So) Black and Blue?*）像主題曲一般縈繞著整本書，它的歌詞哀悼著：

我內心……潔白……但那幫不上我
因為……藏不住……我臉上的樣子。

美國當今最偉大的非裔美籍小說家童妮・摩里森（許多人會乾脆說「美國小說家」）同樣受這個起自美國的原創藝術所影響。她在討論自己一九九二年的小說《爵士樂》（*Jazz*）時解釋：

類似爵士樂的結構對我來說並非次要的，而是這本小說存在的目的……我覺得自己就像爵士音樂家。

艾里森愛的是「傳統」紐奧良爵士樂，也就是路易斯・阿姆斯壯的作品。他不喜歡搖擺樂和「現代」爵士樂，他覺得那些「太白」了。影響摩里森最多的則是一九六〇年代歐涅・柯曼（Ornette Coleman）所發展的爵士樂風，超級講求即興，並具有後現代風格的自由形式。

一般而言，有人會說英國至少在文學上有所「混合」，融合了種族差異。童妮．摩里森堅持維持憤怒的差異。當中最憤怒的是她早年的小說《黑寶貝》（*Tar Baby*, 1981），書中角色下結論說：「白人和黑人不該坐下來一起吃飯，也不該一起做任何這類私密性質的生活瑣事。」摩里森當年在一場會議中公開表示：「我這一生從來沒有一刻感到自己是個美國人。從來沒有。」她晚年時，尤其在贏得諾貝爾文學獎之後，對種族議題的意見變得比較溫和，但她仍覺得自己是「非裔美國人」，而不是美國人。她的所有作品，都燃燒著對種族分野的怒火。

美國大多數政治人物和大多數人民，確實都造就出一種開明式的「膚色色盲」態度。換言之，他們要超越已造成國家無數痛苦、歷史上也付出不少鮮血的種族隔離。然而，美國文學與其領頭作家童妮．摩里森拒絕妥協。他們從過去到現在都利用這種區隔，來對黑人的身份認同做有創意的探索。換言之，他們不願漂浮在上，忘記一切，反而要向下潛行，一探究竟。

．「必須關注！」

今天我們在「偵探推理」類型文學中可以找到非裔美國人的獨特身影。華特．莫斯里[163]的黑人主角易茲．羅林斯（Easy Rawlins）出現在一連串小說中，第一本

163 華特．莫斯里（Walter Mosley, 1952-），美國犯罪小說作家，最為人知的作品是以易茲．羅林為主角的經典推理小說。

是《藍衣魔鬼》（*Devil in a Blue Dress*，1990），內容以洛杉磯種族關係史為背景。切斯特・海姆斯[164]也在一九五〇年代到一九六〇年代以紐約為背景寫了「哈林區」系列（Harlem Cycle）。他開始寫作時是在監獄裡，在流亡到巴黎時完成。山繆・R・狄蘭尼[165]是非裔美國科幻小說家，為類型小說翻開了新頁。有人（比如我）會認為，在非裔美國人專有的藍調和現代的饒舌中，有一股類似惠特曼自由詩的強烈風格（第二十一章）。簡而言之，作品沒有因為混合而消失，美國文學強大之處便是其風格多采多姿。

綜上所述，文學在複雜的種族、社會與歷史關係中扮演什麼角色？這問題沒有簡單的答案。但我們可以援引亞瑟・米勒劇作《推銷員之死》的真誠吶喊：「必須關注！」（Attention must be paid.）文學特別關注種族議題，對此，我們可以心懷感激，雖然這樣的作品讀起來偶爾令人坐立難安。

164 切斯特・海姆斯（Chester Himes, 1909-84），美國作家，代表作品為自傳性質的《若他大叫就放他走》（*If He Hollers Let Him Go*）。

165 山繆・R・狄蘭尼（Samuel R. Delany, 1942-），美國科幻小說家，代表作為《戴爾格林》（*Dhalgren*）。

· 36 ·

魔幻寫實主義

波赫士、葛拉斯、魯西迪、馬奎斯

一九八〇年代，「魔幻寫實主義」（Magic realism）一詞出現。忽然間，所有人彷彿心照不宣地在對話中提起這文學中的新主題。不過，這奇怪的詞是什麼意思呢？表面上，「魔幻寫實」好像彼此矛盾，硬將兩個傳統上矛盾的元素湊在一塊。這種小說，既是「虛構」（事件從未發生過），又是「真實的」——也就是「寫實」。從笛福到「偉大傳統」時期（珍・奧斯汀、喬治・艾略特、約瑟夫・康拉德、D・H・勞倫斯），再到格雷安・葛林[166]和易夫林・華歐[167]，最後到伊恩・麥克尤恩[168]和A・S・拜雅特，大量的英國虛構故事作品都秉持文學寫實風格。美國也一樣，主流創作追隨海明威腳步，「如實」呈現生活。當然也有一些奇幻作家像J・R・R・托爾金和馬溫・皮克[169]，但他們是屬於不同類型，例如易夫林作品裡的布萊茲海德莊園（Brideshead）、福斯特筆下的霍華德莊園（Howards End），就和皮克描述的「歌門鬼城」（Gormenghast Castle）的建築樣貌相去甚遠。魔幻寫實是文學的全新混種。

一九八〇年代前，各式各樣的魔幻寫實其實早已出現半世紀之久了。有許多作品已經在文學和藝術的邊緣地帶，以實驗的方式嘗試這概念。但一直到二十世紀末，魔幻寫實才成為文學中的強勢類型。

這現象可以推測出三個原因。其一是歐美發現南美西語文學出現了令人耳目一新的作品，並且有像是豪爾赫・路易斯・波赫士、賈布列爾・賈西亞・馬奎斯、卡洛斯・富安蒂斯[170]和馬利歐・巴爾加斯・尤薩[171]這樣的作家。隨著他們的作

---

166 格雷安・葛林（Graham Greene, 1904-1991），英國小說家暨劇作家，二十世紀最偉大作家之一，曾入圍諾貝爾文學獎候選人。

167 易夫林・華歐（Evelyn Waugh, 1903-66），英國作家，代表作為《重返布萊茲海德莊園》，也是二十世紀散文體大家。

168 伊恩・麥克尤恩（Ian McEwan, 1948-）英國小說家，榮獲布克獎六次，被《泰晤士報》列入「一九四五年以來最偉大的五十位英國作家」名單中。

品翻譯至全世界，在國際打響了名聲，造成了一九六〇和七〇年代的「拉丁美洲崛起」。其次，像鈞特．葛拉斯和薩爾曼．魯西迪這樣的作家，在歐洲也吸引了一群大眾讀者。這股熱潮的一個清楚前兆，是葛拉斯的小說《錫鼓》（*Tin Drum*, 1959）；而隨著魯西迪的《午夜之子》（1981）出版，魔幻寫實成為主流，開拓了一種沒有邊境的文學風格。

讓魔幻寫實成為流行風格的第三個原因是，儘管敘述非常不真實（含有「魔幻」的成分），其實更能讓作家干預重要的政治問題。換言之，這些作者不只參與文學，也能影響公共生活和地緣政治事務。他們以魔幻寫實之姿，偷偷從無人防備之處，溜進公眾領域。

所以，這不是意外。前面提到的兩位作家，富安蒂斯和巴爾加斯．尤薩，都是活躍且極具爭議性的政治人物，尤薩還差一點當上秘魯總理。魯西迪也不是省油的燈，他寫的小說導致英國和伊朗一度斷交。葛拉斯也不遑多讓。當他不在創作時，便是戰後德國的發言人。他直言自己經常「罵政府」。

尚－保羅．沙特在他極具影響力的著作《何謂文學？》（*What is Literature*, 1947）中主張，作家應該要「積極參與」。沙特認為達成這個目標的最好方式，就是憑藉蘇聯所謂的「社會寫實主義」（Social realism）。矛盾的是，魔幻寫實的現代童話故事效果比較好。

---

169 馬溫．皮克（Mervyn Peake, 1911-68），英國小說家，最知名的作品即為《歌門鬼城》系列，父親是傳教士，幼時在中國生活。

170 卡洛斯．富安蒂斯（Carlos Fuentes, 1928-2012），墨西哥作家，拉美文學爆炸時期的代表作家之一，內容反映國家的歷史和現實。

171 巴爾加斯．尤薩（Mario Vargas Llosa, 1936-），祕魯小說家暨詩人，二〇一〇年獲諾貝爾文學獎，是拉丁美洲最具影響力的作家。

・前所未見的詭異風格

阿根廷的豪爾赫・路易斯・波赫士（Jorge Luis Borges, 1899-1986）是一九六〇年代第一位在世界成名的魔幻寫實作家。他是積極的親英人士，在英美都有許多人脈，這一點頗有助益。他簡短俐落的短篇小說，收錄在一九六二年出版的《迷宮》（*Labyrinths*）一書裡。書名道盡了一切：我們會在虛構故事中「迷失」自我，像忒修斯（Theseus）在克里特島的迷宮中一般，尋找著出路。這些故事較容易翻譯，也是一個優勢。

波赫士的方法是把老套的人類處境和尋常人物，跟超現實想像結合。拿他最有名的作品〈博聞強記的富內斯〉（*Funes the Memorious*）為例，故事是述說一個年輕的農場工人艾倫尼歐・富內斯（Ireneo Funes）摔馬之後，發現自己能將所有事情和發生在自己身上的事記得一清二楚，而且什麼都忘不了。他說，他「一個人的記憶，比世界創生至今所有人的記憶加起來還多」。最後他避居到一個陰暗的房間裡，與他的記憶獨處，不久便死了。

這故事是本於幻想，但從另一個層面來看，卻是真實的。世界上確實有超強記憶這樣的事，學理上稱為「超憶症」或「超常自傳性記憶」（highly superior autobiographical memory，縮寫為HSAM），醫學上最初於二〇〇六年由心理學家闡述並命名。波赫士記性也很好，晚年失明。對語言有任何敏感度的人，都會認為「博聞強記」（西班牙文是 memorioso）這個措辭絕對好過「HSAM」。

一九六〇年代波赫士的作品剛開始廣泛流通時，大家看到他這樣詭異地將幻想和現實結合，沒有人知道要如何稱呼它。但他們馬上注意到這風格十分特殊，令人驚豔。魔幻寫實的另一位先鋒安潔拉．卡特（Angela Carter）也一鳴驚人，她的作品，例如《魔幻玩具鋪》（*The Magic Toyshop*, 1967），結合了淒涼的戰後英國和《愛麗絲夢遊仙境》。讀者不知該如何評價這樣的書，但能感受到書中的力量。

・科幻和魔幻

波赫士不是政治作家，但他為後代魔幻寫實作家創立了許多元素。薩爾曼．魯西迪（Salman Rushdie, 1947-）在成名作《午夜之子》中積極借用了許多波赫士的巧思。《午夜之子》在一九八一年贏得布克獎，也成為全球暢銷書。小說一開場便設在（現實的）一九四七年八月十五日，那一天印度成了獨立國家，並且和巴基斯坦分裂。接近午夜十二點鐘時，總理尼赫魯（Nehru）透過國家無線電台向全國宣布這項消息。那是歷史上的轉捩點，代表新時代的來臨。那時出生的孩子會是完全不同的印度人。魯西迪的小說中，他幻想所有在那一刻出生的孩子都能心靈相通，透過一個叫「首腦」（overmind）的集合心靈連結。魯西迪坦承這設計是借自科幻小說。它馬上令人想到約翰・溫德漢[172]（John Wyndham）的科幻小說《準午前十時》（*The Midwich Cuckoos*, 1957）。魯西迪很喜歡從科幻小說汲取靈感。但《午夜之子》背景不在《準午前十時》中的米維奇（Midwich），畢竟它和布里加東（Brigadoon）一樣都是「虛構」的城鎮。《午夜之子》背景設在非常真實的地方：本來是殖民地，但再過五十年便會變成世界強權的印度。讀者會發現，魯西迪自己便是一九四七年出生在印度，但是很可惜，不是生在那魔幻的一刻。《午夜之子》如同所有偉大的魔幻寫實作品，幻想的核心蘊含強烈的政治控訴。作者被控詆毀當時的印度總理英迪拉・甘地（Indira Gandhi），文字也因此遭到修改。

有趣的是，魯西迪最初是由最基礎的文學——兒童故事起家。他寫了一本啟發人心的小書，討論L・法蘭克・鮑姆（L. Frank Baum）的電影版《綠野仙蹤》（*The Wonderful Wizard of Oz*）。他從小便愛這部電影。《綠野仙蹤》開場可謂經典，粗粒子的黑白畫面中呈現的是一九三〇年代經濟大蕭條窮苦的堪薩斯州農場，代表著「現實世界」。後來龍捲風害桃樂絲昏了過去，她和小狗托托醒來，發現自己來到特藝彩色（Technicolor）的仙境，有著巫婆、會說話的稻草人、鐵人和膽小的獅子。桃樂絲說了一句永垂不朽的台詞：「托托，我覺得我們不在堪薩斯州了。」那是個魔法世界。魔幻和現實在電影中結合為一，如原著故事一樣。

魯西迪最具爭議、最煽動的小說是《魔鬼詩篇》（*Satanic Verses*, 1988），故

172 約翰・溫德漢（John Wyndham, 1903-69），英國科幻小說家，許多作品都設定於末日後的場景。

事描述一架自印度起飛的飛機遭到劫機，並在英國上空爆炸。機上有兩個乘客吉布里．法利史塔（Gibreel Farishta）和薩拉丁．參扎（Saladin Chamcha）——一個人跟印度教有關，另一人則是穆斯林——從八千八百四十公尺墜地。小說第一行寫著：「要重生……首先你必須死。」他們沒有死，而是在哈斯丁海灘（Hastings）著陸，如同一〇六六年外來的征服者威廉一樣。他們馬上被視為「非法移民」。柴契爾夫人對偷渡者態度一向強硬，小說中則是以「哲摩夫人」（Mrs Torture）這角色來影射她。隨著小說劇情推展，這兩角色變成大天使吉布里（Gibreel）——《聖經》中的加百列（Gabriel）——和撒旦。如同調和藥劑一般，現實中恐怖份子的暴行混入了神話、歷史和宗教。簡而言之，這是「魔幻」之處。不同於印度總理甘地夫人，伊朗最高領袖阿亞圖拉．何梅尼（Ayatollah Khomeini）根本懶得進行法律訴訟。他也不欣賞魔幻寫實。一九八九年，何梅尼頒布魯西迪的「裁決」（fatwa）：只要是真正虔誠的穆斯林，都應該追殺這個瀆神的小說家。

．只有一具錫鼓

鈞特．葛拉斯（Günter Grass, 1927-2015）出身不同，但最後也落到類似的命運。他出生於一九二七年，在納粹德國時期長大。他展開作家生涯時，認可了一個前題：德國小說自一九四五年後必須從零開始。「一定要克服過去。」葛拉斯說。但沒有過去，作家該如何下筆？奧斯威辛集中營之後，德國哲學家西奧多·阿多諾（Theodor Adorno）曾說，不可能再寫詩了。換言之，德國作家也無法寫小說了。戰後的德國小說家，無法再召喚以文學傳統撐起的一整支交響樂團了。他們怎麼可能無視一九三三到一九四五年間發生的事，直接跳回歌德[173]、席勒[174]和湯瑪斯·曼[175]？葛拉斯認為，雖然沒有交響樂團，他們所有作家僅有的是一具錫鼓。而正如《錫鼓》，它證明了單單一個錫鼓也仍充滿魔力。即使阿多諾不看好，葛拉斯仍設法寫出一部偉大的虛構小說，也可說是偉大的魔幻寫實作品。葛拉斯一九九九年獲得諾貝爾文學獎。他認為自己不是偉大的作家，而是文學的老鼠。老鼠打不死。甚至能活過世界大戰。

葛拉斯是在暴政時期過後創作出魔幻寫實作品。事實證明，對於在壓迫和審查下創作的作家，魔幻寫實風格也相當實用。反觀實話實說的寫實主義，在那種處境下相當危險，最好的例子是一九九八年獲得諾貝爾文學獎的喬賽·薩拉馬戈。

·山洞和馬康多

薩拉馬戈（José Saramago, 1922-2010）是馬克斯主義者，一生多半在葡萄牙生

173 歌德（Johann Wolfgang von Goethe, 1748-1832），德國詩人、戲劇家暨政治家，威瑪古典文學代表人物，著名作品包括《少年維特的煩惱》、《浮士德》。

174 席勒（Friedrich Schiller, 1759-1805），德國詩人，啟蒙文學代表人物，和歌德一起創作和討論的時期被稱為「威瑪古典主義」。

175 湯瑪斯·曼（Thomas Mann,1875-1955），德國作家，作品具象徵和諷刺，探討藝術家與知識份子心理，著名作品為《布登勃洛克家族》，一九二九年獲諾貝爾文學獎。

活。那是歐洲最長的法西斯獨裁政權，一直維持到一九七四年。即使獨裁政府被推翻了，他仍慘遭迫害，被迫流亡。他最喜歡的文學技法是託喻（allegory），能不將意思明說。這就算不能稱作魔幻寫實，也相去不遠。薩拉馬戈最好的作品《山洞》（*The Cave*, 2000），幻想一個不知名的國家，被一棟占地廣大的中央建築統治。那是成熟資本主義的未來場景。這棟建築底下藏有柏拉圖所說的山洞。在那裡，被困縛住的觀者注定只能看到真實世界投射在牆上的影子，象徵人類的處境。我們唯一擁有的是那不可靠、一閃而逝的畫面。對薩拉馬戈而言，小說家便要在那山洞中努力。

如我們所見，魔幻寫實最有力的作品都出自中南美洲國家。與波赫士並列為魔幻寫實龍頭的是賈布列爾・賈西亞・馬奎斯（Gabriel García Márquez, 1927-2014）。除了《午夜之子》之外，魔幻寫實作品中公認的傑作是《百年孤寂》（*One Hundred Years of Solitude*, 1967），故事的敘述來來回回，令人困惑，跳躍穿梭於歷史時空。

《百年孤寂》的背景設在一座虛構的哥倫比亞小鎮馬康多（Macondo）。正如《午夜之子》之於印度、《錫鼓》之於德國、《山洞》之於葡萄牙，馬奎斯小說的內容也和故鄉息息相關。哥倫比亞的一切都納入了馬康多，那裡是一座「鏡城」。在一連串閃現的場景裡，我們看到哥倫比亞歷史中的關鍵時刻，包括內戰、政治衝突、鐵路建設和工業化，以及美國和哥倫比亞間的壓迫性關係。一切全清楚地融入一本耀眼的文學著作中。這本小說內容無不涉及政治，卻仍極具美感。

魔幻寫實在世紀交替之際的幾十年間，掀起了一股璀燦的熱潮。如今看來，熱潮已過，但歷史紀錄上會寫下，那是文學史上的一段偉大時期。

· 37 ·

文字共和國

無疆界的文學

二十一世紀，肯定可以說文學真的全球化了。但若仔細探究，「世界文學」究竟是什麼意思？有幾點可以來討論。

例如，我們來看看在世上最小、最孤立的文學圈冰島出現的一本小說。九世紀，維京人初次登上這岩石遍布、荒蕪冰冷的島嶼。接下來的兩個世紀，文學史學家稱之為「傳說時代」。「傳說」（saga）一詞的原意是「說的故事」，語言源自古北歐語，現在冰島人仍會使用。十三世紀，冰島產出豐富的英雄詩作，令人驚嘆，內容關於各個家族如何在頻繁彼此征戰之餘，共同打造國家。

在喬叟出現的一世紀之前，北歐文學是當時世界文學中最昌盛的分支之一。但只有幾千人熟悉這些文獻，因此它只留存在這小小國家的人民記憶中，代代相傳。一九五五年，小說家赫多．拉克斯尼斯[176]榮獲諾貝爾文學獎（委員會表示，從來沒有一位獲獎作家來自這麼小的國家），得獎原因主要是他一九三四年的傑作《獨立的人們》（*Independent People*），讀者會發現書中寫的是冰島不屈服的故事。主角畢亞圖（Bjartur）的家人從傳說時代起已經務農「三十代」。畢亞圖專研本國的詩篇，和他的綿羊爬上孤寂的山嶺時，會默默地背誦。後來他的生活方式被二十世紀永遠改變了，外面的世界忽然對這冰冷、遙遠的小地方有了興趣。

畢亞圖的故事如同他喜歡的傳說，情節淒涼壯烈，可比悲劇。拉克斯尼斯發表諾貝爾獎得獎感言時，特別向聽眾強調他的小說像嬰兒的臍帶，連結了古老的北歐史迦爾德（吟遊詩人）在泥土小屋裡說的故事。現在透過翻譯，全世界有好

176 赫多．拉克斯尼斯（Halldór Laxness, 1902-98），冰島小說家，作品受史特林堡、佛洛伊德、布萊希特和海明威等作家影響，一九五五年獲諾貝爾文學獎。

幾百萬人閱讀這本小說，而且多虧了得獎，此書現在成了「世界文學」。所以我們由此得到什麼結論？若文學夠偉大或受歡迎，即使如拉克斯尼斯的作品一樣源於本土，仍能打破國家之間的藩籬，甚至一躍而過。

・從寫故鄉到為全世界而寫

下一個例子來自世界最大的文學社群：中華人民共和國。儘管中國幅員廣大，人口高達十三億五千萬，文明上千年，但再怎麼飽讀詩書的西方人，大多數也舉不出幾個偉大的中國作家。

二〇一二年諾貝爾文學獎頒給中國作家莫言。他最重要的作品之一是小說《天堂蒜薹之歌》，首度出版於一九八九年六月天安門事件前幾個月，事件發生後忽然被迫下架。作家經常發現自己觸怒了當權者。「莫言」是他替自己取的筆名，意思是「別說話」。

《天堂蒜薹之歌》是莫言獻給偏遠故鄉的作品。一九五五年，他出生於務農家族，在那裡長大。故事是關於一群人，好幾千年來都在一個肥沃的山谷耕作，忽然黨官員下令他們只能種蒜。這在農業上根本是胡來。這道法令把全鎮搞得烏煙瘴氣。他們群起反抗，卻被暴力鎮壓。黨堅持，一定要種蒜。

這本書如同莫言的其他作品一樣暢銷國際。和他的筆名相反，他確實開口說話了，而且不只向他家鄉的男女，更是向全世界。由此我們得到什麼結論？這比拉克斯尼斯的例子來得複雜。中國轉眼間變成二十一世紀強權，令人措手不及，世界也忽然對中國文學有了興趣。拿破侖說過一句關於中國的名言：「讓她沉睡吧，因為這條龍一甦醒將震動世界。」這條龍已醒。中國不再沉睡，也不再被忽略，文學也受到了注目。全球化不只是地緣政治上的事實，而是一種思維。文學現在同樣融入了全球化思維之中。

第三個例子是村上春樹。這位日本首屈一指的小說家出版了許多小說，不但銷售大獲成功，也贏得世界的肯定，作品更翻譯成各種語言，「暢行」世界無阻，令人不禁讚嘆。村上在在國外的讀者比在自己國內還多。他到目前為止最主要的作品是二〇一〇年完成的《1Q84》三部曲。讀者引頸期盼最後一卷出版。東京的讀者甚至為了買到首刷小說，排了好幾小時的隊。

不得不說，《1Q84》的劇情完全令人費解。作品風格採用魔幻寫實（詳見第三十六章），內容包括忍者、刺殺、極道（黑社會）、另一個世界和莫名的時間流動。驚人的是，村上知道他是為全球讀者而寫。讀者不但引頸期盼，也期待被作品弄得一團迷糊。據說，他選擇這個書名是因為《一九八四》中的「九」日文的唸法類似Q。

《1Q84》的書名令人想到喬治．歐威爾，甚至可稱為致敬之作。小說的題詞

「不過是紙月亮」（It's Only a Paper Moon）是一九三〇年代哈洛・艾倫（Harold Arlen）所唱的美國流行歌曲名。村上曾說，他是因為受到俄國小說家杜斯托也夫斯基啟發，才開始寫小說。這個例子的結論是，身為小說家，村上知道自己的作品全世界都在讀，他也是為全世界而寫。他吸收了世界各地文學的特色，並且用來創作自己作品。

當作家幸運地走向國際，他們賺到的錢可比跨國公司的收益。拿J・K・羅琳為例，她在二〇一三年登上英國富豪排行榜第三十名（而且她在那群人中相當特殊，因為她一分一毛都是親手賺來的，而不是繼承而來）。她沒有可口可樂公司有錢，但《哈利波特》的讀者遍及全球，和可口可樂一樣。

・通訊革命

雖然規則總會有例外，但全球化、「無疆界」的力量，是此時推動文學的動力。它是怎麼發生的？因為數世紀來通訊系統不斷在進步，國際貿易也漸趨頻繁，還有某些特定的「世界語言」成為主流。這說來話長，但說清楚卻很有用，因為它能幫助我們定位這些文學作品所處的歷史世界，並劃分這些世界的疆界。

大半的文學史上，往返兩地的方法通常限於步行、騎馬和乘船。文學反映了這一點。身為讀者，面臨的問題之一是，我們必須適應這些作品的疆界其實不大。好比說，莎士比亞從沒料到他的劇作會在倫敦以外，或在英國各郡（當初的最遠範圍）之外的地方演出。但現在全世界有上億文學愛好者，都閱讀並鑽研著他的劇作。

文學疆界在十九世紀之後快速拓展。大眾傳播先是讓國內聯絡變得更方便，到了世紀末，國際通訊也連結了全世界。十九世紀早期，英國鋪上了柏油路，W・H・史密斯[177]才能雇用連夜馬車，將報紙送往全英國（號稱「最快的新聞」）。藉著雜誌形式傳播的文學作品，跟早報一起送出。十九世紀中葉，藉著快速傳遞服務，史密斯壟斷了新聞和雜誌業。在這段時期，他們不只是新聞業者，從一八六〇年開始，他們也經營流動圖書館。你可以在尤斯頓車站的史密斯攤位借一本狄更斯的小說，在前往愛丁堡十小時的車程中閱讀，等到了威弗利車站，便能在那裡的史密斯攤位還書。

一八四〇年起，英國的便士郵政服務遍布全國（其中一位出力者，便是當時在郵政總局工作的小說家安東尼・特洛普）。這代表每天每隔幾小時，各大城鎮都能交換訊息，幾乎和電子郵件一樣快了。社會上文字用量最大的人，一般而言就是作家，他們也著實好好利用了這令人興奮的全新聯絡管道。特洛普在引進電報通訊方面也有所貢獻。蒸汽機發明後，旅行時間大大縮短。特洛普最好的小說《巴徹斯特塔》（*Barchester Towers*, 1857），有一部分便是坐火車在英國旅行時所寫，

177 W・H・史密斯（W. H. Smith, 1738-92），W・H・史密斯公司創辦人，為英國最大書報攤公司。

當時自然是為了郵政工作奔波出差。他的另一本小說《我們現在生活的方式》（*The Way We Live Now*, 1875），光書名便別具意義，是在前往美國、澳洲和紐西蘭的蒸汽船上所寫。

受到所有科技進步的影響，市場變得國際化，國內市場也更有效率。當最後一根「金」釘敲入鐵軌，紐約到舊金山的鐵路大功告成，這也意味著新書（其中有不少是從歐洲購入，搭著蒸汽船進口）在幾天之內，便能橫越大陸送到家家戶戶手中。

一九一二年，古列爾莫・馬可尼（Guglielmo Marconi）的無線電公司替世界性網路打好了基礎。他透過無線電傳出的第一個訊息是《仲夏夜之夢》（*A Midsummer Night's Dream*）裡精靈帕克（Puck）的台詞：「我就是把地球繞一圈也只需要四十分鐘。」此時，莎士比亞真的傳向全球了。國際版權協議簽訂後，新的國際主義終於完整（詳見第十一章）。

並非所有作者都會和他們眼前出現的新讀者群對話，但許多作家這麼做了。二十世紀晚期和二十一世紀初，通訊處於不斷革命的狀態。網路（詳見第四十章）年年都在重塑我們日常通訊的裝置，像是一座不斷改變的文學樂高樂園。作家如果願意，絕對可以說自己是在為地球村寫作。

・語言的難題

這一切聽起來非常「美麗新世界」。但還有一個棘手的問題：語言。流行樂可以跨越語言的疆界，聽眾聽不懂或不在乎歌詞，仍能享受歌曲。文學不行。將文字去除，文學便什麼都不剩了。文學傳統上的疆界就是語言。只有少數外國文學能穿越翻譯的藩籬。

翻譯（Translation，這個詞的字面意義就是指「穿越」）不但繁瑣，通常也缺乏效率。若問誰是二十世紀最重要的作家，卡夫卡的名字一定會被提到。但卡夫卡第一部（不完整的）英譯本，要在他死後十年才出現，他的主要作品還得等更久。一些世界上的重要語言，至今也仍在等待卡夫卡的翻譯本。這不只是時間落差的問題。不論譯者多厲害，儘管翻譯能大大增加作者的收入與知名度，翻譯終究有它天生的缺陷。安東尼・伯吉斯[178]是作家和語言學家，他曾寫道：「翻譯不只是關於文字，而是關於將一整個文化變得能讓人理解。」美國詩人羅伯・佛洛斯特[179]曾說過一句至理名言：「詩就是在翻譯中會被遺落的部分。」

當然，流行文學中，這點缺陷比較不重要。翻譯中些許的差異對讀者來說無傷大雅，讀者只希望能不斷看下去，享受情節就行了。自二〇〇五年史迪格・拉森（Stieg Larsson）國際暢銷書《龍紋身的女孩》（*The Girl with the Dragon Tattoo*）出版後，有不少所謂「斯堪地那維亞黑色小說」接續出版，即使翻譯沉悶，仍大

178 安東尼・伯吉斯（Anthony Burgess, 1917-93），英國小說家，著名作品為《發條橘子》。

179 羅伯・佛洛斯特（Robert Frost, 1874-1963），美國詩人，作品多描繪鄉村生活，並探討複雜的社會和哲學議題，代表作品包括〈雪夜林邊歇馬〉、〈無人之徑〉等。

受好評。同樣的，北歐的驚悚電視影集即使有礙眼的字幕，也不減其受歡迎程度。只要作品精采，令人難以釋卷，譯文美不美便是其次。文字只要能達到傳達訊息的功能便可以了。

令人難過的是，其實世界文學的翻譯問題愈來愈小了。語言學家告訴我們，每兩星期便有一個語言「死亡」。到時候，過去存在於這些語言中的小眾文學就會死去。更辛酸的是，它們本來可能會有的未來也跟著胎死腹中。現代，隨著世界強權興起，英文如今成為「世界語言」，如同二千年前的拉丁文一樣強勢。十九世紀是「英國的世紀」，二十世紀是「美國的世紀」。這段時期，套用喬治．伯納．蕭的說法，世界分別由「使用同一語言」的兩大強權統治。二十一世紀也許情況會有所不同。

文學百花齊放，無法一言以蔽之。無數重要作家選擇在小世界中生活和創作，例如菲利普．拉金（詳見第三十四章）從來沒出過國。他曾開玩笑說他相信自己不喜歡「風塵」，而他的詩也反映出島嶼性質。一九七八年的諾貝爾獎得主以撒．巴史維斯．辛格[180]以意第緒語創作小說，讀者群在他居住的紐約大概只有幾千人。「讀者固有……然為數不多。」誠如彌爾頓所說。

小世界欣欣向榮，在文學史上一直如此。但全球化的世界如同宇宙本身，不斷以驚人的速度擴張。這件事前所未見，令人興奮，而且不論好壞，已經無法回頭。

180 以撒．巴史維斯．辛格（Isaac Bashevis Singer, 1902-91），美國猶太作家，作品描寫波蘭和美國猶太人的生活。

· 38 ·

罪惡的快感

暢銷書和芭樂書

不論多有野心、多努力，現在世上的「偉大」文學作品，任何人窮其一生都看不完了，而且每年都還有更多新書問世。文學是一座我們沒有人能登頂的山。幸運的話，我們能穿過山腳，小心地隨著我們選擇的路向前，上方的山峰卻不斷升高。光是拿本書提過的作家來說，就算是讀最多書的人，可能一生也沒看完莎士比亞全部三十九部劇作（對不起，我對《沉珠記》〔Pericles〕不熟悉），或是所有珍．奧斯汀的小說、丁尼生全集或是杜斯托也夫斯基的每本書。我們不能讀完文學作品，甚至讀不到「大量」作品，就像我們無法把整間超市放進推車裡。

但除此之外，還有更大量的書本在跟偉大文學競爭——也就是比較不偉大的文學。根據知名美國科幻小說家席奧多．史鐸金[181]說：「百分之九十（的科幻小說）都是廢渣。但話說回來，世上百分之九十的事物都是廢渣。」英國圖書館和美國國會圖書館藏書有近二百萬本書歸類為「文學」。成人平均一生中會讀六百本文學作品。老實說，對我們大部分人來說，這六百本中有一大部分都會是史鐸金不屑的「廢渣」。如果你在機場出境休息室晃一晃，看看大家手上拿什麼書打發時間，比較可能會看到丹．布朗或吉莉．庫珀[182]，而不是福婁拜或吳爾芙的作品（而且原始的恐懼還警告著他們，這可能是他們這一生所讀的最後一本書……）

二〇一二年布克獎和科斯達文學獎（詳見第三十九章）得主是希拉蕊．曼特爾[183]，作品為《血季》（*Bring Up the Bodies*）。六個月內，書賣了將近一百萬本，過去五十年間沒有得主能有這樣的銷量。我們拿同一時期賣出上千萬本、E．

181 席奧多．史鐸金（Theodore Sturgeon, 1918-1985），美國奇幻、科幻、恐怖小說作家，代表作為《超越凡人》（*More Than Human*）。

182 吉莉．庫珀（Jilly Cooper, 1937-），英國羅曼史小說作家，最著名的是《洛德郡紀事》（*Rutshire Chronicles*）系列。

183 希拉蕊．曼特爾（Hilary Mantel, 1952-），英國小說家，著名作品為《狼廳》（*Wolf Hall*）、《血季》（*Bring Up the Bodies*）。

L·詹姆絲所寫的「性銷書」（bonkbuster，人們如此戲稱）《格雷的五十道陰影》來看，不消說，這本書沒有贏得任何偉大的文學獎，而且受到普遍的鄙夷。詹姆絲小姐肯定超級在意，到銀行途中一路哭哭啼啼（其實她本人曾迷人地表示，她要用賺來的好幾百萬來改裝廚房）。

・大眾文學支撐精緻文學

我們可以用兩個角度來分析。思想單純的評論家會覺得約翰生博士所謂的「一般讀者」，已經文化素質墮落、無可救藥（但約翰生博士其實不鄙視一般讀者）。比較實際的人覺得，大眾渴望芭樂書的現象有助於文學發展，尤其從大局來看。例如，E·L·詹姆絲的作品是由蘭登書屋旗下的一個次品牌出版，該出版社和地位極端「崇高」的企鵝出版社屬於同一個企業。自從艾倫·連恩[184]在一九三五年建立這個高品質平裝書生產線之後，企鵝就是將「精緻」文學引介給廣大群眾的主要管道。連恩致力於將當代最好的虛構作品推向市場，把這些書的價格壓低，低到像連鎖商店伍爾沃斯賣的廉價書一樣（就是美國的「五分／十分錢商店」，在英國就是「三／六便士商店」）。他想以最低價格提供最高品質的文學。

184 艾倫·連恩（Allen Lane, 1902-70）英國出版商，和合夥人創立企鵝出版社，將高品質平裝書推向大眾。

出版社往往用「低俗」文學來支持「精緻」文學。換言之，所謂的「芭樂書」負責提供桌上的「麵包」（或者該說是水果？）。這個招數可以用神祕的方式奏效。從一九二九年，費伯出版社（Faber & Faber）在T・S・艾略特幫忙下成立之後，一直是英文世界中最受尊敬的詩作出版社。對詩人來說，書上有他們的商標是至高的榮耀。最近數十年，費伯出版社仍然能穩定營運，靠的是什麼呢？是靠《荒原》嗎？還是泰德・休斯或菲利普・拉金的作品？不。據說，收入最好的是音樂劇《貓》（*Cats*）的附屬權利金。安德魯・洛伊・韋伯經典音樂劇《貓》，改編自T・S・艾略特的笑話詩〈老負鼠的貓經〉（*Old Possum's Book of Practical Cats*）。沒有人敢罵T・S・艾略特的出版作品「低俗」，或豁出去罵是「廢渣」。但一般來說，〈老負鼠的貓經〉不是讓他名垂千古的經典作品。

如果我們心胸開闊點，那些「不精緻」的作品——或是「非經典」、「低標準」或「品質差」——的文學，與其稱之為「廢渣」，不如稱之為「流行」還比較合理。「流行」代表「屬於大眾」，換言之，不屬於教堂、大學或政府等地方。十五世紀神祕劇（詳見第六章）是流行作品，當時的拉丁文《聖經》則屬於官方。我們至今仍有官方規定要讀的文學，例如中學、學院與綜合大學規定要讀的書。

・暢銷書的不可預測和操作

小說是流行類型中最厲害的作品，成功時總是會讓大家「閉著眼」埋單。我們從早期便可見一斑。塞繆爾．理查森的《帕米拉》（1740）描述一名美麗的女僕被好色雇主迫害的故事。書出版時，大眾為之「瘋狂」，尤其是當時的女性讀者。根據記載，華特．司各特爵士的小說出版時，讀者會包圍書店，一買到書便把牛皮紙撕開，當街讀了起來。《哈利波特》系列七本書上市時，我們也看過多次「讀者蜂湧」的場面。它的每一冊出版時，對讀者來說就像國慶日，打扮成巫師，徹夜在書店外排隊。他們這麼做，不是因為《泰晤士報文學副刊》的書評好，或是它名列優良讀物書單上。

「暢銷書」（bestseller）是近代才出現的詞，最早的紀錄是一九一二年。暢銷榜也是近代的產物，最早於一八九五年出現在美國。英國對於「暢銷主義」一直充滿焦慮，因為那代表令人討厭的「美國化產物」。暢銷書是「美國人愛的書」，對美國胃口，但不適合世界上其他地方。一九七五年前，英國書商堅持不引介權威性暢銷榜單。英國業界認為，書本不會像國家大賽上的賽馬一樣和彼此競爭。更糟的是，暢銷主義讓書的品質和多樣性下降，而且和聰慧讀者應該具備的「鑒別力」相違（讀這本，不要讀那本，或者先讀這本，再讀那本）。這樣的討論能不斷延伸。

問題還更複雜，因為暢銷書經常「莫名其妙出現」。例如，《格雷的五十道陰影》起初是網路同人小說，目標讀者為澳洲人，作者在圖書的世界裡無論怎麼看都只是個素人。出版公司積極發展出三項策略（主要仍然是針對美國），目的是降低那種「莫名其妙」的風險。這三項策略是：「類型」、「加盟效果」和「跟風主義」。

如第十七章所說，走進書店時，你能自由「瀏覽」，但書店會引導你找到適合你的故事，並將類似性質的書籍依照「類型」排列，像科幻、恐怖、羅曼史、犯罪或推理故事。「加盟效果」的方法不大一樣。閱讀會養成零售商所謂的「品牌忠實度」，例如只要是史帝芬．金的新作，書封上的名字一向比書名來得大，讀者買他的書是因為他們喜歡作者之前的作品。「跟風主義」簡而言之便是「跟隨領頭羊」。例如《格雷的五十道陰影》掀起了一股浪潮，書市馬上出現類似的書封、書名、同主題的作品和惡搞小說——我個人最喜歡的一本是《格雷伯爵的五十件羞恥事》（*Fifty Shames of Earl Grey*）。

若我們細想，暢銷書單不只是記錄銷量，更能夠刺激銷量，促成「羊群從眾效應」（herd response）。你會去讀暢銷書，純粹是因為大家都在讀。一旦羊群起步奔跑，正常選擇和「鑒別」的機制便不再作用（買書不再經過慎重考慮）。丹．布朗的《達文西密碼》（*The Da Vinci Code*）在二〇〇五年出版時，幾乎得到一致負評，卻在兩年間銷量超出所有其他的小說。一如往常，群眾舉蹄，轟天震耳奔向這本書。當然，舉起的不只足蹄，還有他們的皮包。

多數暢銷書都曇花一現。作品通常都只是「今日好書」，到了明年，暢銷榜上的書便會和去年完全不同。不過，少數書籍能暢銷很長一段時間，有的書甚至能暢銷上百年。讓我們檢視一下多年來的軌跡，了解更多流行文學的機制。

・不偉大但最流行的文學

《悲慘世界》（*Les Misérables*）是個好例子。維克多・雨果（Victor Hugo）於一八六二年出版這部作品，故事發生在法國政治不斷變動的期間，主角是編號二四六〇一的犯人尚・萬強（Jean Valjean），以及賈維爾警探（Javert）。兩人一輩子命運糾葛，堪比史詩。它最初在法國出版，同年後來翻譯成十種語言發行。全球發行後，《悲慘世界》馬上獲得巨大的成功。《悲慘世界》據傳是美國一八六一到一八六五年內戰期間，南北軍最多人看的小說。數十年之後，戲劇化的版本成為全世界戲劇舞台大作。這部小說被拍成電影不下十二次。一九八五年，《悲慘世界》音樂劇版本在倫敦巴比肯（Barbican）藝術中心初演時毫無野心。結果，儘管劇評不佳，音樂劇票房仍然熱賣，成為官方網站「Les Mis」所說的「全世界上演歷史最長的音樂劇」，而且「曾搬演四十二個國家，翻譯成二十二種語言，觀眾人數累積達六千五百萬人」。二〇一二年在洛杉磯的奧斯卡頒獎典禮上，新改編的《悲慘世界》電影版一舉拿下三項大獎。

沒有人會說維克多．雨果的《悲慘世界》不流行。但老實說，我們也不會稱之為「偉大的文學作品」。《悲慘世界》就是屬於喬治．歐威爾所說的「好壞書」（good-bad book）。照原著改編的所有作品雖然方法不同，忠實度也不同，但全都維持著核心元素。書中最重要的是犯人和警探的漫長宿怨，以及原著小說隱含的社會論述，亦即雨果稱為「導致犯行」（以尚．萬強而言，他為挨餓的家人偷了一條麵包）的「社會窒息現象」。

《悲慘世界》長年來各式各樣的改編，算是剝削原著的價值嗎？我不覺得如此。這可謂成功流行小說的特質。作品像流動的液體，本身能進化、適應不斷改變的文學與文化環境。有些流行文學作品辦得到，但大多數都無法，例如我們在二〇二〇年的奧斯卡頒獎典禮時，大概不會看到《達文西密碼》和《格雷的五十道陰影》的音樂劇電影得獎。

．詩正在流行

那詩作呢？若沒多想，一般人可能會覺得詩只有少數人喜歡，只限出現在「小雜誌」上，或印成薄薄的詩冊，只有文學底子高的菁英才會讀。有人可能認為「暢銷詩」這個詞就像「巨無霸蝦米」，根本上是矛盾的。不過，若我們換個角度想，詩從來沒像現在這麼熱門。而且我們一星期內會花上好幾小時細細品味。過去的年代，從來沒有人比我們更生活「在詩中」。這怎麼說？

歷史上最具影響力的詩集，大概是柯立芝和華茲華斯的《抒情歌謠集》。解析這兩個字原始的意思，能幫助我們更了解詩。「抒情」（lyrical）能追溯到古老的樂器七弦豎琴（lyre），吉他便是由此而來。傳統上認為，荷馬會一邊彈琴，一邊吟誦史詩。「歌謠」（ballad）能追溯到「跳舞」之意，和芭蕾一樣（ballet）。

由此來看，巴布·迪倫伴著吉他的歌詞是什麼呢？麥可·傑克遜、碧昂絲在其中跳舞的音樂影片呢？每個新世代都重新錄製的科爾·波特（Cole Porter）歌曲呢？若我們有開闊的心胸和獨立思考的精神，想在流行音樂裡找出一八〇二年柯立芝和華茲華斯那本薄薄詩集裡的「文學性」，其實不算太過度延伸。換言之，若你看得夠仔細，廢渣中也可以找到珍珠。

· 39 ·

得獎的是……

文學獎、文學展和讀書會

達到文學最高成就向來都有獎賞，古時候會賜予桂葉王冠，現代（幸運的）作家則會得到「史上最高額」的預付金。「桂冠詩人頭銜」也算是獎賞。丁尼生長達四十二年的英國桂冠詩人任期（詳見第二十二章），證明了他在世界詩界的卓越地位，他不但受封爵位，在一八九二年過世時，女王和國家為感謝他的付出，給了他一場極盡哀榮的風光葬禮，只差名義上不是國葬。

但有系統、有組織，經過評審團裁判，選出最佳小說、詩集、戲劇或文學終生成就獎人選的文學獎，其實是二十世紀後的現象，屬於我們這個時代。法國最早創立的文學獎是龔固爾文學獎（Prix Goncourt），於一九〇三年頒發，而英美分別在一九一九年和一九二一年有樣學樣。從那時起，文學獎便如雨後春筍般成長。嘴上不饒人的人便說，那根本是公認的聖誕節禮物，人人有獎。現在世界各國有成千上百個文學獎，作家能直接投稿競爭，或通常由出版社以作品申請，而且大多數文學獎都是年年頒獎。

在這之中，有許多令人不知所措的「類型獎項」，例如年度最佳第二本小說（這個獎項很俏皮地命名為安可獎）、年度最佳偵探小說（愛倫坡獎，以此類型的創立者艾德格．愛倫．坡命名）、最佳歷史小說獎（華特．司各特獎，命名方式同前）、最佳女性小說（女性小說獎，前身是柑橘文學獎，二〇一三年更名為貝禮詩獎〔the Baileys Prize〕）、最佳文學書籍（年度柯斯塔圖書獎〔the Costa Book of the Year〕）、最佳詩集（T．S．艾略特獎）等。有些獎會提供鉅額獎金，有些只是頒予「榮譽」，有些是羞辱（最著名的是《文學評論》〔*the Literary Review*〕雜誌的「小說最爛床戲獎」）。現金金額最高的文學獎是美國麥克阿瑟基金會天才獎（Genius Grants），幸運的作家純粹因天賦異稟將得到五十萬美元獎金。所有文學獎都有共同的特質，既不會太明確分析頒獎的原因，也不會解釋判斷標準。裁判和委員會可以自由決定誰最值得肯定。

・文學獎作為指標

在我們討論最早幾個文學獎之前，我們先問一些重要問題。為何會有文學獎？為什麼是現在？我們為何需要文學獎？有幾個答案已呼之欲出。最有可能的一點是我們活在充滿競爭的時代，「贏」至關重大。每個人都愛賽馬；文學獎系統能把贏家與輸家這種刺激性元素，引進文學裡。文學界因此成了運動場或競技場。

過去二十年，賭馬業者開始提供賭盤，讓大家下注猜英國誰會贏得布克獎（the Booker）、美國誰會贏得普立茲獎（the Pulitzer）。大獎會在頒獎典禮公布，而典禮每一年都愈來愈像奧斯卡獎。現在只差紅地毯了，但指日可待。

當代對於文學獎的執迷，另一個原因是缺乏耐心。喬治．歐威爾認為，文學作品是好是壞，唯一的裁判是時間。文學作品初次出現時，我們判斷的好壞是很不準確的。包括評論家，他們通常必須在幾天內寫出「權威性」的評判，幾乎像是持槍盲射，有時甚至完全失準。比如早期有人批評《柳林風聲》（*The Wind in the Willows*）的動物知識不準確，因為書中關於鼴鼠的冬眠習性有錯。在班・強生的時代，有許多人支持班・強生，而不是莎士比亞。有鑑賞力的讀者認為狄更斯很「低俗」，大家應該讀薩克萊，那寫得好多了。《咆哮山莊》？別費事了，不讀也罷。類似的例子還多得是。過了幾十年，贏家、輸家從濃霧中浮現，它們成了我們的「經典」，並且在課堂上研究。時間完成了它的工作。但讀者想現在知道誰是當代最偉大的作家。他們不會活上一百年，等待歷史評斷。文學獎便滿足了這份渴望。

文學獎數量這麼多的第三個原因，是作為「指標」。現代文學五花八門，令人目不暇給，文學獎給讀者一些方向，讓我們更好找到自己的路。我們巴不得有人給我們指示。我們要去哪裡找——暢銷榜單嗎？所有評論家在這週報紙上都猛烈誇讚的是哪本書？地鐵站廣告最吸睛的書是哪一本？朋友說「不可錯過」的那一本，可是書名我忘了？文學獎是由專家小組冷靜分析文學全貌，從中明智地選出作品，提供我們最可靠的指標。

對於書商來說，他們很愛文學獎。原因再明顯不過了。文學獎能幫他們去除時間的不確定性，那對做生意來說是種毒藥。經驗法則告訴我們，以比例來說，出版社出的五本書中，通常有四本虧錢，一本賺錢。運氣好的話，賺錢的那本能彌補四本損失。書封上若掛有文學獎的獎牌，賠率便小了點，書也能賣錢（也能幫助作家寫下一本書）。有時書不一定要得獎。只要在得獎名單，不論是初選或決選，都足以替書加強「印象」。

・世界各大文學獎

那麼文學中最崇高的是哪個獎？地位上與歷史上都排名第一的，是一九〇一年設立的諾貝爾文學獎（Nobel Prize in Literature）。諾貝爾獎共有五個獎項，肯定得獎者在各自領域中傑出的成就。阿佛烈・諾貝爾（Alfred Nobel）是瑞典人，發明了世上第一個穩定高級炸藥。炸藥適合用於建築和礦產工業，但用於戰爭時，也是個可怕的武器。根據遺囑，諾貝爾將龐大的遺產以他名字設立了年度諾貝爾獎。有些人覺得是道德賠償。年度文學獎候選人是由瑞典學院不具名的專家提名。

斯堪地那維亞本身有偉大的作家（像是易卜生、史特林堡[185]和漢森[186]）。但諾貝爾獎的大網從一開始就瞄準著世界，而且包含任何能合理稱為文學的作品。斯堪地那維亞位於歐洲邊陲，地理位置理想，判斷更能客觀冷靜。諾貝爾獎無庸置疑打破了文學固有的「地區性」概念，視文學為世界所有，而非任何單一國家。諾貝爾獎是一種終生成就獎，唯一的標準是得獎作家要寫出「符合理想方向的最

---

185 史特林堡（August Strindberg, 1849-1912），瑞典作家，創作從自身經驗出發，劇作積極探索風格，從自然主義到寫實主義，接著從表現主義又到超現實主義，被視為現代瑞典文學之父，代表作包括《紅房間》（*Red Room*）、《茱莉小姐》（*Miss Julie*）。

186 克努特・漢森（Knut Hamsun, 1859-1952），挪威作家，是邁入二十世紀時的新浪漫主義代表人物，被譽為百年間最具影響力和創造力的文學風格大家。一九二〇年獲諾貝爾文學獎。

傑出作品」。

諾貝爾委員會自視在國際政治上具有影響力。委員會選擇頒獎給鮑里斯・巴斯特納克和亞歷山大・索忍尼辛時，他們完全明白蘇聯不可能讓兩人來領獎。年年爭論誰該得諾貝爾獎成了例行公事。隨之而來的是一團烏煙瘴氣，諾貝爾潛規則傳聞滿天飛（可能是杜撰的）。約瑟夫・康拉德沒得獎，是因為他在《密使記》（*The Secret Agent*）這本小說裡寫了放炸藥的惡棍嗎？格雷安・格林沒得獎，是因為他在《英國造就我》（*England Made Me*）一書對於瑞典的「安全火柴大王」伊瓦・克魯格[187]有令人不快的描述嗎？英國出生的W・H・奧登在一九七一年得獎呼聲最高，如果他沒有選在一個錯誤的時機，在血腥越戰期間成為美國公民，他會得獎嗎？對作家來說，謠言八卦都替每年頒獎典禮增添不少趣味，也間接增加了諾貝爾獎的重要性。諾貝爾獎無疑是世上最主要的文學獎。

法國的龔固爾文學獎設立於一九〇三年。從文學評論觀點來看，是最「純」的獎。這個獎是由法國傑出作家愛德蒙・龔固爾（Edmond de Goncourt）捐款創立，而獎項也支持他的崇高文學理想。獎項會選出文學界中最卓越且長年為文學貢獻的十人為評審，每個月一次在餐廳見面（別忘了，這可是巴黎人辦的獎），選出年度特別值得表揚的一本書。文學水準就是一切。獎金少到荒謬，僅十塊歐元，強調這文學獎並非關於錢。死心吧，評審餐點費恐怕把錢都花光了。

美國的國家圖書獎（National Book Awards），別名「文學界的奧斯卡」，設立

187 伊瓦・克魯格（Ivar Kreuger, 1880-1932），瑞典工程師暨金融家，在與歐洲、中南美政府協商後，壟斷火柴市場致富，世稱「火柴大王」。

於一九三六年經濟大蕭條時期，當時出版業低靡，出版社和美國書商協會為刺激民眾興趣和買氣，才設立了這個獎項。多年來，國家圖書獎設立了各式各樣的獎，幾乎和一般城市書店書架的分類一樣多了。二〇一二年，他們甚至為E．L．詹姆絲《格雷的五十道陰影》專門設了一個獎。可以這麼說，國家圖書獎的力道因為獎項太多而被削弱了。如同奧斯卡獎，又一個信封打開時便讓人直打哈欠。

每年十月的「布克獎之夜」可不會讓人打哈欠。布克獎設立於一九六九年，號稱「英國的龔固爾獎」，至今已公認是世界首屈一指的小說獎。但不像海峽對面的龔固爾獎，布克獎欣然擁抱商業，並給予豐厚的獎金（而且知名度打開之後，保證銷量大增）。布克．麥康諾（Booker McConnell）是原本的贊助商，他主要投資西印度群島的蔗糖耕種事業。布克獎其中一個得主約翰．伯格（John Berger）發表得獎感言時，抨擊這位「殖民」贊助者，並將一半的獎金拿去資助黑豹運動（Black Panther movement）。最近，布克獎是由一筆避險基金贊助，因此更名為「曼布克獎」（the Man Booker Prize）。盎格魯撒克遜人實事求是，布克獎委員會樂於和資本主義合作。

龔固爾獎長年付出的十位評審全是出自文學界。布克獎評審一次只負責一年，背景貼近「現實世界」，有時評審更是出身爭議性的娛樂界。書商不只喜歡文學獎，也喜歡爭議，不論是獎前獎後都有其好處。委員會別具心機，會精心設計如何發布布克獎評審名單、初選名單和決選名單，這段時間電視會爭相報導，扣人心弦，通常還會引起激烈爭論，最後迎向眾所期盼的頒獎晚宴。這段過程中就賣出了無數小說。現代的文學獎文化是好事嗎？許多人會說是好事，只要能讓人閱讀文學就好。但我們應該視其為已被改變、又還在迅速變化中的文學場景的一部分。

二十世紀另一個創舉是出版量大增，還有二戰之後出現的文學展。這些大大小小的活動集合了愛書人，雖然舉止一貫文雅，但現場簡直宛如一場文學版的流行音樂會。書迷會蜂擁而來，對作者們表達他們的偏愛，作者們則親自到場與讀者見面，出版社則會在現在顯得很傳統的「賣書帳篷」裡，隨時注意哪一本書最好賣。我們就稱之為心靈交會的場合吧。

更近期不斷增加的還有地方讀書會，志同道合的愛書人會聚在一起，討論他們自選的一系列書籍。這些讀書會不強調教育性，也不是為了進修。讀書會不需入會金，也沒有規定，只是對一本公認值得一讀的書分享彼此的獨立觀點，積極進行討論。同樣是一場心靈交會的場合，以文學而言，這是一件好事。

讀書會改變了我們談論文學的方式，為生產者和消費者打開一條新的交流途徑。許多出版社現在會替讀書會組成小說和詩集套書，並提供作者訪談和問卷。此舉相當符合民主精神。沒有上對下的指示，而是由下而上的力量，選的書可能是「歐普拉選書」出現的作品，而非《紐約書評》、《倫敦書評》或《世界報》獲得好評的作品。讀書會能活化閱讀風氣，提倡讀書的快樂。少了這些，文學便算死了。

・ 40 ・

陪你一生的文學……和未來

印刷「書」是實體的東西，以紙、活字、油墨和紙板（精裝書）做成，發明至今已超過五百年。書對文學有卓越的貢獻：以有助於提升大眾識字率的便宜（有時也很美麗）形式，來包裝文學。世上很少發明能存在這麼久，對社會幫助如此之大。

但是，書的末日也許到了。轉捩點在二十一世紀第二個十年間，就發生在我們面前。以演算法和像素等數位元素組成的電子書，在亞馬遜網站銷量首度超越了傳統紙本書。古騰堡最早的印刷書，看起來就像手抄本一樣；而現在市場上販售的電子書閱讀器，外型也做得像書一樣，感覺十分詭異。但是當然，古騰堡當年仍算「真」書，電子書則完全不同。電子書和紙本書的關係，也許好比「無馬車」（汽車）和馬車吧。

電子書可以自由改變字體大小，用姆指（而非食指）快速翻頁、搜尋文字、下載大量書籍也不占空間。簡而言之，電子書在手，擁有無限的可能——不過一再有人提醒，電子書不能掉到浴缸裡就是了。當然電子書仍在進化，讀者不需要再等五百年便會面臨更多變革。書本相關的應用程式（App）已經創造許多新的格式和閱讀方式。未來幾年間，文學會以什麼格式出現？文學會用什麼新的流通系統？車道上已看不到馬車了，未來的圖書館會不會再也看不到印刷書了呢？

姑且不論書籍流通到我們手中的方式，要回答這些問題，我們先說說建構未來文學世界的三個基本條件。首先，未來會讀得到更多文學作品。其次，文學會以非傳統的不同方式出現（錄音、視覺和「虛擬」格式等）。再者，一定會出現承載文學的新裝置。

第一點，文學「過剩」的情況其實已經發生，作品也時時刻刻在增加。只要有某種附螢幕的裝置和網路，就能透過新出現（通常免費）的電子圖書館，例如「古騰堡計畫」，欣賞二十五萬本文學作品。你用手掌大小的玩意兒能看的書，足以塞滿一整座飛機棚。電子書庫隨時在增加新內容，流通即時，而且書本可以照個人的閱讀喜好分類。

・資源太多，時間太少

這種壓垮心靈的書籍超量，造成了一連串新的問題。有些人（例如我）成長在舊式的文化環境下，那樣的環境中資源稀少，供應不足，往往難以取得。如果你想要一本新小說，你要麼存錢買，或去地方公共圖書館，登記名字排隊借書。雖然十分麻煩，但某方面而言，事情簡單多了。畢竟選擇不多。

現在以較少的錢，戳幾下螢幕便可買到新出版的書，也有無數二手書。要找任何新詩和古詩，網路搜尋引擎便是最好的幫手，其中有個網站的名字很貼切，叫做「吉福斯」（Jeeves），也就是伍德豪斯（P. G. Wodehouse）筆下那位能幹的男管家。你唯一要做的就是輸入幾個關鍵字，像是「漫遊＋寂寞＋雲」等。

在一個人（例如我）還沒過完一輩子的時間裡，資源短少的問題就被選擇過多的窘境給取代了。所以，在這座電子式的阿拉丁山洞中，我們該從何看起？更重要的是，我們有限的一生該投資在哪些書上？根據估計，一個現在正在上學的人，會在求學生涯中接觸五十多本作品，大學就讀文學相關學系的人則會接觸大約三百本以上。大多數人可能一生看不到一千本文學作品。頂多就這樣了。

就某些文學作品而言（例如考試的指定書目），我們沒有選擇。但通常要讀什麼，全由我們自己決定。身為現代讀者，我們好比在洪水中划舟。據估計，莎士比亞時代，像他一樣的書呆子大概總共只有二千本書可看。英文形容飽讀經書會說「well read」，字面意思是「讀了不少」，這當時辦得到。未來恐怕沒人夠格了。

許多人遵循的閱讀策略是回到傳統上的最愛，尋找常見的選擇。換言之便是經典和巨作，或最近的暢銷榜榜首，再加上一些可靠的朋友或指導教授口耳相傳的推薦。這可稱為隨波逐流。

另一個方式可稱為「購物車式」策略。根據你特定的需求、喜好和品味，選擇市場上擁有的資源，為自己量身打造，找出適合的作品。威廉．吉布森（William Gibson）——「賽博龐克」（Cyberpunk）科幻小說類型鼻祖——說過，講到文學，我們都是「乳酪裡的小蟲」。沒有蟲能吃完整塊乳酪，每隻蟲鑽出的坑道也不可能一模一樣。

「管理過剩資源」的問題其實更複雜。我們面對的，不只是一種文字傳播系統而已。它可以超越書頁上的文字，也提供音樂、電影、歌劇、電視，還有最害人的電玩遊戲。電子文字如何與之對抗？我們既要聽最喜歡的音樂，又要讀最新的小說——哪來這麼多時間呢？（不過在同一個裝置上，書本的價格相對低廉）

無論如何，在這時代我們必須學習聰明地利用與投資時間。未來我們缺少的不會是金錢，而是時間。一般勞工平均一週會花多少時間在廣義的文化上？據統計大概十小時。讀一本希拉蕊．曼特爾（既然前面提過了，就再提一次），或是強納生．法蘭岑[188]的小說，需要多久的時間？你已經猜到了，正是十小時。

．新舊交融的過渡

此時，我們正好在文學界的「過渡」期。我們堅守的電子「假書」格式，是評論家馬歇爾．麥克魯漢（Marshall McLuhan）所謂「後鏡主義」（rear-mirrorism）的一個例子。他的意思是，我們總是以舊的角度看新的東西。我們對未來感到緊張不安，不知所措，因此對身後的過去念念不忘。這讓我不禁想到孩子抱著的安心小毯。

如果仔細觀察，新東西通常仍會有舊東西的元素。你有沒有想過，為何電影

188 強納生．法蘭岑（Jonathan Franzen, 1959-），美國當代知名小說家，代表作有《修正》、《自由》。

有配樂，舞台劇卻沒有？肯尼斯．布萊納（Kenneth Branagh）在銀幕上演出《亨利五世》時，背景配有澎湃的配樂，由派屈克．道爾（Patrick Doyle）譜曲，賽門．拉圖（Simon Rattle）指揮。但肯尼斯在舞台上演出同樣的段落時卻沒有配樂。原因在於，過去播放默片時（電影歷史前三十年只有默片），總會搭配管弦樂團，或至少有鋼琴伴奏。即使到了「有聲」電影時期，配樂仍一直維持。為何書頁有這麼大的空白，不往四個角多延伸一點？因為早年的手抄本四邊必須留空間寫註解和評論。雖然現在我們不在上頭做筆記了，但仍然保有邊緣留白，而且你真的寫了什麼的話，圖書館員會生氣。這正是「後鏡主義」完美的例子。

不過，註解和評論在新的電子空間中變得更活躍。《咆哮山莊》中約克夏的荒野究竟是什麼樣子？讀者若能在電子空間看到，也算能開開眼界。尤其有些人——文學已經全球化，讀者不再侷限於一定範圍的區域內——從未去過北英荒野，這輩子恐怕也不會去。

新科技絕對會刺激「圖像」小說和（廣義的）「詩」的生產和消費。文學至今一直都是壓倒性地以文字為主，實質上就是指印在紙上的文字。遺憾的是，這可能不夠吸引人，尤其對年輕讀者而言，他們的文化中，螢幕和主機所呈現的內容富含視聽元素，而且愈來愈「虛擬」。從白色紙面上的黑色記號裡看到故事，沒有那麼刺激。圖像小說則很刺激，配上流行音樂的詩作亦然。全球占領運動[189]時，有些年輕抗議者會戴上蓋．福克斯（Guy Fawks）的面具，他們是受到艾倫．摩爾

189 全球占領運動（Occupy movement），二〇一一年由華爾街占領運動開始，擴及全球的公民運動，反對資本主義和大財團對政治的影響。

（Alan Moore）的圖像小說《V怪客》（*V for Vendetta*）影響，《V怪客》也在二〇〇六年改編成電影，打開了知名度。面具是直接採用漫畫家大衛．洛依德（David Lloyd）的設計。像漫畫一樣的圖像小說可以輕易改編成電影，直接吸引忠實讀者。日本和中國經濟崛起，兩國的書寫系統便是圖像式的，未來一定會助長這轉變。

互動式文學已出現，讀者不再被動閱讀，反而需參與其中。未來我們能期待看到赫胥黎在《美麗新世界》中所說的「感官電影」（feelies，參見第三十章），換言之，敘事、詩和戲劇都會變成多重感官體驗，能摸到、聞到、聽到和看到。原本的「讀者」將成為「參與者」。「仿生文學」有朝一日定會出現，而且比赫胥黎預言早了許多。我們將成為「全身投入」的讀者。

・同人小說風潮

「新瓶裝舊酒」是第三個將會改變文學的「風氣」。最有趣的一股力量是網路「同人」小說近年大量出現。同人小說（fan-fiction）正如其名，是指愛好者自創的小說，他們不但想更深入最喜愛的小說，也想從中發展更多內容。這件事之所以發生，有一個前題：文學作品不像石雕那樣「無法更動」。作家和讀者的傳統分界已消失。

同人小說在網路上十分盛行，目前版權和內容都沒有任何規範。其產量之豐，已超出傳統印刷小說。經典小說的同人小說也有蓬勃成長。在我寫這本書時，為珍・奧斯汀「重度」書迷而設立的「彭伯利共和國」網站，附有「小象牙」區，裡頭有作者六本小說的同人續作。同人小說可不限於無版權的作品，例如《魔戒》便衍生出眾多版本。許多同人小說不值得一提，但有些可以媲美坊間出版的作品。

眾所周知，有些原本是同人小說的作品後來一躍成了暢銷書，也有不少寫得十分成功，獲得好評。同人小說作為類型而言，是在小團體裡產生的素材，並且也打算在小團體間流通。作品全是自發創作，沒有報償，更沒有人撰寫「評論」或購買。一般而言，我們可以斷言作品並未「出版」。這種作品的主要讀者，有許多人也在寫同人小說。它就有如一場人人可加入的同樂會。同人小說不是商品，作品從未在任何市場上交易，既不商業，也不專業。從各方面來看，這比較接近一場文學對話——「關於書本的閒聊」——而不是印刷出來的文字。文學彷彿回到印刷之前的時代，回到最早的起源。最早聽聞《奧德賽》、《北奧武夫》和《基爾加美緒》的人有「付錢」嗎？恐怕沒有。但他們有參與其中，享受文學的樂趣，甚至修飾作品嗎？非常有可能。

本書稍早提到的口述文學，最有趣之處是其流動性。口述文學像對話一樣靈活多變。不論是誰在敘述，故事便會融入人的個性。它像水一樣，會隨環境變化。

口述文學實際上是怎麼回事，數千年來流傳至今的日常笑話便是最好的例子。如果我說個笑話，你覺得很好笑，你下次可能就會跟別人說。但你說的跟我本來的版本不會一模一樣。你多多少少會更動一些小地方，加油添醋，或刪除細節。笑話也許會變更好，也許不會。但如果你也說了那笑話，笑話便融入了你的風格。當傳到第三個人口中，笑話便包含我們兩人的一部分。同人小說有極為相似的情況。文學最初的流動性（姑且這麼說）再次出現了。我覺得這點令人眼睛一亮。

改變無可避免。要我來預言的話（這是個冒險之舉），對於未來的文學界、還有其中的實踐者與參與者而言，能夠發生的最大好事，就是文學能重新找到「凝聚」的特質。這本書探索了文學整體而言為何屬於大眾：文學是一場和天才心靈的對話；文學是披著娛樂外皮的思想，骨子裡卻教導著我們該如何生活；文學是一場辯論，討論我們的世界，討論當今的處境和該前往的方向。文學所激發的心靈交流，是我們當今存在的核心。如果事情順利，心靈交流應該會更激烈、更親密、更活躍。

未來最糟又會如何呢？如果讀者被大量資訊淹沒，無法獲得知識，那就太令人難過了。但我仍懷抱著希望，而且很有理由如此。文學是人類心靈創意的結晶，不論它形式如何變化，以何種方式改編，它讓人生變得更豐富，而且永遠是我們生活中的一部分。我說「我們」，但我其實應該說「你們」才對，而且未來，也將屬於你們的孩子。

文學的 40 堂公開課
從神話到當代暢銷書，文學如何影響我們、帶領我們理解這個世界
A Little History of Literature

作　　者　約翰·薩德蘭（John Sutherland）
譯　　者　章晉唯
封面設計　莊謹銘
內頁排版　高巧怡
行銷企劃　陳慧敏、蕭浩仰
行銷統籌　駱漢琦
業務發行　邱紹溢
營運顧問　郭其彬
責任編輯　林淑雅
總 編 輯　李亞南
出　　版　漫遊者文化事業股份有限公司
地　　址　台北市松山區復興北路331號4樓
電　　話　(02) 2715-2022
傳　　真　(02) 2715-2021
服務信箱　service@azothbooks.com
網路書店　www.azothbooks.com
臉　　書　www.facebook.com/azothbooks.read
營運統籌　大雁文化事業股份有限公司
地　　址　台北市松山區復興北路333號11樓之4
劃撥帳號　50022001
戶　　名　漫遊者文化事業股份有限公司
初版一刷　2018年1月
二版一刷　2023年3月
定　　價　台幣470元

國家圖書館出版品預行編目 (CIP) 資料

文學的40 堂公開課 : 從神話到當代暢銷書, 文學如何影響我們、帶領我們理解這個世界/ 約翰. 薩德蘭(John Sutherland) 著 ; 章晉唯譯. -- 二版. -- 臺北市 : 漫遊者文化事業股份有限公司出版 : 大雁文化事業股份有限公司發行, 2023.03
368 面 ; 14.8x21 公分
譯自 : A little history of literature.
ISBN 978-986-489-713-1（平裝）
1.CST: 西洋文學 2.CST: 文學評論
870.2　　111016295

ISBN　978-986-489-713-1